Peggy Rohde

Wunden

Thriller

Bibliografische Information der Deutschen Nationalbibliothek:
Die Deutsche Nationalbibliothek verzeichnet diese Publikation in der Deutschen Nationalbibliografie; detaillierte bibliografische Daten sind im Internet über http://dnb.dnb.de abrufbar.

© 2016 Peggy Rohde

Herstellung und Verlag:
BoD – Books on Demand, Norderstedt

ISBN: 978-3-741-20984-0

1

Der Welt völlig entglitten sah er nur sie. Er hörte ihr Stöhnen nicht. Der nackte Fußboden, die kahlen Wände, alles um sie herum verschwand in Dunkelheit, im Nichts.

Es gab nur noch sie und ihn und das Ritual. Vor Vorfreude erregt zitterte das Skalpell in seinen Händen.

Er atmete tief ein. Er musste sich beruhigen. Saubere, präzise Schnitte waren nur mit einer ruhigen Hand möglich. Und es mussten gerade Schnitte sein. Sie mussten perfekt sein. Er hatte alles geplant, alles immer und immer wieder im Geiste durchlebt und nun war es soweit und er konnte und durfte nicht versagen. Sich nicht enttäuschen. Nein, die Zeit der Enttäuschungen war vorbei. Er würde stolz auf sich sein. Stolz auf sein Werk. Zum ersten Mal in seinem Leben. Und eines Tages, wenn er bereit dazu war, dann würde die Welt davon erfahren. Er würde sie wissen lassen wozu er fähig war. Das er ganz und gar nicht der Versager war, für den sie ihn alle hielten. Seine Mutter, seine Arbeitskollegen, die Nachbarn, die Freunde in der Schule, die er nie hatte. Sie alle würden staunen. Sie würden sich wundern, was alles in ihm steckte.

Er blickte auf sie herab. Wie sie da lag. Ihre Hände und Füße in Ketten gefesselt, an denen sie verzweifelt zerrte. Sie gab die Hoffnung nicht auf sie könnte sie zerreißen. Sie würde es nicht können. Zu stabil waren die Ketten. Er hatte es ausgiebig getestet als er sie zwischen seinem Auto und einem Haken in der Hauswand spannte und mit Vollgas losfuhr. Die Ketten waren nicht zerrissen. Der Haken hatte sich irgendwann aus der Wand gelöst, aber die Ketten hielten. Sollte er es ihr erzählen, damit sie aufhörte an ihnen zu zerren, aufgab, sich ihm ergab? Nein, ihr Kampf gehörte zum Ritual. Ohne war es nur halb so erregend.

Fast nackt lag sie vor ihm auf der Pritsche. Ihre gebräunte Haut glänzte im Angstschweiß. Er hatte sie bis auf ihren Slip und BH ausgezogen. Hatte ihre Kleider zerschnitten und entfernt. Die Unterwäsche ließ er ihr. Vollkommene Nacktheit war ihm ein Gräuel. Beschämte ihn.

Jungfräulich weiß war ihre Unterwäsche und das freute ihn. Er freute sich darauf, wie gleich dass Weiß in blutrote Farbe getränkt würde. Wäre ihre Unterwäsche farbig gewesen, nicht auszudenken. Schwarz, blau oder noch schlimmer rot. Es wäre aus gewesen. Alles umsonst. Er hätte sie gehen lassen müssen. Doch konnte er das? Würde sie ihn nicht bei der nächsten Gelegenheit verraten? Nein, er hätte sie dennoch töten müssen, aber mit weniger Freude. Ohne das Ritual. Alles wäre umsonst gewesen. Seine wochenlangen Beschattungen, die minutiöse Planung ihrer Entführung, alles umsonst. Er wäre doch der Versager gewesen.

Wochenlang war er mit Hamburgs Bussen durch sein Revier gefahren. Stundenlang saß er nachts an seinen freien Tagen und nach Feierabend im Bus und beobachtete Frauen. Auf der Suche nach der Einen. Nach der Richtigen. Oft hatte er sie gefunden geglaubt, doch ebenso oft musste er sie wieder aufgeben. Die erste, die seine Aufmerksamkeit erregte, war eine zierliche, Anfang 20jährige mit brünetten, langen Haaren. Sie stieg jeden Abend gegen Mitternacht in den Bus. Schnell fand er heraus, dass sie in einer Kneipe arbeitete und zum Feierabend nach Hause fuhr. Sie verschwand in einem vierstöckigen Haus. Kaum war sie im Hausflur verschwunden, ging im oberen Stockwerk das Licht an. Dort musste sie wohnen. Er begann sie zu beschatten. Ihre Gewohnheiten, ihre Lebensumstände, ihre Nachbarschaft.

Sie war Single, traf sich nie mit Freunden außerhalb ihrer Arbeitszeiten und ihre Nachbarschaft bestand aus greisen Rentnern, die hinter ihren Gardinen saßen und das Geschehen auf der Straße beobachteten. Er musste vorsichtig vorgehen. Sie durften ihn nicht entdecken. Er würde auffallen, wenn er zu oft vor ihrem Haus zu sehen war. Alte Leute waren neugierig und sponnen schnell abenteuerliche Geschichten zusammen, die ihren grauen Alltag bunter färbten. Er beschloss in die Kneipe zu gehen, in der sie arbeitete. So konnte er, als harmloser Gast, mehr über sie erfahren. Seine Schüchternheit ließ diesen Plan fast scheitern. Er saß schon fast eine Stunde an der Theke und hatte sein drittes Bier bestellt, obwohl er Bier gar nicht gern mochte. Doch er traute sich nicht, sie anzusprechen. Warum sollte sie sich mit einem so unscheinbaren, leicht korpulenten Mann mit roten Haaren und Sommersprossen unterhalten, der so überhaupt nichts ausstrahlte, außer Unsicherheit und bei einigen Menschen sogar Dummheit. Dabei war er nicht dumm. Er hatte nur Prüfungsängste, weshalb er nur mit Mühe und Not den Hauptschulabschluss geschafft hatte. Und das auch nur, weil seine Lehrer alle Augen zugedrückt hatten. Er wusste den Stoff immer in- und auswendig, der in den Klassenarbeiten gefragt wurde. Aber die Angst etwas Falsches zu Antworten lähmte ihn und ließ ihn nur stumm auf das weiße Papier starren, bis es zu spät war. Bis die Arbeiten abgegeben werden mussten und er nur ein weißes Blatt Papier abgeben konnte. Lediglich sein Name stand darauf geschrieben. Die Lehrer hatten irgendwann die Idee, die Prüfungen mündlich unter vier Augen abzuhalten. Nur der Lehrer und er. Das funktionierte. Nicht perfekt. Auch dann war die Nervosität ein Hemmer. Aber es reichte um ihn in allen Fächern mit einer vier auszustatten und durch den Abschluss zu schleusen. Er war ihnen nicht dankbar für ihre Hilfe. Er hasste ihr Mitleid. Er hasste sie alle.

2

Umringt von unzähligen Zeitungsartikeln und Computerausdrucken saß Jo an dem viel zu kleinen Schreibtisch in ihrem Hotelzimmer. Sie recherchierte seit vier Tagen fast ohne Pause, um alles über den Serienmörder zu erfahren, der in Hamburg eine blutige Spur hinterließ.

Übermüdet starrte sie auf den Monitor und konnte sich nicht konzentrieren. In die Vergangenheit versunken schaute sie auf das Standby-Bild ihres Laptops. Das Bild, das sie und Alisa zeigte. Sie und ihre geliebte Schwester, wie sie fröhlich in die Kamera lächelten.

Zwei Frauen, die sich so ähnelten, dass sie Zwillinge sein könnten und nicht Schwestern mit zwei Jahren Altersunterschied. Die großen, grünen Augen. Die schmalen Lippen. Die hohen Wangenknochen. Die zierlichen Nasen. Die goldenen, langen Locken. Sie sahen sich so ähnlich, dass nur ihre Eltern und enge Bekannte sie auf den ersten Blick auseinander halten konnten. Als Teenager hatte Alisa mal versucht, sich mit einer roten Tönung optisch von Jo abzugrenzen. War dann aber froh, als die Farbe raus gewaschen und das Gold zurückgekehrt war.

Sie wusste noch genau, wann dieses Bild aufgenommen wurde. Sie hatte ihre Schwester vor ein paar Wochen hier in Hamburg besucht. Sie waren in den Tierpark Hagenbeck gegangen und hatten vor den Eisbären dieses Selfie gemacht. Man konnte die Eisbären im Hintergrund deutlich erkennen.

Jedes Mal, wenn sie sich trafen, machten sie Bilder zur Erinnerung. Eines Tages wollten sie daraus ein Fotobuch erstellen. Doch sie hatten noch nicht genug Bilder. Sie wollten noch warten. Das hatte noch Zeit. Und nun war diese Zeit vorbei. Nun saß sie vor dem letzen Bild ihrer Schwester.

Ihre Schwester war tot.

Jo fühlte sich so einsam, als säße sie in einem Vakuum, alleine mit ihrem Schmerz und die Welt um sie herum fand ohne sie statt. Die Welt um sie herum war nicht mehr wichtig. Nichts war mehr wichtig. Würde es nie wieder sein.

Bilder ihrer Kindheit tauchten vor ihrem inneren Auge auf. Wie sie und ihre Schwester durch den elterlichen Garten tobten. Einmal sprangen sie durch die Erdbeerbeete, ohne zu bemerken, dass die reifen Früchte ihre weißen Hosen mit saftigen, roten Flecken beschmutzten. Das anschließende Donnerwetter ihrer Mutter hatten sie damals verdient. Heute entlockte es Jo ein Lächeln. Auch der anschließende Hausarrest war eine schöne Erinnerung. Die Tage in ihrem Zimmer waren niemals langweilig. Sie stellten sich vor, sie seien Prinzessinnen und von einer bösen Königin gefangen gehalten und warteten nun auf die Prinzen, die erst gegen Drachen kämpfen mussten und sie dann retteten. Sie hatten viele Ideen, um ihre Stubenarreste zu verschönern. Es mangelte ihnen nie an Fantasie.

Es war eine unbeschwerte Kindheit. Außerhalb der großen Städte auf dem behüteten Land. Es gab dort viele Kinder, mit denen sie sich täglich zum Spielen trafen, doch ihre beste Freundin war und blieb ihre Schwester. Alisa war zwei Jahre älter, aber sie waren doch Zwillinge. Äußerlich, wie innerlich. Mit ihr teilte sie alles. Es gab keine Geheimnisse zwischen ihnen. Auch später, als sie erwachsen wurden und unterschiedliche, berufliche Wege einschlugen, blieb das Band zwischen ihnen bestehen.

Jo bewegte die Computermaus und das schmerzhaft fröhliche Bild verschwand. Jetzt war es wichtig, aus den gesammelten Informationen logische Schlüsse zu ziehen. Sie brauchte einen Ausdruck des Hamburger Stadtplans, dann könnte sie die Orte markieren und miteinander verbinden. In der Hoffnung so den Ursprung des Bösen zu finden.

Ich finde Dich.

Rissen, Othmarschen, Altona, Hafencity. Es war zum Verzweifeln. Die Fundorte zogen sich alle an der Elbe entlang. In einer Linie. Aber so konnte sie keine Rückschlüsse auf einen Wohnort ziehen. Wären die Fundorte in einem Kreis oder in einer anderen Fläche, deren Zentrum die Hölle markierte, so wäre es leichter. Doch das war hier nicht der Fall. Sie hatte so darauf gehofft. Wollte wie ein Ermittler vorgehen und den Täter einkreisen.

Umdenken. Ich muss umdenken.

Was bedeutete diese Linie. Es war bekannt, dass Täter meist an vertrauten Orten zuschlugen. Zumindest beim ersten Mal. Sie wählten Orte, in denen sie sich auskannten, sich sicher fühlten. Somit fühlte der Täter sich an der Elbe sicher. Aber die Elbe teilt Hamburg in zwei Teile. Er konnte von überall her kommen. Jeder Hamburger kennt den Elbstrand, verbringt dort sonnige Tage in der Illusion am Strand zu sein. Ostsee- oder Nordseeersatz gaukelte man sich dort vor und genoss das Gefühl der Freiheit. Eine Freiheit, die nun starke Risse bekommen hatte. Von der eine grausame Gefahr ausging.

Ihr Blick blieb auf Othmarschen hängen. Was hatte sie da gewollt? Warum war ihre Schwester dort zu so später Stunde alleine unterwegs? War sie verabredet und lief ihrem Peiniger in die Falle? Wurde sie woanders getötet und dort hin verschleppt? Waren die Fundorte am Ende gar nicht die Tatorte? Das würde eine neue Chance ergeben, den Täter, seinen Wohnort, doch einkreisen zu können. So viele Fragen blieben unbeantwortet. Die Zeitungen gaben nur wenige Informationen her. Kein Täterwissen preisgeben um die Personen auszusortieren, die aus unterschiedlichsten, pathologischen Gründen falsche Geständnisse oder Zeugenaussagen abgaben. Das ist eine große Maxime bei polizeilichen Ermittlungen und in diesem Fall, in *ihrem* Fall, zum Verzweifeln. Sie wusste von unzähligen Recherchen, die Polizei in Hamburg leistete gute Arbeit und die Soko Elbstrand würde alles in ihrer Macht stehende tun, diesen Fall aufzuklären. Diese Fälle. Es hatte neben ihrer Schwester noch drei andere Frauen gegeben. Noch drei anderen Frauen das Leben gekostet. Ein Serienmörder hielt seit Monaten ganz Hamburg in Atem, ganz Deutschland mittlerweile. Alle Medien berichteten darüber. Sie hatte alles gesammelt, was auch nur im Entferntesten damit zu tun hatte. Doch die Medien waren eine zu schwache Quelle. Sie musste tiefer vordringen in die Ermittlungen. Sie brauchte Insiderwissen. Doch wie? Selbst wenn sie ihren Presseausweis dafür einsetzen sollte, so würde sie das nicht weiter bringen. Das Gegenteil würde eher der Fall sein. Die Presse erfuhr am wenigsten. Nur ausgesiebte Informationen. Und davon hatte sie bereits genug gesammelt.

Auch ihre früheren Kontakte, aus der Zeit als Gerichtsreporterin, hatten ihr nicht mehr Informationen gebracht, als sie aus den Medien erfuhr.

Sollte sie als Zeugin auftreten? Würde sie in einem Verhör mehr erfahren? Nein. Auch das war eine dumme Idee. Sie würden sie stundenlang befragen, ihr aber nichts verraten. Außerdem wollte sie die Ermittlungen nicht mit falschen Informationen gefährden. Sich am Ende sogar selber belasten, wenn heraus kam, dass ihre Geschichte erfunden war. Eine Tatverdächtige würde noch weniger erfahren als die Presse. Sie würde sich nur selber aus dem Verkehr ziehen und könnte ihre eigenen Ermittlungen nicht fortführen. Was also tun? Wie herankommen an Informationen? Wie sollte sie es schaffen, dass sie mit der Polizei zusammen arbeiten konnte?

Gar nicht!

Jedenfalls nicht legal.

Sie war eine Angehörige eines der Opfer. Da war es wohl legitim ein paar Fragen beantwortet zu bekommen.

Abrupt sprang sie vom Stuhl auf, dass dieser mit einem lauten Scheppern zu Boden fiel. Sie rannte in den Flur, zog ihre Jacke an, schnappte ihre Handtasche und ihre Schlüssel und verließ fast fluchtartig das Hotelzimmer.

Sie hatte keinen Plan. Nur unbändige Wut im Bauch.

Reges Treiben herrschte im Polizeipräsidium und der Beamte am Empfangsschalter telefonierte angespannt. Man konnte es ihm anhören, wie er darum kämpfte höflich zu bleiben.

„Nein, es tut mir leid. Weitere Informationen bekommen Sie morgen Vormittag bei der nächsten Pressekonferenz. Ich kann Ihnen zu den laufenden Ermittlungen keine Auskunft geben. Geben Sie es auf. Von mir erfahren Sie nichts. Dafür ist die Pressekonferenz angesetzt. Ja, um 9 Uhr morgen Vormittag."

Mit einem lauten Knall landete der Hörer auf der Gabel. Er blickte auf und begrüßte Jo.

„Guten Morgen, was kann ich für Sie tun?"

Jo zeigte dem Beamten ihren Ausweis. „Mein Name ist Josephine Brandt. Ich bin die Schwester von Alisa Brandt und würde gerne mit dem ermittelnden Kommissar sprechen."

„Ich werde sehen was ich für Sie tun kann. Einen Augenblick. Bitte setzen Sie sich so lange, ich informiere Sie dann, sobald Kommissar Heffner Zeit für Sie hat."

„Dankeschön."

Jo ging zu der gegenüberliegenden Sitzecke, doch sie konnte sich nicht setzen. Dafür war sie zu nervös. Zu aufgeregt. Wie sollte sie den Kommissar dazu bringen ihr ein paar Details zu erzählen? Mit den Waffen einer Frau? Weiblichem Charme? Mit ihrem Presseausweis drohen? Sie könnte eine böse Story über die Kaltherzigkeit der Polizei in Hamburg schreiben. Wie die Angehörigen der Opfer im Stich gelassen wurden. Das war eine Möglichkeit als Druckmittel. Aber nur als allerletztes Druckmittel. Sie wollte den Kommissar nicht frühzeitig gegen sich aufbringen.

Sie stand vor der großen Fensterfront des Präsidiums und war in ihre Gedanken vertieft. Eine Bewegung in der Spiegelung holte sie in die Gegenwart zurück. Zuerst sah sie nur einen groß gewachsenen Mann unscharf im Fenster. Wie bei einem Fernseher, dem zuerst die Schärfe fehlte, erkannte sie mit jedem Schritt, den Mann der auf sie zukam, es war Kommissar Heffner. Seine kurzen, fast schwarzen Haare und seine dunklen Augen, die sie bei ihrer ersten Begegnung, als sie ihre Schwester identifizieren musste, sehr mitfühlend ansahen. Dann wurde sein Gesicht immer deutlicher. Die gleichmäßigen Züge, im Kontrast zu den vollen Lippen. Bis er direkt hinter ihr stand uns sie ihre beiden Gesichter nebeneinander deutlich in der Fensterscheibe sehen konnte. Er legte seine Hand auf ihre Schulter um vorsichtig auf sich aufmerksam zu machen. Jo lächelte ihn in der Spiegelung an und drehte sich dann zu ihm um.

„Kommissar Heffner."

„Guten Tag Frau Brandt. Was kann ich für sie tun?"

„Ich habe ein paar Fragen zu meiner Schwester. Könnten wir bitte an einen ruhigeren Ort gehen?"

„Natürlich, bitte folgen Sie mir."

Der Raum den sie betraten wurde vermutlich als Konferenzzimmer genutzt. Ein großer Tisch mit mindestens 15 Stühlen füllte die Mitte des Raumes. Ein weiterer, schmaler Tisch stand an der linken Wand, auf dem Platz war für ein reichhaltiges Buffet oder unzählige Akten. Rechts daneben in der Ecke gluckste ein Wasserspender leise vor sich hin.

„Bitte setzen Sie sich, ich hole schnell die Akte und bin dann für Sie da."

Sie konnte sich immer noch nicht setzen. In ihrer inneren Unruhe ging sie zu dem Wasserspender und füllte einen Becher um ihn in einem Zug zu leeren. Die Worte ihrer Mutter hallten durch ihren Kopf. *„Du musst regelmäßig trinken Kind. Sonst trocknest Du aus und Dein Gehirn gleich mit."* Ihr Kopf musste funktionieren, also füllte sie ihren Becher erneut, als der Kommissar zurückkam und sie bat, sich zu ihm an den Tisch zu setzen.

„Was kann ich für Sie tun, Frau Brandt?"

Hoffentlich viel!

„Ich würde gerne wissen, wie weit Sie mit den Ermittlungen sind. Gibt es schon einen Verdächtigen? Werden Sie bald jemanden verhaften können?"

„Zu den laufenden Ermittlungen kann ich Ihnen natürlich nicht viel sagen. Nur so viel. Wir arbeiten mit Hochdruck an diesem Fall, diesen vier Fällen. Es gibt leider nur wenige Spuren und die meisten werden noch ausgewertet. Ebenso steht es mit den eingegangenen Zeugenaussagen, auch die werden noch ausgewertet und verfolgt."

„Sie sagen, es gibt nur wenige Spuren, also ist der Täter vorsichtig. Ist unter den gefunden Spuren denn wenigstens eine DNS-Spur?"

„Leider nein. Zumindest bis jetzt noch nicht."

„Meine Schwester. Sie wurde in Othmarschen gefunden. Wurde sie auch dort getötet?"

„Warum wollen Sie sich mit Details belasten?"

„Weil ich es muss. Ich muss es wissen um vielleicht zu verstehen was ihr geschehen ist und warum. Warum sie so unvorsichtig sein konnte, nachts alleine am Elbstrand zu sein. Was wollte sie dort? Sie war immer sehr vorsichtig. Das macht alles keinen Sinn!"

„Ich fühle mit Ihnen. Aber ich kann Ihnen dazu leider nichts sagen. Sie müssen sich gedulden. Wenn alles vorbei ist, wenn wir den oder die Täter haben, dann werden Sie alles erfahren. Das verspreche ich Ihnen."

„Wann wird das sein? Wie lange muss ich noch warten? Wissen Sie eigentlich, wie es ist einen geliebten Menschen auf so brutale Weise zu verlieren und nicht zu wissen warum? Haben Sie eine ungefähre Ahnung davon, was für eine Qual das ist?"

„Nein, natürlich nicht. Ich kann es nur erahnen. Aber ich muss mich da leider an meine Vorschriften halten. Es tut mir leid."

Mitfühlend blickte er sie an. Sie hielt seinem Blick für ein paar Sekunden stand, doch dann musste sie ihn senken. Tränen wären sonst geflossen und das wollte sie nicht.

Nicht?

Oder sollte sie? Würde sein Mitleid vielleicht sein Herz erweichen?

Doch es ging nicht. Es fiel ihr schon immer schwer vor anderen Menschen zu weinen. Schwäche zu zeigen. Sie war stark. Und das war sie auch jetzt. Selbst wenn ihr die Tränen vielleicht helfen würden. Sie konnte nicht.

„Ich verspreche Ihnen auch, mit niemandem darüber zu reden. Ich bin fremd hier in Hamburg, ich kenne hier niemanden, dem ich etwas erzählen könnte. Nichts, was Sie mir anvertrauen verlässt diesen Raum. Ich bitte Sie. Sagen Sie mir was mit meiner Schwester geschehen ist und ob sie dort, wo man sie fand getötet wurde. Bitte beziehen Sie mich in die Ermittlungen mit ein."

„Es tut mir leid."

Kopfschüttelnd blickte er sie an und schwieg. Sie konnte seinem Blick entnehmen, dass es ihm wirklich Leid tat, nicht mehr für sie tun zu können.

Die Melodie von Law & Order durchbrach die Stille. Kommissar Heffner griff in die Innentasche seines Sakkos und holte ein Handy hervor.

„Bitte entschuldigen Sie mich kurz.", sagte er knapp zu Jo, während er eiligen Schrittes den Raum verließ.

Nun war sie alleine. Alleine mit der Akte, die verführerisch vor ihr auf dem Tisch lag. Sollte sie einen Blick riskieren? Nur einen kleinen Blick?

Nein. Dafür wird die Zeit zu knapp sein. Ich weiß was viel besseres.

Nach wenigen Minuten öffnete sich die Tür. Kommissar Heffner betrat erneut den Raum.

Jo stand von ihrem Stuhl auf und reichte dem Kommissar die Hand.

„Ich möchte Ihre Zeit nicht weiter in Anspruch nehmen. Ich werde jetzt gehen. Auf Wiedersehen."

„Auf Wiedersehen. Ich melde mich bei Ihnen, sobald wir einen Durchbruch erlangt haben."

Kommissar Heffner sah sie verwirrt an. Wunderte sich offensichtlich über ihren überstürzten Aufbruch. Jo ignorierte es, sie hatte jetzt wichtigeres zu tun und verabschiedete sich.

„Danke."

Sie war inzwischen im zweiten Schreibwarengeschäft angekommen. Das Regal mit den Pappordnern war übersichtlich gefüllt. Rote Ordner, blaue Ordner, grüne Ordner, alle Farben waren vertreten. Nur das ausgewaschene Blau der Akte des Kommissars war wieder nicht dabei.

Verdammt!

„Entschuldigen Sie, sind das alle Pappordner, die Sie haben?" fragte sie erwartungsvoll die Verkäuferin, die jung und desinteressiert hinter der Kasse stand. Sie würde bestimmt keine Hilfe sein, aber Jo musste es versuchen.

„Wenn Sie mehr wollen, dann müssen Sie ins Internet gehen." kam die gelangweilte Auskunft zwischen zwei Kaugummiblasen.

„Haben Sie vielleicht noch eine größere Filiale in Hamburg? Mit mehr Auswahl?"

„Klar. In der Mönckebergstraße."

„Und wo ist diese Straße?"

„Na am Hauptbahnhof." kam die knappe, verständnislose Antwort.

„Vielen Dank."

Eiligen Schrittes verließ Jo das Geschäft. Den Kopfschüttelnden Blick der Verkäuferin im Rücken, machte sie sich auf den Weg zum Hauptbahnhof in die Mönckebergstraße. Das war ihr nächstes Ziel. Das war ihr nächster Plan.

Der Kommissar war keine große Hilfe gewesen. Sie hatte es nicht anders erwartet, aber dennoch gehofft.

Als sein Handy klingelte und er für das Gespräch kurz den Raum verließ, kam ihr die zündende Idee. Äußerst illegal und sie würde mit Sicherheit eine Menge Ärger bekommen, aber das war ihr egal. Sie musste es riskieren.

3

Er saß bereits seit einer Stunde an der Bar und wieder starrte er nur vor sich hin. Ins Leere. Kein Wort kam ihm über seine Lippen. Und je länger er dort so saß, desto größer wurde sein Hass auf diese wunderschöne Frau. Sie war Schuld an seiner Hemmung. Ihre Schönheit blendete ihn. Blendete viele Menschen. Wer traute sich schon, eine so schöne Frau anzusprechen. Warum sollte sie sich dazu herablassen, mit weniger schönen Menschen auch nur Blickkontakt aufzunehmen. Er hasste sie. Sie musste vernichtet werden. Alle schönen Menschen, vor allem die Frauen, mussten vernichtet werden. Schon seine Mutter sagte ihm immer wieder: *„Hüte Dich vor schönen Frauen. Sie wollen nur Dein Geld. Sie können keine Liebe geben. Und kommt ein besserer, reicherer Mann daher, dann sind sie weg."*

So wie es ihr ergangen war. So wie eine schöne Frau ihren Mann, seinen Vater genommen hat. Ihn der Familie entriss. Eine glückliche Familie zerstörte. Diese Frau hinter der Theke wird keine Familie zerstören. Dafür würde er sorgen.

Doch wie? Er traute sich ja kaum, sie anzusehen.

Plötzlich stellte sie einen Schnaps vor ihm hin.

"Du siehst aus, als hättest du einen schlechten Tag gehabt und einen Schnaps nötig. Der geht aufs Haus."

Verdutzt sah er sie an. War das Mitgefühl? War das Mitleid? Ihr Mitleid brauchte er nicht. Er wollte schon aufstehen und gehen. Doch dann nahm er lieber die Chance war, dadurch ihre Aufmerksamkeit auf seiner Seite zu haben.

"Danke.", war alles was er sagen konnte und nahm den Schnaps um ihn in einem Zug zu leeren, so wie er es bei den anderen Männern an der Theke beobachtet hatte. Kaum füllte die kalte Flüssigkeit seinen Mund, bereute er seinen Mut. Brennend floss das kalte Nass seine Kehle herunter. Er wagte es kaum zu schlucken, aus Angst er würde es gleich wieder erbrechen. Doch er kniff die Augen zusammen und schluckte es tapfer hinunter. Das anschließende Schütteln seines Körpers konnte er nicht unterdrücken. Ängstlich schaute er sie an. Nun würde sie ihn bestimmt auslachen. Darüber lachen, was für eine Memme er doch war. Und die Männer an der Theke würden mitlachen. Der Schweiß brach ihm aus. Doch sie lächelte nur und zwinkerte ihm kurz zu. Als würde sie die Reaktion seines Körpers auf den Schnaps verstehen. Sie hatte Verständnis? Mitgefühl? Oder war es doch wieder nur Mitleid? Er war sich nicht sicher. Ihr Blick war nicht der Gleiche, den ihm sonst die Menschen zuwarfen. Wenn sie ihn mitleidig ansahen, weil er wieder etwas fallen ließ oder einen anderen Fehler beging. Nein, sie sah ihn anders an. Er war verwirrt.

Lächelnd stellte sie ihm einen zweiten Schnaps vor seine zitternden Hände.

"Der ist von den Jungs da drüben. Ich wollte es ihnen ausreden, aber sie meinten, Du könntest es brauchen und der zweite ist nicht so schlimm wie der erste."

Er blickte rüber zu den Männern am anderen Ende der Theke. Sie lächelten ihn aufmunternd an und hoben ihre kurzen Gläser zu einem Toast. Ohne zu überlegen hob auch er sein Glas und prostete ihnen zu. Dann schloss er die Augen und schluckte den Inhalt erneut in einem Zug herunter. Doch diesmal spürte er kaum ein Brennen, seine Kehle war noch betäubt vom ersten Schnaps. Viel leichter glitt der zweite hinab. Er lächelte still vor sich hin. Fühlte sich warm und wohlig.

Er kannte das Ritual in den Kneipen. Hatte es oft genug im Fernsehen gesehen. Er wusste, dass die Männer nun im Gegenzug einen Schnaps von ihm erwarteten. Fragend schaute die Bedienung ihn an. Er nickte nur und sie verstand. Sie schenkte frische Gläser voll mit dem wärmenden Getränk und verteilte es an die Männer und ihn.

Kaum hatte er sein Glas vor sich stehen erhob er es zum Anstoß in der Luft und leerte den Inhalt. Mittlerweile schmeckte es ihm sogar. Er fühlte sich gut. So leicht. So unbeschwert. Das gefiel ihm. Er wollte mehr davon. Wollte, dass es nicht aufhörte. Also bestellte er noch eine Runde. Ganz einfach. Er musste ihr nur zunicken und sie schenkte eine erneute Runde Gläser voll.

Als sie sein Glas vor ihm hinstellte sagte sie ganz leise zu ihm "Nicht so schnell. Das Zeug ist gefährlich." Etwas lauter fügte sie dann hinzu "Ich bin übrigens Mona und wie heißt du?"

"Bubi" rutschte es aus ihm heraus. Erschrocken sah er sie an. Niemals wollte er seinen wirklichen Namen preisgeben. Er hatte sich schöne Namen überlegt, wie er sich nennen wollte, wenn es sein musste. Pierre, Andre, Jean-Paul, lauter französische, wohlklingende Namen. Und nun war ihm sein dämlicher Spitzname rausgerutscht. Seine Mutter nannte ihn schon seit seiner Kindheit so und mit ihr alle Nachbarn und die wenigen Bekannten, die sie hatten. Er hasste diesen kindlichen Namen, der ihn nie erwachsen erscheinen ließ und seinen wahren Namen im Laufe der Jahre verdrängt hatte. Das musste der Alkohol gewesen sein. Schluss damit beschloss er. Er fühlte sich leicht und wohl und so sollte es bleiben. Mehr wollte er nicht riskieren. Er musste die Kontrolle behalten.

Verwirrt und fragend sah sie ihn an. Konnte seinen erschrockenen Blick nicht einordnen. Doch er wollte sich nicht erklären. Er schwieg und hielt, durch den Alkohol ermutigt, ihrem Blick stand.

"Du erinnerst mich an meinen Bruder"

Nun blickte er verwirrt und fragend. Sie blieb ihm jedoch keine Antwort schuldig.

"Du hast die gleichen nachdenklichen Augen wie er. Mein Bruder ist seit einem Unfall vom Hals abwärts gelähmt. Seitdem kümmere ich mich um ihn. Unsere Eltern sind bei dem Unfall leider ums Leben gekommen, er hat nur noch mich und ich nur noch ihn. Wir sind füreinander da. Deshalb arbeite ich auch abends in dieser Kneipe, damit ich tagsüber Zeit für ihn habe."

"Oh Gott. Das ist ja furchtbar.", war das einzige was er schockiert über die Lippen brachte. Und er meinte es auch so. Traurig und mitfühlend sah er sie an und sie schenkte ihm dafür ein zauberhaftes Lächeln.

Ihm wurde heiß und kalt zugleich. So hat ihn noch nie eine Frau angelächelt. Seine Mutter manchmal, aber noch nie eine Frau. Frauen lächelten ihn nur mitleidig oder verspottend an. Warum tat sie das? Warum erzählte sie ihm von ihrem Bruder?

Nun wurde ihm klar, warum sie sich in ihrer Freizeit nicht mit Freunden traf. Sie war sich nicht zu gut für andere Menschen, sie hatte schlichtweg keine Zeit. All ihre Freizeit galt ihrem Bruder und seiner Pflege. Sie war ein guter Mensch. Sie hatte Mitgefühl, sie hatte Herz, sie war nicht schlecht. Sie war schön und nicht schlecht.

Er musste weg hier. Er musste sie aufgeben. Sie durfte nicht sein Opfer sein.

Er zahlte und verließ die Kneipe und schwor sich, dort nie wieder aufzutauchen. Sie nie wieder zu sehen. Seitdem sah er sie nur noch in seinen Träumen. Nachts wie auch tagsüber träumte er von ihr. Sah ihre braunen Augen, die ihn mitfühlend ansahen. Ihre vollen Lippen, wie sie ihn liebevoll anlächelten. Wie ihre Nase sich dabei kräuselte, was ihre Sommersprossen betonte. Er stellte sich vor, wieder in die Kneipe zu gehen. Wieder mit ihr zu reden. Über ihren Bruder, über seine Mutter, ihre Träume, seine Träume. Und manchmal war er sogar so mutig sich vorzustellen, sie beide würden ein Paar werden. Er sah dann Bilder in seinem Geiste, wie sie Hand in Hand am Elbstrand spazieren gingen. Gemeinsam ins Kino gingen oder in ein Restaurant. Wie sie sich küssten. Ihre zarten Lippen auf seinen. Er konnte es manchmal fast spüren.

Es waren schöne Träume. Doch es waren nur Träume. Schwere Melancholie blieb jedes Mal zurück.

4

Jo öffnete die Augen. Es dauerte einen Augenblick, bis sie begriff wo sie war. Bis die Erkenntnis ihr ins Herz schnitt. Noch benebelt vom Schlaf, der nur schwer über sie kam, dauerte es jedes Mal einen Moment, bis sie sich erinnerte. Sie war in Hamburg in einem Hotelzimmer und auf der Suche nach dem Mörder ihrer Schwester. Ihre Schwester war nicht mehr bei ihr. Sie war tot. Für immer fort. Endgültig.

So war es jedes Mal seit ihre Schwester getötet wurde. Jedes Aufwachen war ein erneuter Schmerz.

Dann kam die Erinnerung an die Träume der vergangenen Nacht. Es waren nur einzelne Bilder, aber sie quälten sie nicht weniger. Bilder ihrer toten Schwester. Wie sie da lag, mit dem weißen Laken bis unters Kinn bedeckt. Nur ihr Gesicht, schlafend, engelsgleich, aber dennoch das grausamste, was sie je in ihrem Leben gesehen hatte. Damals in der Gerichtsmedizin war sie dankbar, dass ihre Eltern das nicht mehr miterleben mussten. Sie fühlte sich zwar noch einsamer, als sie es ohnehin schon war, seit ihre Eltern gestorben waren, aber sie war dankbar, dass ihnen das erspart blieb.

Heiße Tränen rannen bei der Erinnerung über ihre Schläfen. Lautlose Tränen, die in der Einsamkeit ihren Weg ins Freie fanden.

Jo schaltete die Nachttischlampe an und zwang sich aus dem Bett. Sie ging am Schreibtisch vorbei und öffnete die schweren Vorhänge. Das grelle Sonnenlicht ließ sie für einen kurzen

Moment erblinden. Dann gewöhnten sich die Augen an das gleißende Licht und sie blickte aus dem Fenster.

Sie beobachtete das rege Treiben auf der Straße. Wie die Menschen, von der Wärme und der herrlichen Sonne beschwingt ihren täglichen Geschäften nachgingen.

Solch ein Mensch war sie vor ein paar Tagen auch noch gewesen.

Werde ich je wieder so sein können?

Jo drehte sich vom Fenster weg. Ihr Blick fiel auf den Schreibtisch, auf dem die fertige Kopie der Ermittlungsakte „Elbstrand" sie anlächelte. Seit drei Tagen war sie damit fertig. Seit drei Tagen wartete sie darauf, den Kommissar noch einmal aufsuchen zu können. Am liebsten wäre sie gleich am nächsten Tag ins Präsidium gegangen. Doch mit welcher Begründung? Sie war doch gerade erst abgespeist worden mit nichts. Es würde immer noch nichts geben und sie wäre vermutlich nicht einmal zum Kommissar vorgedrungen. Sie musste ein paar Tage verstreichen lassen. So schwer es ihr auch fiel.

Jos Handy spielte die fröhliche Melodie Maen Street von Mando Diao.

Ich muss den Klingelton ändern.

„Josephine Brandt."

„Hallo Frau Brandt. Kommissar Heffner hier. Ich wollte Sie darüber informieren, dass wir die Wohnung ihrer Schwester jetzt frei gegeben haben. Sie könne sich also gerne die Schlüssel abholen."

„Ich bin in einer halben Stunde da."

Ohne sich zu verabschieden beendete Jo das Gespräch. Weit entfernt hatte sie den Kommissar noch etwas sagen hören, aber das war jetzt nicht wichtig. Was auch immer er ihr sagen wollte, dass konnte warten. Sie musste jetzt schnell ins Kommissariat, den Schlüssel zur Wohnung ihrer Schwester holen.

Vierzig Minuten später eilte sie durch die hohen Glastüren des Präsidiums auf den Beamten zu, der wieder damit beschäftigt war neugierige Fragen am Telefon abzuwehren. Er erkannte Jo sofort und nickte ihr kurz zu während er seinen Zeigefinger hob. Eine Minute. Das war das Zeichen, eine Minute zu warten. Doch meist waren es mehr, das wusste sie aus eigener Erfahrung. Sie hatte selber oft genug den Finger gehoben um die angekündigte Minute dann auf zehn oder mehr zu dehnen. Ungeduldig blickte sie auf die Uhr. Es war elf Uhr und sieben Minuten. Sie würde bis zehn nach Elf warten, danach würde sie einfach an ihm vorbei, weiter ins Gebäude gehen. Sie würde das Büro von Kommissar Heffner auch alleine finden.

Elf Uhr und acht Minuten.

Ohne es zu bemerken klopften ihre Finger ungeduldig auf dem Tresen. Erst als der Beamte sie leicht mürrisch anblickte wurde es ihr bewusst und sie nahm schnell die Hände herunter.

Elf Uhr und neun Minuten.

Ihr Blick blieb auf der Uhr hängen. Sie zählte die Sekunden bis sie aufhören konnte zu warten und loslaufen würde.

Elf Uhr und zehn Minuten.

Sie atmete tief durch und drückte auf die Gabel des Telefons.

„Hey! Was soll das denn?"

Der Beamte war von seinem Stuhl aufgesprungen und hatte Jos Handgelenk gepackt und hielt es nun fest in seinem Griff.

„Sind Sie verrückt geworden?"

„Möglich. Aber wären Sie das nicht auch, wenn Ihre Schwester bestialisch getötet worden wäre und Sie nun endlich die Wohnungsschlüssel Ihrer geliebten Schwester erhalten können und das einzige was Sie davon abhält ist ein Beamter, der lieber Höflichkeiten mit der Presse austauscht, anstatt sich um die Nöte der Hinterbliebenen zu kümmern?"

Abrupt ließ er ihr Handgelenk los und sank beschämt auf seinen Stuhl zurück.

„Bitte verzeihen Sie. Die Reporter machen mich noch wahnsinnig. Das Telefon klingelt ununterbrochen."

Wie zur Bestätigung seiner Worte klingelte das Telefon. Erschrocken blickte Jo ihn an. Voller Angst, er würde das Gespräch annehmen, bevor er sie zu Kommissar Heffner durchließ. Doch er hob den Hörer nur einmal kurz an um ihn dann wieder auf die Gabel fallen zu lassen, während er sie beruhigend anlächelte. Dann nahm er den Hörer ans Ohr und bestellte Kommissar Heffner zu sich um Jo zu empfangen.

Erleichtert sagte sie „Danke!" und lächelte nun ihrerseits.

Nur wenige Minuten später sah sie den Kommissar auf sich zukommen.

„Guten Tag Frau Brandt."

„Guten Tag Kommissar Heffner."

Mit einer Handbewegung wies er sie an, ihm zu folgen. Jo presste ihre Handtasche mit der Kopie der Akte fest an ihren Körper und hoffte, die Gelegenheit zu bekommen, sie gegen das Original austauschen zu können.

Diesmal führte er sie nicht in den Konferenzraum. Es war ein weitaus kleinerer Raum. An beiden Wänden mit hohen Regalen ausgestattet, die gefüllt waren mit Büchern unseres Rechtssystems und unzähligen Akten. In der Mitte des Raumes stand ein Schreibtisch auf dem sich ebenfalls etliche Akten stapelten. Und da lag sie, die Akte Elbstrand. Eilig zugeschlagen, so dass der Inhalt seitlich ein wenig heraus ragte. Sie schien gerade sein Büro betreten zu haben.

Kommissar Heffner zeigte auf einen Stuhl ihm gegenüber.

„Bitte setzen sie sich.".

Langsam sank Jo auf den Stuhl, den Blick auf der Akte Elbstrand und die Handtasche wie einen Rettungsanker umklammernd.

„Ich habe die Papiere soweit vorbereitet, Sie brauchen nur noch zu unterschreiben und dann gebe ich ihnen die Schlüssel zur Wohnung Ihrer Schwester. Wundern Sie sich nicht, es könnte ein wenig Unordnung herrschen. Die Polizeiarbeit geht leider nicht ohne Spuren von statten. Der Laptop Ihrer Schwester ist noch im Kriminaltechnischen Labor zur Auswertung, aber sonst dürfte nichts fehlen."

„Danke. Gibt es sonst etwas Neues? Sind Sie mit den Ermittlungen weiter gekommen?"

„Frau Brandt. Sie wissen doch, ich darf Ihnen dazu nichts sagen. Sie müssen sich gedulden."

„Entschuldigen Sie, ich wollte Sie nicht bedrängen."

Nun klingel schon!

Sie betete innerlich, sein Handy möge wieder klingeln, damit er den Raum verlassen und sie die Akten tauschen konnte.

Sie nahm das Formular zur Schlüsselübergabe entgegen und las es. Ganz langsam glitten ihre Augen über die Zeilen ohne auch nur ein Wort zu erfassen. Sie musste Zeit schinden. Doch es half nichts, die Melodie von Law & Order wollte einfach nicht ertönen. Sie unterschrieb den Erhalt der Schlüssel und verließ das Büro ohne die Akte.

5

Jo stand vor der verschlossenen Wohnungstür, den Schlüssel in der Hand, unfähig ihn zu benutzen. Sie würde gleich Alisas Wohnung betreten. Ihren Duft riechen, ihre Nähe spüren, aber sie würde sie nicht freudig empfangen. Nie wieder. Sie war tot. Sie war gegangen. Nein, das war sie nicht. Sie wurde ihr genommen. Brutal genommen. Wer auch immer das war, er würde büßen. Bitter büßen. Wieder kroch diese unbändige Wut in ihr hoch. Die Wut auf den Mörder, der ihr die Schwester nahm. Die Wut auf die Polizei, die sie alleine ließ. Wut auf ihre Schwester. Wie konnte Alisa sie alleine lassen? Wie konnte sie so leichtsinnig sein und ihr Leben riskieren?

Mit einem Rutsch glitt der Schlüssel ins Schloss und nach zweimaligem Schließen öffnete sich die Tür mit leisem Knarren.

Jo machte einen Schritt nach vorne. In die Wohnung ihrer Schwester. Das war jetzt wichtig. Einen Schritt nach dem anderen machen. Nichts überstürzen. Überlegt vorgehen.

Sie schloss die Tür hinter sich und schaltete das Flurlicht ein. Der Duft, der sie empfing überwältigte sie einen Augenblick. Es roch nur dezent nach dem Parfüm ihrer Schwester, aber für Jo so überwältigend, als hätte Alisa eben erst die Wohnung verlassen und nicht schon vor einigen Tagen zum letzten Mal.

Jo stellte ihre Handtasche auf die Flurkommode und ging mit der Post in der Hand in die Küche. Dort sah sie die Briefe flüchtig durch. Versicherungen, eine Bank und ein Werbeflyer, das war alles. Sie ließ die ungeöffneten Umschläge und den Flyer auf den Tisch fallen und blickte sich in der Küche um. Schubladen und Schranktüren standen teilweise offen. Dahinter das reinste Chaos. Umgefallene Gewürzflaschen und Lebensmittelpakete. Alisa war immer sehr ordentlich. Wie oft hatte sie sich darüber lustig gemacht, das Alisa stets alles der Größe nach und bündig in ihren Schränken aufbewahrte und nun hatten die Polizisten alles durcheinander geworfen. Wenn Alisa das sehen würde, sie würde sich fürchterlich aufregen über die Unordnung. Ohne zu überlegen begann Jo, alles so herzurichten wie ihre Alisa es gerne hatte.

Nachdem die Küche wieder ordentlich war ging sie ins Wohnzimmer. Hier sah es noch schlimmer aus. Schubladen standen offen, einige lagen herausgerissen auf dem Boden, der mit geöffneten Ordnern und Zeitschriften übersät war. Es sah mehr wie nach einem Einbruch aus. Sie würde Stunden brauchen um das zu beseitigen und dabei war sie noch nicht mal im Schlafzimmer oder im Bad gewesen. Aber das konnte so nicht bleiben.

Jo nahm ein leeres Weinglas aus dem Wohnzimmerschrank und ging in die Küche. Dort hatte sie beim Aufräumen eine Flasche Rotwein entdeckt. Die würde ihr helfen, das zu überstehen. Sie öffnete die Flasche und schenkte sich ein Glas ein. Der erste Schluck schmeckte sauer und ihr wurde schwindelig. Sie setzte sich an den Küchentisch um die weichen Beine zu entlasten. Dort nahm sie die Post erneut in die Hand und öffnete geistesgegenwärtig einen Umschlag nach dem anderen.

Die Versicherungsprämien wurden fällig. Darum musste Jo sich kümmern. Sie musste die Versicherung und viele andere Dinge kündigen. Und dann die Beerdigung vorbereiten. Niemand konnte ihr sagen, wann ihre Schwester freigegeben würde, doch sie musste es früher oder später erledigen. Also lieber gleich. Kontoauszüge waren in dem nächsten Umschlag. Zuletzt faltete sie den Flyer auseinander. Jo überflog die Zeilen. Buchen sie eine Kreuzfahrt zum einmaligen Sparpreis. Davon hatten sie immer geträumt. Eines Tages, wenn beide beruflich nicht so eingespannt waren und es tatsächlich schafften gemeinsam Urlaub zu haben, dann wollten sie eine Kreuzfahrt in die Karibik unternehmen. Dazu würde es nun nicht mehr kommen. Immer hatten sie es aufgeschoben. Sie hatten ja noch so viel Zeit. Sie waren doch noch so jung. Ja, das waren sie und Alisa würde es immer bleiben. Während Jo einsam älter werden würde und die Trauer sie vielleicht zerfraß, so würde Alisa immer 37 sein. Immer die junge, lebenslustige Frau voller Träume und mit so viel Energie.

Jo zerknüllte das Papier mit der höhnischen Werbung und wollte sie gerade wegwerfen, als ihr Blick auf eine merkwürdige Zeile fiel.

Was ist das?

Auf der letzten Seite, ganz unten, stand in großen Blockbuchstaben *ZU SPÄT!*

Jo wurde heiß und kalt zugleich. Das gehörte nicht zum Angebot. Das hatte jemand nachträglich mit Kugelschreiber dazu geschrieben. War das der Mörder? War das eine Spur?

Sie rannte in den Flur, nahm ihr Handy aus der Handtasche und wählte den Notruf.

Jo saß am Küchentisch, den Kopf auf die Hände gestützt und konnte keinen klaren Gedanken fassen. Aus dem Wohnzimmer drangen gedämpft die Stimmen der Spurensicherung. Erneut durchsuchten sie sämtliche Unterlagen, die anschließend sicherlich noch wirrer auf dem Boden verteilt sein würden. Sie versuchte zu verstehen, was sie sprachen. Angestrengt lauschte sie den Stimmen, die leise durch den Flur in die Küche drangen um dort nur als monotones Brummen in Jos Kopf zu enden. Es war nicht möglich auch nur ein Wort zu entziffern.

Leise stand sie vom Stuhl auf. Wie ein Verbrecher schlich sie in den Flur und ihr Körper schmerzte vor Anspannung bei jedem Schritt. Neben der Wohnzimmertür blieb sie stehen. Vom halbdunkel des Flures geschützt versuchte sie zu lauschen was die Beamten fanden. Ob sie überhaupt etwas fanden. Sie wagte es kaum zu atmen. Ihr eigener Atem erschien ihr in der Stille des Flures wie ein Schnellkochtopf zu pfeifen.

„Ich glaube das ist vergeblich. Nichts. Oder hast Du was gefunden?"

Das musste die Beamtin sein, Frau Schmoller. Oder Schmonker? Jo konnte sich nicht mehr genau an den Namen erinnern. Zu aufgeregt war sie beim Eintreffen der Beamten, die ihr der Reihe nach die Hand reichten und sie mit Namen bombardierten. Sie war auch viel zu sehr damit beschäftigt gewesen ihren Aufenthalt in Alisas Wohnung zu erkämpfen. Kommissar Heffner bat sie nach seiner Ankunft freundlich aber bestimmend, die Wohnung zu verlassen. Sie wehrte sich vehement.

„Keine zehn Pferde bekommen mich je wieder aus dieser Wohnung raus, nachdem Sie mir nun endlich die Schlüssel überreicht haben. Vergessen Sie es! Ich bleibe in der Küche sitzen und Sie können im Wohnzimmer ungestört Ihre Arbeit verrichten. Ich gehe nicht!"

Ihre feste Stimme und ihr funkelnder Blick mussten den Kommissar überzeugt haben. Sie durfte bleiben. Und nun tat sie, was er zu vermeiden versuchte. Sie lauschte.

„Nein, ich habe auch nichts gefunden. Sackgasse."

Das war Herr Meier. An seinen Namen konnte sie sich erinnern. Wer vergaß schon so simple Namen wie Meier oder Müller. Sie normalerweise in aller Regelmäßigkeit, aber diesmal nicht.

„Lass uns einpacken und gehen. Hier ist nichts."

Schnell huschte Jo zurück in die Küche und setzte sich an den Tisch.

Bevor die Beamten zu ihr in kamen warf sie einen Blick in ihre Handtasche, die nun nicht mehr auf der Flurkommode stand. Jo hatte vor dem Eintreffen der Spurensicherung schnell die Adresse der Firma notiert, die Alisa das Werbeprospekt geschickt hatte. Sie würde den Beamten nicht alleine diese wichtige Spur überlassen. Sie würde selber dort nachforschen.

Ich finde dich!

Die Notiz befand sich nun in dem kleinen, mit einem Reißverschluss gesicherten Innenfach ihrer Handtasche. Die Akte war sichtgeschützt in einem braunen Umschlag. Alles war noch da und sicher neben ihr auf dem Tisch platziert. Sicher vor fremden Blicken.

6

Die Stille holte ihn zurück ins hier und jetzt. Er blickte auf sein Opfer. Ihr Stöhnen unter dem Klebeband war verstummt, nur ihr Atmen war zu hören, ihre tiefen und langen Atemzüge. Wie bei einem Marathonläufer, der nach erfolgreichem Zieleinlauf frischen Sauerstoff in seinen erschöpften Körper pumpt. Doch ihr Körper war nicht erschöpft. Ihr Körper reagierte panisch auf die Adrenalinstöße ihrer Angst. Ihre Brust hob und senkte sich stark im Rhythmus ihrer Atmung. Ihre Augen blickten ihn fragend und ängstlich an.

Er musste sich jetzt konzentrieren. Zu lange stand er schon regungslos vor ihr, versunken in seine Gedanken. In seine Träumereien.

Wäre seine Mutter hier, sie hätte ihn mit einem Schlag auf den Hinterkopf aus seinen Träumereien gerissen.

„Hör auf zu träumen!"

Seine Gedanken schweiften nur allzu gerne und viel zu oft ab. Es reichte ein Vogel, der vor dem Fenster auf einem Baum sein Nest baute und schon war er mit seinen Gedanken woanders. Träumte davon, wie es sei ein Vogel zu sein. Kein richtiger Vogel, aber vogelfrei. Ohne Zwänge, ohne Barrieren überall hin zu fliegen. Nur seinen Instinkten zu folgen und das Leben in seiner Einfachheit zu genießen.

Das erste Schneeglöckchen am Straßenrand ließ ihn stehen bleiben und vom kommenden Sommer träumen. Von einem Sommer der anders wäre, als alle Sommer zuvor. Ein Sommer mit Freunden, Grillpartys am Strand, ausgelassene Gespräche und vielleicht sogar eine Freundin. Eine Frau die ihn lieben könnte.

Und schon kam er wieder einmal zu spät nach Hause, weil seine Träumereien ihn aufgehalten hatten. Die Zeit rannte nur so dahin, wenn er sich in ein anderes Leben träumte. Nicht selten verging dann eine halbe Stunde und mehr, wenn seine Mutter ihn nicht erwischte und in die kalte Realität, in sein tristes Leben zurückholte.

„Hör auf zu träumen!"

Jetzt wollte er sich konzentrieren. Dies hier war besser als jeder Traum. Dies hier war ein Traum, der Wirklichkeit geworden war.

Wann hatte er zum ersten Mal davon geträumt? Er konnte sich kaum daran erinnern, so lange war es schon her. So lange träumte er schon davon, wie es sein mochte eine Frau in seine Gewalt zu bringen. Es musste in der Pubertät gewesen sein. Damals fing er an Frauen anders zu sehen. Anders auf Frauen zu reagieren. Sein Körper reagierte auf Frauen.

Er konnte sich noch gut an die erste Reaktion seines Körpers erinnern und an die Scham, die ihn damals überkam. Er hasste sich dafür, doch mehr noch hasste er die Frauen. Diese jungen und unbeschwerten Blondinen, die ihm gegenüber im Bus saßen. Die beiden jungen Mädchen scherzten, lachten und unterhielten sich angeregt. Es war einer dieser Sommertage, an denen man die Sonne verfluchte. Beißende Hitze beherrschte das Land und ihre Kleider waren kurz, ihre langen Beine braun gebrannt. Ihre Brüste wackelten aufreizend, wenn ihre Körper sich vor lachen schüttelten. Er sah die wippenden Brüste, die zarten Knospen, die sich unter dem leichten Sommerkleid abzeichneten und dann wurde ihm plötzlich ganz heiß. Eine Welle der Hitze ging durch seinen ganzen Körper, ballte sich zwischen seinen Beinen und wuchs dort zu einer Erektion die ihn schwindelig werden ließ. Schwindelig vor Erregung und vor Scham. Er umklammerte seine Schultasche, die glücklicherweise auf seinem Schoß stand und seine geballte Erregung verdeckte. Seine Station kam. Hier müsste er aus dem Bus aussteigen, doch er traute sich nicht aufzustehen. Sie würden die Beule in seiner Hose sehen und über ihn lachen. Das hätte er nicht ertragen. Also blieb er sitzen. Er fuhr noch drei Stationen weiter, bis er sich beruhigt und sich alles gelegt hatte und er endlich aussteigen konnte. Diese drei Stationen musste er natürlich wieder zurück fahren und kam somit schon wieder zu spät nach Hause zum Essen.

Diese Scham sollte ihn von dem Tag an begleiten. Er konnte ihr nicht entrinnen. Sein Körper reagierte immer öfter auf Frauen. Wenn sie leibhaftig vor ihm standen, wenn er sie in Zeitschriften sah, wenn er von ihnen träumte. Er konnte dem nicht entrinnen und er konnte es nicht abstellen. Diese beiden jungen, blonden Frauen im Bus waren schuld daran. Sie hatten ihn traumatisiert. Dabei hatte seine Mutter doch alles Erdenkliche getan, um ihn davor zu bewahren. Solange er zurück denken konnte hatte seine Mutter ihn behütet. Beschützt. Vor Nacktheit und vor animalischer Lust, wie sie es nannte. Wenn sie ihn als kleinen Jungen badete, dann musste er immer die Unterhose anlassen. Sie wollte seine schmutzige Männlichkeit nicht sehen und er sollte sie auch niemals jemandem zeigen. Mit zwölf Jahren nahm sie ihn beiseite und klärte ihn auf. Sie erzählte ihm alles über die schmutzigen Triebe der Frauen. Wie sie Männer benutzten um ihre Lust zu befriedigen. Und sie schärfte ihm ein, sich davor zu schützen. Sie würden ihren Körper niemals ohne Gegenleistung hergeben. Er würde es immer teuer bezahlen müssen. Wenn er sich dagegen wappnen wollte, dann sollte er jegliche Regung seines Körpers ignorieren. Niemals durfte er seinem eigenen Trieb nachgehen, wenn seine Schlange zwischen den Beinen ein Eigenleben entwickelte. Der Teufel würde dafür sorgen, dass das passiert. Viele Männer behalfen sich dann selber und öffneten damit dem Teufel und seiner Lust Tor und Tür und schon waren sie der Lust der Frauen ausgeliefert. Sollte er eine Frau finden, die gut und rein und gläubig war, dann gab es die Ausnahme. Nach der Hochzeit und nur für die Zeugung eines Kindes. Denn nur dafür war der Sexualakt vorgesehen. Zur Fortpflanzung. Nicht zur schmutzigen Lust.

Nun war er 47 Jahre alt und es war weit und breit keine Frau in Sicht, die rein und gläubig war und ihn würde heiraten wollen.

War das die Strafe für seine Schwäche? Er hatte allem widerstehen wollen. Oft, immer öfter war die Teufelsschlange zwischen seinen Beinen erwacht und er hatte dem Drang, sich Erleichterung zu verschaffen widerstanden. Doch eines Tages konnte er das nicht mehr. Zu groß war die Neugier. Er hatte im Internet vieles über die

Selbstbefriedigung gelesen. Das Wort allein hatte ihn neugierig gemacht. Sich selbst zu befriedigen. Das bedeutete doch, sich selbst eine Freude zu machen. Sich selbst etwas Gutes zu tun. Das Internet war gefüllt mit Artikeln darüber. Wie es einem den innerlichen Druck nahm. Wie befreit und leicht man sich danach fühlte. Welche Explosion es im Körper verursachte und man danach nur noch Frieden empfand. Sogar Frauen taten es!

Er war an seinem 30. Geburtstag als die Teufelsschlange den Kampf gewann. Es war ein unglaubliches Erlebnis. Zuerst berührte er die Schlange ganz zaghaft, mit dem über all die Jahre nicht verblassten Bild der beiden Frauen im Bus vor Augen. Ihre langen, gebräunten Beine, ihre festen Brüste unter dem leichten Sommerstoff ihrer Kleider. Das Bild erregte ihn genauso wie damals, doch der Verlauf der Geschichte ließ Wut in ihm aufsteigen. Über diese Wut wurde sein Griff fester und fordernder. Er malte sich aus, wie er sie bestrafte. Quälte. Von da an hatte er keinerlei Kontrolle mehr über sich. Seine Hand und die Schlange tanzten ihren eigenen Tanz. Dann kam die Explosion. Sein Kopf und sein Körper brachen aus dem Korsett seines Lebens aus und feierten eine Freiheit, die er nie zuvor erlebt hatte. Die ihn süchtig danach machte.

Hinterher wusste er, kein Artikel, den er gelesen hatte, konnte auch nur annähernd wiedergeben, was in dem Augenblick passierte, wenn der Teufel und die Teufelsschlange miteinander tanzten.

Die Scham, die ihn danach quälte, war es Wert.

Die Strafe dafür war die Einsamkeit. Keine Frau wollte ihn. Sie sahen es ihm an, dass er ein Schlangentänzer war. Ganz bestimmt. Seine Unsicherheit, die Röte in seinem Gesicht, wenn Frauen ihn ansprachen, das sprach doch Bände. Musste es.

7

Jo saß im Wartebereich der Firma Adver&Tising GmbH in Eimsbüttel und wartete auf ihren Firmenausweis. Sie dachte über den vergangenen Tag nach. Nachdem die Beamten Alisas Wohnung verlassen hatten war auch sie gegangen und zu ihrem Hotel gefahren. Sie hatte ihre Sachen gepackt und ausgecheckt. Wieder in der Wohnung angekommen baute sie als erstes ihren Laptop auf und recherchierte so viel sie konnte über die Firma Adver&Tising GmbH. Die Firma, deren Adresse sie von dem Werbeprospekt notiert hatte. Nach einigen Gläsern Wein und einem guten Konzept rief sie dort an. Sie gab sich als Journalistin aus, die einen umfangreichen Bericht über die personalfreundlichen Arbeitsbedingungen großer und kleiner Konzerne schreiben wollte. Wofür natürlich erstmal ein Vorgespräch nötig wäre um zu klären ob diese Firma dafür in Frage käme und inwieweit deren Interesse an einem solchen Artikel bestand. Nun befand sie sich in die Höhle der Bestie.

Der Termin war ursprünglich für neun Uhr morgens geplant, doch um acht Uhr bekam sie einen Anruf der Sekretärin des Firmenchefs Matthias Schneider, er müsse den Termin auf 15 Uhr verlegen. Es sei etwas dazwischen gekommen. Jo konnte sich nur zu gut denken, was dazwischen gekommen sein mochte. Die Polizei. Auch sie würden Kontakt zu der Firma aufnehmen und das Personal überprüfen. Sie waren ihr zuvor gekommen, aber das machte nichts. Sie würde nicht aufgeben und die heikle Stimmung, die

nach einem Polizeibesuch sicherlich herrschen würde, konnte auch zu ihrem Vorteil sein. Sie musste genau beobachten. Wer war besonders nervös? Wer benahm sich verdächtig?
Ich werde dich erkennen!
Sie hatte gehofft, die Firma interessieren zu können und somit uneingeschränkten Zugriff auf alle Bereiche und das gesamte Personal zu erhalten. Das war ihr nun gelungen. Gleich würde sie den Firmenausweis bekommen. Aufregung machte sich in ihr breit. Sie legte viel Hoffnung in ihren Plan.

„Frau Brandt. Hier ist Ihr vorübergehender Firmenausweis, der Ihnen für die nächsten zwei Wochen uneingeschränkten Zutritt zu allen Abteilungen ermöglicht. Ich habe zusätzlich ein Memo rausgeschickt, in dem ich alle Angestellten zur Zusammenarbeit mit ihnen aufgerufen habe. Wenn es Probleme geben sollte oder Sie noch fragen haben, dann steht meine Tür Ihnen jederzeit offen."

„Danke, das ist sehr nett von Ihnen."

Jo nahm den Ausweis entgegen und schüttelte Matthias Schneider dankbar die Hand.

Nun konnte die Suche beginnen. Doch wo anfangen? Die Hierarchie von oben nach unten oder von unten nach oben abarbeiten?

Jo hatte ihre journalistische Laufbahn als Gerichtsreporterin begonnen. Sie war dort den unterschiedlichsten Straftätern begegnet. Vom jugendlichen Kleinkriminellen hin bis zum Serienmörder. Zu der Zeit recherchierte sie viel über Serienmörder. Schon damals wollte sie verstehen was die Menschen dazu trieb, so grausam zu sein.

Sie glaubte nicht, dass man sie alle einfach nur als Soziopathen abstempeln konnte. Das war zu einfach. Später musste sie zugeben, es war so. Sie waren alle Soziopathen. Ein sozial verantwortungsbewusster Mensch würde nie auf die Idee kommen, seine Bedürfnisse oder Störungen durch Mord zu kompensieren. Es waren stellenweise bedauernswürdige Schicksale, die die Menschen dazu trieben so grausam zu werden. Misshandlungen oder Missbrauch in der Kindheit oder einfach nur die mangelnde Mutterliebe waren oft die Grundlage. In einigen Fällen empfand sie sogar Mitleid. Doch das war fehl am Platze. Nichts konnte die oftmals bestialisch, grausamen Taten entschuldigen.

Jetzt musste sie ihr Wissen logisch anwenden. Wie sollte sie am besten Vorgehen?

Denk nach!

Aus welchen sozialen Schichten kamen die meisten Serienmörder? Es gab sie aus allen Schichten der Gesellschaft, doch die meisten kamen aus der Unterschicht. Das war nicht von der Hand zu weisen. In ärmlichen Verhältnissen aufgewachsen und schon in der Kindheit mit der Brutalität und der Kälte des Überlebens konfrontiert, das ist der Nährboden für viele Serienstraftäter.

Also von unten nach oben.

Jo ging zum Fahrstuhl und fuhr in den Keller. Die Firmenstruktur von Adver&Tising machte es ihr einfach. Hier waren die Ranghöchsten in den oberen Stockwerken und die niedrigsten in den unteren. Es war jedem gleichgestellt aufzusteigen, was in dieser Firma auch ein sinnbildlicher

Aufstieg war. Je höher die Etage, desto höher die Verantwortung, das Gehalt, das Ansehen.

Als die Fahrstuhltür sich öffnete, erwartete Jo den typisch muffigen Kellergeruch. Er blieb aus und Jo schüttelte den Kopf über ihr eigenes, lächerliches Klischeedenken.

Sie betrat den Flur und orientierte sich zunächst anhand der Hinweisschilder an den Türen. Post, Küche, Putzraum, Lager. Sie begann mit der Post. Der Werbeprospekt über die Kreuzfahrt mit der handschriftlichen Notiz war mit der Post gekommen. Zuerst in der Poststelle nachzusehen machte so viel Sinn, dass es schon wieder keinen Sinn machte. Es wäre zu einfach, wenn sie dort sofort fündig würde. Der Täter war nicht dumm. Er hinterließ laut Kommissar Heffner keine oder kaum Spuren am Tatort, dann würde er doch keinen so plumpen Fehler begehen und die Ermittler förmlich zu sich, zu seiner Arbeitsstelle einladen. Oder wollte er gefunden werden? Wollte er gestoppt werden? Oder war er einfach nur so arrogant zu glauben, die Polizei würde die Werbung nicht finden und er sie somit verhöhnen. Ihr findet mich nie?

Vielleicht stand sie gleich dem Mörder ihrer Schwester gegenüber. Wie würde sie reagieren? Was würde sie tun? Wäre sie überhaupt fähig irgendetwas zu tun, zu sagen, zu reagieren? Darüber wollte sie sich Gedanken machen, wenn es soweit war. Jetzt nicht schon vorher durchdrehen. Ruhig bleiben.

Jo atmete tief ein, klopfte an die Tür und öffnete sie.

Abgestandener Kaffeeduft und kalter Zigarettenrauch schlug ihr entgegen. Hier schien wohl nie jemand herunter zu kommen, so dass man das Rauchverbot in diesen Räumen ungefährdet missachten konnte.

„Guten Tag" begann Jo das Gespräch und schritt auf den Mann mittleren Alters zu, der gerade in sein Pausenbrot gebissen hatte und als einziger im Raum war.

„Ich bin Josephine Brandt, Herr Schneider hat mich in einem Memo angekündigt. Haben Sie es bekommen?"

Etwas verunsichert stand ihr Gegenüber von seinem Stuhl auf, wischte sich die Hand an der Hose ab und reichte sie ihr zur Begrüßung.

„Guten Tag, Krassnitz mein Name, ja ich habe das Memo gelesen. Was kann ich für Sie tun?"

„Ich würde Ihnen gerne ein paar Fragen stellen, aber wenn ich Sie gerade in ihrer Pause störe, dann kann ich auch später wieder kommen."

„Nein, kein Problem, was möchten Sie wissen?"

Bist du der Mörder meiner Schwester?

Mit einer Handbewegung deutete er Jo an, sich zu setzen.

„Zuerst einmal würde ich gerne wissen, wie Sie in der unteren Etage behandelt werden. Hier ist die Hierarchie ja sehr deutlich sichtbar. Ganz unten sind die kleinsten Angestellten. Lässt man Sie das spüren?"

Aufmerksam beobachtete Jo jede seiner Regungen. Sie hatte die Frage bewusst provozierend formuliert.

Du bist ganz unten, wie findest du das?

Kein Zucken des Mundwinkels, keine Regung seiner Mimik, seiner Augen sollte ihr entgehen.

„Es gefällt mir hier unten meine Ruhe zu haben. Ich mache meine Arbeit und niemand stört mich dabei."

„Sind Sie ganz alleine in dieser Abteilung?"

„Ja, das bin ich. Wenn große Aufträge anliegen, dann bekomme ich Zeitarbeiter zur Hilfe, aber normalerweise bin ich hier ganz alleine."

„Wie lange sind Sie schon in dieser Firma?"

„In ein paar Tagen werden es 20 Jahre. Ich bin direkt nach der Schule hierher gekommen. Damals war die Firma noch ein paar Straßen weiter und kleiner. Vor 10 Jahren sind wir dann hierher gezogen."

„20 Jahre? Das ist sehr lange. Hatten Sie nie versucht aufzusteigen? Ein paar Etagen hochzuklettern? Ihr Chef sagte mir, es bekämen hier alle die gleiche Chance aufzusteigen."

Jo musterte ihn wieder ganz genau.

„Ich fühle mich hier unten wohl. Hier habe ich meine Ruhe."

Es war zum Verzweifeln. Keine Reaktion. Er war nervös, das konnte sie nicht abstreiten, aber er schien ein schüchterner Mensch zu sein, der einer attraktiven Frau gegenüber leicht nervös wurde. Sie hatte diese Reaktion schon oft beobachtet, wenn sie einem unscheinbaren, schüchternen Mann gegenüber saß. Jo war attraktiv, dessen war sie sich bewusst und heute verfluchte sie ihre Schönheit nicht zum ersten Mal. Es lenkte oft von dem Eigentlichen Sinn ihrer Befragung ab. Das hatte sie in vielen Interviews schon feststellen müssen. Meist waren es dann arrogante

Machos, die glaubten, keine Frau könne ihrem Charme widerstehen. Was die Befragungen oft schwierig, geradezu anstrengend gestaltete. Diesmal ließ es einen Mann nervös und somit verdächtig erscheinen, der vielleicht nichts zu verbergen hatte.

„Wie kommen Sie mit ihren Kollegen zurecht? Wie ist das allgemeine Arbeitsklima hier?"

„Hier sind alle sehr nett zu mir. Zu meinem 10jährigen Jubiläum wurde ich sogar geehrt. Zum 20jährigen wird sicher wieder eine kleine Anerkennung kommen. Ich fühle mich hier sehr wohl."

„Danke Herr Krassnitz. Ich glaube, das war es erstmal. Vielleicht komme ich noch mal zu Ihnen in den nächsten Tagen, wenn Sie nichts dagegen haben."

„Kein Problem."

8

Am Küchentisch ihrer Schwester las Jo in ihren Notizen des Tages. Viel hatte es ihr nicht gebracht. Sie war in der untersten Etage in allen Abteilungen gewesen und hatte dort mit jedem Angestellten gesprochen. Es fühlten sich alle sehr wohl in der Firma. Die meisten wollten natürlich schnellstmöglich die Etagen-Karriereleiter hochklettern. Raus aus dem Keller. Niemand empfand es als Demütigung so offensichtlich „unten" zu sein. Sie empfanden es alle eher als Anreiz alles für die Firma zu geben um nach oben zu steigen.

Ein sehr schlaues Firmenkonzept.

Die Loyalität der Firma gegenüber ging sogar so weit, dass niemand ihr erzählte, dass die Polizei am Vormittag im Hause war. Sie selber konnte es nicht erwähnen. Wie hätte sie ihr Wissen darüber erklären sollen ohne sich zu enttarnen.

Niemand schien verdächtig. Niemand benahm sich besonders nervös oder wich ihren Fragen aus. Alles schien normal.

Nur der kleine, unscheinbare Postbeamte war nervös. Jo hatte die Kollegen auf ihn angesprochen. Doch die Antworten bestätigten nur ihre Vermutung. Er war ein schüchterner Mann, der gerne für sich alleine war. Er war jederzeit hilfsbereit, wenn man ihn um etwas bat. Aber sonst war er eher unscheinbar und still.

Er war immer so hilfsbereit und freundlich, das hätte ich nie von ihm gedacht!

War das nicht die Standardaussage, die viele Nachbarn und Freunde über Serienmörder, Amokläufer und andere Straftäter machten? War er auch ein unscheinbarer, hilfsbereiter Nachbar und Freund nach Außen und im Inneren eine Bestie? Alisas Bestie?

Jo würde den Postangestellten im Auge behalten. Er erschien ihr plötzlich sehr verdächtig.

Die fröhliche Melodie von Mando Diao riss Jo aus ihren Gedanken.

Ich muss unbedingt die Melodie ändern!

„Brandt" ging Josephine an ihr Handy.

„Hallo Frau Brandt. Hier ist Kommissar Heffner. Würden Sie bitte morgen aufs Kommissariat kommen? Ich würde gerne etwas mit Ihnen besprechen."

„Worum geht es denn?"

„Lassen Sie uns das morgen besprechen, nicht jetzt am Telefon. Wann könnten Sie morgen hier sein?"

„Das ist jetzt nicht Ihr Ernst. Sie glauben doch nicht wirklich, dass ich diese Nacht auch nur ein Auge zu mache, wenn Sie mir nicht sagen worum es geht."

Jo war außer sich vor Wut. Sie hasste es, wenn man sie mit Andeutungen einfach so stehen ließ. In diesem Fall natürlich besonders.

„Sie haben Recht. Das ist nicht fair. Wie wäre es mit gleich? Ich habe zwar einen Termin, aber den kann ich verschieben. Ich werde auf dem Weg dahin bei Ihnen vorbei schauen. Ich bin in 10 Minuten bei Ihnen."

„Danke."

Jo starrte auf das Handy in ihrer Hand. Die Verbindung war beendet und ihre Gedanken galoppierten geradezu in ihrem Kopf. Was konnte Kommissar Heffner mit ihr besprechen wollen?

Hatten sie einen Durchbruch erzielt? Hatten sie Alisas Mörder? Er hatte versprochen sie sofort zu informieren, wenn das der Fall wäre. Aber er wollte sie erst morgen sprechen, nicht gleich heute. Dann hatten sie den Mörder nicht. Mit der Nachricht hätte er nicht bis morgen gewartet. Aber er kommt doch jetzt. Heute Abend. Vielleicht hatten sie ihn ja doch geschnappt. Was sollte er sonst mit ihr besprechen wollen?

Vor Aufregung klopfte ihr Herz schmerzhaft in ihrer Brust.

Es klingelte an der Tür und mit zittrigen Händen nahm Jo den Hörer der Freisprechanlage in die Hand.

„Ja bitte?"

„Hier ist Kommissar Heffner Frau Brandt."

Jo betätigte den Summer und öffnete erwartungsvoll und nervös die Wohnungstür.

Kommissar Heffner kam die Stufen hoch und schon von weitem konnte Jo erkennen, dass er Alisas Laptop in den Händen hielt. Sie erkannte ihn am Aufkleber auf dem Deckel. Es war der gleiche Aufkleber, den auch Jo auf ihrem Laptop hatte. Es war eine rote Rose die aus einem schwarzen Herzen wuchs. Sie hatten damals zusammen diesen Aufkleber entdeckt und beschlossen, sich das Motiv eines Tages tätowieren zu lassen. Dazu würde es nun nicht mehr kommen. Wieder etwas, was sie gemeinsam geplant hatten und niemals in die Tat umsetzen würden. Wie die Kreuzfahrt und das Fotobuch. Sie hatten immer geglaubt, noch so viel Zeit zu haben. Obwohl sie es nach dem tragischen Unfalltod ihrer

Eltern damals schon hätten besser wissen müssen.

War das alles? Wollte er ihr nur Alisas Laptop bringen? Nein, er wollte auch noch etwas mit ihr besprechen. Hatten sie vielleicht etwas Wichtiges auf ihrem Laptop gefunden, das nur sie erklären konnte?

Kommissar Heffner setzte sich mit Jo an den Küchentisch und sie glaubte, gleich explodieren zu müssen vor Aufregung.

„Was gibt es so wichtiges, das Sie mit mir besprechen müssen? Haben Sie den Mörder meiner Schwester gefasst?"

„Nein, leider nicht. Ich bin aus zwei Gründen zu Ihnen gekommen."

Nein!

Dieses eine Wort traf sie wie ein Schlag ins Gesicht. Kommissar Heffner schien ihre körperliche Reaktion auf seine Worte zu spüren.

„Alles in Ordnung Frau Brandt?"

Jo atmete schwer. Schwer und schnell. Sie war auf dem besten Wege zu Hyperventilieren. Der Schweiß brach ihr aus, die Luft wurde immer knapper in ihren Lungen und um sie herum drehte sich alles. Hätte Kommissar Heffner sie nicht aufgefangen, sie wäre vom Stuhl auf den harten Küchenboden geschlagen. Sie hätte es nicht mal gespürt, denn es wurde dunkel um sie, kaum das sie zur Seite weg rutschte.

Sie wachte im Wohnzimmer auf dem Sofa auf. Verwirrt blickte sie sich um. Als sie den Kommissar neben sich sitzen sah, ihr mit sorgenvollem Blick ein Glas Wasser reichend, kam die Erinnerung zurück.

Sie nahm das Wasserglas, trank es in kleinen Schlucken aus und wappnete sich für die erneute niederschmetternde Antwort des Kommissars.

„Sie haben Alisas Mörder immer noch nicht gefunden?"

„So leid es mir tut. Nein."

Es war mehr ein Flüstern. Auch ihm schien die Antwort körperlichen Schmerz zu bereiten. Sie konnte die Qual in seinen Augen sehen.

„Warum sind Sie dann hier? Sie sagten, es gibt zwei Gründe für Ihren Besuch."

„Das ist richtig. Der erste Grund ist der Laptop Ihrer Schwester. Die Spurensicherung ist abgeschlossen. Leider auch in diesem Fall erfolglos."

Jo war noch zu geschwächt um auf diese Aussage zu reagieren. Sie konnte die Enttäuschung über die Worte nicht zulassen.

„Und der zweite Grund?"

„Frau Brandt. Sie müssen damit aufhören. Sie kommen noch in Teufels Küche."

„Womit? Was meinen Sie?", unterbrach sie seinen Wortfluss.

„Ich glaube, Sie wissen ganz gut, was ich meine. Als wir heute morgen in der Firma Adver&Tising waren, konnte ich hören, wie der Firmenchef seine Sekretärin anwies eine gewisse Journalistin namens Josephine Brandt zu kontaktieren um den Termin auf den Nachmittag zu verschieben. Frau Brandt. Was denken Sie sich dabei? Sie können froh sein, dass außer mir niemand diese Anweisung gehört hat. Sie gefährden die Ermittlungen, wenn Sie so weiter machen."

Erstaunt sah sie den Kommissar an. Damit hatte sie nun wirklich nicht gerechnet. Sie war ertappt worden. Nun war alles vorbei. Er würde ihr verbieten, weiterhin in dieser Firma zu recherchieren. Es war alles aus. Sie war zur Tatenlosigkeit verdammt.

„Ich verstehe nicht, was Sie meinen. Was hat meine berufliche Tätigkeit mit ihren Ermittlungen zu tun? Ich recherchiere im Auftrag meiner Zeitung in mehreren Firmen für einen Artikel über"

„Frau Brandt! Bitte beleidigen Sie nicht meine Intelligenz. Sie wollen mir doch nicht ernsthaft erzählen, dass es sich um einen Zufall handelt, dass Sie ausgerechnet in der Firma recherchieren, die für den Werbeprospekt mit der handschriftlichen Notiz an Ihre Schwester verantwortlich ist."

Jo gab auf.

„Nein, Sie haben Recht. Ich habe mir die Adresse notiert nachdem ich Sie angerufen hatte und habe mir die Geschichte dieses Artikels ausgedacht um auf eigene Faust zu ermitteln. Was soll ich denn machen? Tatenlos dasitzen? Das kann ich nicht! Wenn Sie mich nur ein wenig mit einbeziehen würden in ihre Ermittlungen. Wollen wir nicht zusammen arbeiten? Ich kann als Journalistin mit freiem Zugang zu allen Abteilungen doch viel mehr erfahren als ein Polizist. Die Angestellten sind so loyal, die haben mir gegenüber nicht einmal erwähnt, dass die Polizei da war. Nehmen Sie mich als Maulwurf. Lassen Sie mich nicht tatenlos zurück. Bitte! Ich flehe Sie an!"

Diesmal konnte sie die Tränen nicht zurück halten. Sie weinte hemmungslos. Zu erschöpft war ihr Körper um sich gegen den Lauf der Tränen zu wehren.

Der Kommissar setzte sich zu Jo auf das Sofa und nahm sie in den Arm. Er sagte nichts. Hielt nur die Arme um sie geschlungen, um ihren bebenden Körper.

Es tat so gut endlich alles raus zu lassen. Die unterdrückten Tränen der letzten Woche frei zu geben. In den Armen eines fremden Menschen zu weinen wäre ihr früher nie passiert. Doch diesmal war es ihr egal, dass dieser Mann sie weinen sah. Es war ihr nicht nur egal, es fühlte sich sogar sehr gut an. Es tat verdammt gut.

Langsam beruhigte Jo sich und löste sich leicht aus der tröstlichen Umarmung. Der Kommissar hielt ihr ein Taschentuch hin und sie schnäuzte sich verlegen die Nase. So gut das Weinen auch tat, jetzt kam doch die Verlegenheit zurück. Wie konnte sie nur einem fremden Mann gegenüber ihre Gefühle zeigen? Ihr Trauer, ihre Verzweiflung ausleben?

„Es tut mir leid, dass Sie das miterleben mussten. Ich heule sonst nicht vor Fremden."

„Machen Sie sich keine Sorgen. Das ist völlig normal in Ihrer Situation."

„Vermutlich haben Sie Recht. Danke, dass Sie so verständnisvoll sind."

„Immer gerne."

„Taschentücher gehören bestimmt zu Ihrer Standardausrüstung für verzweifelte Frauen."

„Für besondere Situationen haben wir sogar das dabei.", sagte der Kommissar und zog aus der

Seitentasche seines Sakkos einen kleinen Teddybären und reichte ihn lächelnd Jo.

„Eigentlich ist der für kleine, traurige Kinder gedacht. Aber ich glaube, ich kann mal eine Ausnahme machen und ihn einer traurigen Frau schenken."

Lachend nahm Jo den Teddy entgegen.

„Und was passiert nun? Verbieten Sie mir jetzt noch einmal in diese Firma zu gehen?"

Bitte nicht!

„Ich bin versucht das zu tun Frau Brandt. Es ist ja auch gar nicht sicher, dass die Firma darin verwickelt ist. Der Flyer, auf dem die Nachricht stand, war als Postwurfsendung ohne Umschlag eingeworfen worden. Jeder hätte diesen Flyer im Briefkasten ihrer Schwester hinterlassen können. Unsere Untersuchung der Firma und aller Angestellten hat auch nichts Verdächtiges ergeben. Es kann sich hier also um eine falsche Spur handeln. Ich habe noch keine Entscheidung getroffen. Lassen Sie mich eine Nacht darüber schlafen."

„Danke"

„Am Besten kommen Sie morgen früh zu mir aufs Präsidium und wir besprechen alles Weitere ausführlich. Wie wäre es um neun Uhr?"

„Sehr gerne. Vielen Dank."

„Bedanken Sie sich nicht zu früh, ich habe mich noch nicht entschieden, wie weit ich Sie in die Ermittlungsergebnisse eintauchen lasse."

„Sie werden die richtige Entscheidung treffen. Da bin ich mir sicher. Ich bin kein Laie auf dem Gebiet. Ich habe jahrelang als Gerichtsreporterin gearbeitet und das nicht nur als vorzeigbares Gesicht vor der Kamera. Ich habe in diesen dreizehn Jahren sehr viel über Serienmörder recherchiert und gelernt. Sie nach ihrer Verhaftung interviewt. Bin in ihr tiefstes Inneres Vorgedrungen. Ich habe sehr eng mit renommierten Fallanalytikern zusammen gearbeitet. Mein Wissen könnte Ihre Arbeit bereichern. Sie müssen mir nur eine Chance geben."

„Wir werden sehen."

9

Sie sollte die letzte sein. Die fünfte. Die kanonischen fünf, wie bei Jack the Ripper.

Schon von Kindesbeinen an war er ein Fan von diesem mysteriösen Serienmörder.

Als kleiner Junge von 10 Jahren hatte er das erste Buch über Jack the Ripper gelesen und war von Stund an fasziniert von dem Mythos. Er verbrachte damals viele Stunden in der Bücherei in der Nähe seiner Schule. Der Fernseher zuhause wurde mit dem Auszug seines Vaters aus der Wohnung verbannt. Seine Mutter wollte nichts wissen von der Gewalt und dem Sex der Außenwelt. Es würde ihren Sohn verderben, wenn er all das erfahren würde. Sie wollte ihn damit beschützen. Es folgten zuerst lange, langweilige Wochen und er verstand es auch nicht. Aber sie erklärte es ihm immer wieder. Da draußen herrschte so viel Böses, das wäre nicht gut für ein Kind. Es würde ihm Angst machen und es war doch schließlich die Pflicht einer Mutter, ihren Sohn zu beschützen. Nach ein paar Wochen entdeckte er die Bücherei. Er hatte mal wieder den Bus verpasst, weil seine Träumereien ihn aufgehalten hatten. So schlenderte er die Straße auf und ab bis der nächste Bus kam und entdeckte dabei die Bücherei. Von da an war er fast täglich dort. Es gab ihm die Möglichkeit für ein paar Stunden dem Zuhause zu entfliehen. Er füllte damit nicht nur die langen Stunden des Nachmittags, er tauchte auch in eine andere Welt ab. Vergaß für eine Weile die Einsamkeit ohne seinen Vater und die Strenge seiner Mutter. Er hatte keine Freunde, die er zum Spielen traf. Er war der belachte Außenseiter der Schule. Er war sehr oft einsam und die Langeweile manchmal unerträglich. Aber nun hatte er etwas gefunden, was ihm Freude bereitete, ihn ablenkte. Er lieh auch Bücher aus. Aber nur die Bücher, die sein Wissen vergrößerten, die seine Mutter akzeptieren würde. Bücher für die Schule. Seine große, heimliche Leidenschaft waren die Kriminalromane. Sie las er in der Bücherei. Traute sich nicht, sie mit nach Hause zu nehmen. Und eines Tages fiel ihm dieses besondere Buch in die Hände. Und von da an sammelte und verschlang er alles was es an Informationen über Jack the Ripper gab.

Jahre später, als ihn die Fantasien um das Töten, das Foltern einer Frau nicht mehr ließen, erkannte er die Seelenverwandtschaft. Das einzige was ihn abstieß, aber dennoch faszinierte, war das Essen der Innereien. Man vermutete, dass Jack die fehlenden Organe gegessen hatte. Niemand konnte es genau sagen. So wie niemand jemals sagen konnte *wer* dieser Jack war. Und bis heute war er noch hin und her gerissen, ob er sich der Welt bekannt machen wollte. Ihnen allen zeigen, was in ihm steckte. Oder ob er in die Geschichte eingehen wollte, als nächster Mythos eines Frauenmörders. Die Entscheidung war nicht leicht. Er wusste, dass diese Entscheidung bei ihm lag. Er hatte keine Spuren hinterlassen. Wenn er nach diesem fünften Weib aufhörte, dann würde ihn niemand jemals finden und er würde als neuer Mythos in die Geschichte eingehen. Aber die Gefahr, einfach unter zu gehen zwischen all den Serienmördern, die weitaus mehr

Opfer dargebracht hatten, die war sehr groß. Nachher wäre er nur einer unter vielen. Nur ab und zu eine kurze Randnotiz. Die Welt war zu böse geworden. Viel zu böse, als das man seine Taten wirklich zu würdigen wüsste, wenn er nach nur fünfen aufhören würde. Und was bedeutete kanonisch schon? Es bedeutete, die *anerkannten* fünf. Im Stillen vermutete man auch bei Jack mehr Opfer, die man ihm zuordnen könnte.

Warum sollte er nicht die kanonischen 10 oder 20 erschaffen? Ein neuer Mythos werden? Das würde ihm gefallen. Ja. Die Entscheidung war getroffen. Sie würde nicht die letzte sein. Sein Werk war noch lange nicht vollbracht.

Würde er seinem Vater begegnen, wenn er sich offenbarte? Würde sein Vater verstehen wollen, was hinter seinem Meisterwerk steckte? Zu ihm kommen um es zu verstehen? Würde er am Ende Stolz auf ihn sein? Im Grunde war ihm das egal. Er war schon lange nicht mehr auf der Jagd nach Anerkennung und Stolz seines Vaters. Sein Vater hatte ihn verlassen, einer neuen Familie den Vorzug gegeben. Sich eine neue, jüngere Frau gesucht und ihn und seine Mutter einfach verlassen. Ohne ein Wort der Erklärung. Ohne jemals zurück zu blicken.

Seine Mütter würde stolz auf ihn sein. Da war er sich sicher. Hatte sie ihm doch erklärt, wie gefährlich schöne Frauen waren. Wie egoistisch und rücksichtslos sie sich Männer aussuchten und ihren Familien entrissen, um sich ein schönes Leben zu ermöglichen.

Sie hatten es am eigenen Leib erfahren, wie es war, den Mann, den Vater an eine schöne Frau zu verlieren. Ohne Chance auf ein glückliches, sicheres Leben zurück zu bleiben. In ewiger Trauer zu leben. Diese Trauer war schlimmer, als der wirkliche Verlust eines geliebten Menschen. Diese Trauer erlaubte keinen Abschluss, keinen Blick nach vorne. Sie war eine dunkle Wolke, die über allem schwebte und kein Licht hindurch ließ.

Viele Jahre hatte er gewartet, dass diese dunklen Wolken aufrissen. Nur einen kleinen Spalt. Nur ein wenig Licht hindurch ließen. Nur ein wenig Freude. Viele Jahre hatte er auf seinen Vater gewartet. Er suchte in den Straßen nach seinem Vater. Er hoffte bei jedem Türklingeln, er würde es sein. Er wollte doch nur wissen warum. Warum er sich nicht mehr für seinen Sohn interessierte. Was er falsch gemacht hatte, dass er ihn nicht mehr liebte. Was seine Mutter falsch gemacht hatte, dass er dafür seine Familie einfach verließ. Es war keine einfache Zeit für ihn und seine Mutter. Aber für seinen Vater. Er war einfach gegangen und nie wieder zurückgekehrt. Er hatte es sich sehr einfach gemacht. Und das Warum war das Mindeste, was er ihnen schuldig war.

Und eines Tages stand ihm sein Vater gegenüber. Sein Vater und seine neue Familie.

Er saß damals im Volkspark und beobachtete Väter, die mit ihren Kindern auf dem Spielplatz schaukelten oder Sandburgen gruben, während die Mütter auf den Bänken saßen und sich angeregt unterhielten. Jeden Sonntag, wenn das Wetter es zuließ, ging er in den Park und saß etwas abseits auf einer Bank mit einer Zeitung, die er nicht wirklich las. Er hielt sie gerade hoch genug, dass er über ihren Rand hinweg die Idylle um sich herum aufnehmen konnte. Er träumte sich dann regelmäßig in seine Kindheit zurück. Als sein Vater jeden Schönwettersonntag, wie er es nannte, mit ihm zu diesem Spielplatz ging und sie stundenlang spielten, tobten und lachten. Seine Mutter saß nie auf den Bänken und unterhielt sich mit anderen Müttern. Sie blieb zuhause. Sie brauchte diese Sonntagsauszeit um einmal durchatmen zu können. Sie war trotz aller Überredungskünste seines Vaters nie mitgekommen. Sie wurde regelrecht wütend, wenn er sie wieder einmal überzeugen wollte, den Tag gemeinsam zu verbringen und zu genießen. Bruchstücke dieser Unterhaltungen hatten sich in sein Gehör gebrannt.

„Die ganze Woche bin ich damit beschäftigt mich um Dich und Deinen Sohn zu kümmern. Da ist es mir wohl vergönnt, wenigstens am Sonntag ein paar Stunden Ruhe zu haben."

„Warum sollte ich mich mit anderen Müttern anfreunden. Sie verstehen sowieso nicht, wie schwierig es ist, deinen Sohn alleine groß zu ziehen, weil Du nie da bist."

„Geht jetzt endlich! Und kommt ja nicht so schnell wieder!"

Damals verstand er diese Worte nicht, sie verwirrten ihn nur. Inzwischen wusste er, wie schwer seine Mutter es hatte. Mit einem Ehemann, der immer arbeitete, durch viele Überstunden dem Zuhause fern blieb und sie sich alleine um das Kind kümmern musste. Angebunden an die Wohnung. Es war schon damals sehr schlimm für ihn, seine Mutter so traurig zu sehen. Ihre verzweifelte Wut entlud sich oft an ihm. Doch sie entschuldigte sich jedes Mal. Weinend und um Verzeihung bittend erklärte sie ihm wer wirklich Schuld an allem war. Sein Vater. Es war ein Segen, als er nicht wieder kam. Er konnte sich noch genau daran erinnern. Zuerst wunderte er sich, wartete und wartete und als er und seine Mutter begriffen, dass er nicht wieder kommen würde, da freute er sich. Er freute sich so sehr, dass er es nicht vor seiner Mutter verbergen konnte und sie ihn mit einer schallenden Ohrfeige zur Besinnung brachte.

Die erste Zeit war weitaus schlimmer als die Ohrfeige. Weitaus schlimmer als jede Tracht Prügel, die er bis dahin bezogen hatte. Die ersten Tage weinte seine Mutter leise vor sich hin, dann brüllte sie hysterisch und nach ein paar Tagen saß sie nur noch stumm in ihrem Lieblingssessel und starrte zum Fenster hinaus. So ging es über mehrere Wochen. Und egal was er tat, er konnte sie nicht aufmuntern. Er kaufte ihr von seinem letzten Taschengeld einen Roman von Nora Roberts. Sie verschlang diese Romane sonst voller Leidenschaft. War kaum ansprechbar, wenn sie einen in der Hand hatte. Doch diesmal blickte sie nur kurz auf das Buch und dann wieder aus dem Fenster ins Leere. Es war ein Roman, den sie nicht kannte, das wusste er ganz genau. Er hatte vorher alle Titel im Bücherregal aufgeschrieben und war damit in die Buchhandlung gegangen, damit er keinen Titel doppelt kaufte. Aber trotzdem konnte er ihr damit keine Freude machen.

Zu der Zeit lernte er auch das Kochen, um seine Mutter mit ihren Lieblingsgerichten zu verwöhnen. Er putzte und wusch die Wäsche. Er kümmerte sich um alles und versuchte immer wieder zwischendurch sie anzusprechen und wartete jedes Mal vergeblich auf eine Reaktion.

Und dann, eines Morgens, da war alles anders.

Noch bevor sein Wecker klingelte ging die Tür zu seinem Zimmer auf. „Guten Morgen Liebling. Aufstehen." flötete sie in einem fröhlichen Singsang, dass er zuerst glaubte noch zu träumen. Aber er träumte nicht. Es war seine Mutter. Fröhlich wie schon seit Monaten nicht mehr.

10

Zehn Minuten vor neun betrat Jo das Polizeipräsidium. Dieses mal jedoch mit ganz anderen Gefühlen. Angst und Verzweiflung waren heute nicht ihr Begleiter. Nein, die Gefühle waren geradezu positiv. So positiv, wie sie in einer solchen Situation sein konnten. Es gab wohl keinen Menschen, der nicht in irgendeiner Form angespannt oder verunsichert war, wenn er ein Polizeipräsidium betrat. Sogar wenn es nicht so eindrucksvoll war wie dieses. Niemand war gerne hier. Vermutlich nicht mal alle, die hier arbeiteten. Waren sie doch täglich mit all dem Abfall und dem Bösen der Menschheit konfrontiert. Einen schönen, erheiternden Arbeitsplatz konnte man das sicherlich nicht nennen. So wie die Besucher es nicht als schönen Termin bezeichnen würden. Doch für Jo war es heute ein schöner, nein, ein hoffnungsvoller Termin. Sie war voller Energie aufgewacht. Als das Bewusstsein ihren Schlaf verdrängte, waren zum ersten Mal keine Tränen geflossen. Keine niederschmetternde Erinnerung hatte sie vom sanften Schlaf in die brutale Realität katapultiert. Sie war sofort hellwach und voller Tatendrang. Konnte es kaum erwarten.

Mit forschen Schritten ging sie auf den Empfangstresen zu. Sie lächelte erfreut, als sie den Beamten dort erkannte. Auch er lächelte zurück, als er sie sah. Zum ersten Mal blickte sie auf das Namensschild, das vor ihm auf dem Tresen stand. Sie hatte es vorher nie bemerkt. Doch nun sah sie es und versuchte sich den Namen einzuprägen. Wer weiß, wofür man es mal brauchte.

„Guten Morgen Herr Meisel. Oh, war das jetzt unhöflich? Hätte ich einen Titel vorweg nennen sollen?"

„Guten Morgen Frau Brandt. Nein, nein, kein Problem. Herr Meisel ist völlig in Ordnung. Kommissar Heffner hat mir schon Bescheid gesagt, dass er Sie erwartet, Sie können direkt durchgehen."

Jo war erstaunt, dass er ihren Namen wusste. Aber nachdem, was sie sich herausgenommen hatte, war das wohl eher verständlich. Sie lächelte dankbar.

„Vielen Dank."

Jo hatte auf Google Maps einmal ein Satellitenbild von dem Polizeipräsidium gesehen. Von oben sah es aus, wie ein riesiges Zahnrad und sie dachte damals, es müsste im Inneren ein hilfloses Durcheinander von Bürotüren geben. Auf dem Weg zu Kommissar Heffners Büro befürchtete sie zuerst, es nicht zu finden. Sie war erst einmal von ihm dorthin geführt worden und damals mit anderen Dingen beschäftigt, als sich den Weg zu merken. Doch sie erinnerte sich an den Weg zu seinem Büro. Sie ging zielstrebig darauf zu, als wäre sie schon zum hundertsten Mal dorthin gegangen. Im Stillen hoffte sie, dass die Zukunft diese Zahl sehr nah erreichen möge. Das sie zusammen arbeiten würden auf irgendeine Art und Weise und sie von nun an regelmäßig diesen Weg gehen würde. In den dritten Gang auf der linken Seite abbiegen, dann bis zum Ende des Flures und an der letzten Tür rechts stand ziemlich unspektakulär hinter einer Plexiglasscheibe sein Name.

Ein Blick auf ihre Armbanduhr sagte ihr, es war sieben Minuten vor neun, doch das war ihr egal. Pünktlichkeit war schon immer eine ihrer Stärken gewesen. Überpünktlichkeit ihr Markenzeichen. Sie klopfte an die Tür und es kam auch prompt ein „Herein".

Sie öffnete die Tür und Kommissar Heffner hatte sich schon zur Begrüßung von seinem Stuhl erhoben und ging um seinen Schreibtisch herum um ihr die Hand entgegen zu strecken.

„Guten Morgen Frau Brandt. Wie geht es Ihnen heute Morgen?"

„Gut, danke. Ich habe zum ersten Mal seit langem gut geschlafen."

Lächelnd erwiderte sie seinen Händedruck und ließ sich zu einem der Stühle gegenüber dem Schreibtisch führen. Dort hatte sie schon einmal gesessen. Mit einem perfiden Plan im Hinterkopf und einer blauen Aktenkopie in ihrer Handtasche. Siedendheiß fiel ihr ein, dass eben diese Kopie noch in ihrer Handtasche war. Sofort spürte sie das heiße Brennen in ihrem Gesicht. Ein untrügliches Zeichen für errötete Wangen. Sie kannte das Gefühl und hasste es gleichermaßen. Sie hatte schon etliche Pokerspiele aus eben diesem Grund verloren und das Spiel dann irgendwann aufgegeben. Egal wie viel Spaß sie daran hatte, sie hatte ihren Körper in manchen Situationen zu wenig im Griff, es hatte keinen Sinn. Sie konnte Tränen unterdrücken, sie konnte Wut unterdrücken, Enttäuschungen, doch Scham und Freude hatte sie nicht im Griff. Freude bei einem guten Pokerblatt und Scham bei einer blauen Aktenkopie in ihrer Handtasche. Sie schlang ihre

Arme um die Handtasche, obwohl sie fest verschlossen war. Es war ein Reflex. Sie hoffte inständig, Kommissar Heffner würde die Röte in ihrem Gesicht nicht bemerken oder auf ihre Aufregung, seine Entscheidung betreffend schieben. Ja, das war die perfekte Ausrede, falls er sie darauf ansprechen sollte. Sie würde es auf die Aufregung schieben, wie er sich entscheiden würde.

Er setzte sich ihr gegenüber an seinen Schreibtisch und blickte sie stumm an.

Sie hielt seinem Blick stand. Das war etwas, das sie konnte. Es gehörte nicht in die Kategorie der Unkontrollierbarkeit. Sie sah ihm fest in seine braunen Augen. Er hatte sanfte, braune Augen. Umrandet von dichten Wimpern. Das war ihr zuvor nie aufgefallen. Dieser sanfte Blick. Nicht einmal gestern Abend, als er tröstend ganz dicht neben ihr saß. So wie ihr das Namensschild von Herrn Meisel nicht aufgefallen war.

Ich war mit wichtigeren Dingen beschäftigt.

Sie konnte es, sie brach nicht zuerst das Schweigen.

„Nun, Frau Brandt, ich habe mir viel Gedanken um Sie gemacht und ich habe mich eingehend über Sie informiert."

Damit hätte sie rechnen müssen, aber es überraschte sie dennoch. Im ersten Impuls wollte sie protestieren. Doch schnell Gewann die Vernunft überhand. Natürlich hatte er sich erkundigt. Ihre Referenzen geprüft. Und sie wusste, dass er nur Gutes erfahren hatte. Sie war sehr gut in ihrem Job. Und ohne das Fehlverhalten ihres damaligen Chefs, nachdem sie seine Avancen mehrfach abgelehnt hatte, wäre sie noch dort. Sie hatte ihren Job geliebt und trauerte ihm noch sehr oft nach.

„Sie haben tatsächlich eine beachtliche Karriere als Gerichtsreporterin gemacht. Sogar weit darüber hinaus. Ich habe mit einigen Fallanalytikern gesprochen und sie waren durchweg voll des Lobes über Sie. Ich bin beeindruckt."

„Danke."

Aber? Da fehlt das aber.

„Aber.... nehmen Sie es mir nicht übel. Es mag mich vielleicht nichts angehen, aber es interessiert mich doch, weil es mich verwundert und ich es verstehen muss... warum haben Sie damit aufgehört? Sie hatten eine glänzende Karriere vor sich und haben von einem Tag auf den anderen alles hingeschmissen. Ich möchte einfach nur wissen, dass Sie verlässlich sind und auch hier, *sollte* ich Sie mit einbeziehen, nicht von heute auf morgen alles hinschmeißen."

Oh nein!

Sie musste Zeit schinden.

„Ich kann wohl nicht darauf hoffen, dass Sie meinem Wort vertrauen, wenn ich sage, ich hatte meine Gründe?"

„Ich kann nicht. Ich würde gerne, aber auch ich muss mich rechtfertigen. Wenn ich eine Zivilistin in die Ermittlungen mit einbeziehen will, dann muss ich das begründen können und eventuelle Gegenargumente sollte ich dann ausheveln können. Wären sie noch in ihren früheren Job wäre das alles leichter, aber so muss ich auf einer Antwort bestehen."

Innerhalb von Sekunden galoppierten die Gedanken durch ihren *Kopf*.

Wahrheit.
Lüge.
Wahrheit.
Welche Lüge?
Ihr fiel so schnell keine Lüge ein. Keine plausible. Sie war darauf nicht gefasst. Sie hatte sich treiben lassen von der Vorstellung, der Hoffnung, in die Ermittlungen mit einbezogen zu werden und wenn es auch nur am Rande wäre. Nur die Informationen der bisherigen Ermittlungsergebnisse hätten sie schon weit nach vorne gebracht. Sie hatte nicht einen Gedanken daran verschwendet, dass ihr gestriges Prahlen mit ihrer früheren Karriere ihr plötzlich Steine in den Weg legen könnte. Und nun saß sie da.
Wahrheit oder Lüge?
„Ich gebe Ihnen die Antwort auf ihre Frage. Aber vorher müssen Sie mir etwas versprechen."
Weiter konnte sie nicht reden. Es war zu schwer über dieses Thema zu sprechen. Sie konnte es nur Stück für Stück. Sie brauchte die Zeit bis zu seiner Antwort um die schreckliche Wahrheit aussprechen zu können.
„Was soll ich Ihnen versprechen?"
„Was auch immer ich Ihnen jetzt erzähle. Es darf diesen Raum nicht verlassen. Wie auch immer Sie sich gegen diverse Gegenargumente wehren, es darf niemand erfahren, warum ich nicht mehr in meinem früheren Job arbeite."
„Das einzige was ich Ihnen versprechen kann ist, ich werde mir anhören, was Sie mir zu sagen haben und dann entscheiden, ob ich Ihrer Bitte nachkommen kann. Es kommt darauf an, was Sie

mir erzählen. Es geht hier auch um meinen Kopf."

Genau das hatte sie befürchtet. Was auch sonst.

„Reicht Ihnen der Begriff Mobbing?"

„Nein."

„Warum nicht?"

Jo griff nach jedem Strohhalm. Sie wollte, sie konnte nicht die ganze Geschichte erzählen.

„Frau Brandt. Wenn ich mit jemandem zusammenarbeite, dann geht das nur mit absolutem Vertrauen. Mobbing ist ein bekanntes und auch sehr schlimmes Erlebnis. Vor allem für die Betroffenen. Aber es muss einen anderen, triftigen Grund für Ihre Kündigung geben. Ihrer Vita nach haben Sie ihren Job geliebt, sind darin aufgegangen und plötzlich ist alles vorbei. Ich *muss* wissen warum. Ich *muss* Ihnen vertrauen können. Auf alles vorbereitet sein."

Jo wurde bewusst, dass er sie haben wollte, sie mitnehmen wollte auf die Reise. Die unbekannte Reise zum Serienmörder, der ihre Schwester getötet hatte. Es fehlte nur ein kleiner Schritt dahin. Ein kleiner Schritt für ihn, aber ein riesiger Schritt für sie. Es war gerade erst 5 Monate her, dass sie gekündigt hatte. Es war alles noch so frisch. Sie hatte bisher mit niemandem darüber geredet.

Außer mit Alisa.

„Gut, ich erzähle es Ihnen. Aber Sie müssen mir dann etwas anderes versprechen. Wenn Sie das, was ich Ihnen jetzt erzähle, nicht für sich behalten können, dann kann ich nicht das tun, was ich gerne tun möchte. Mithelfen, dabei sein, dann muss ich leider wieder nach Hause fahren. Bitte tun Sie mir das nicht an."

Etwas veränderte sich in seinem Blick. Das konnte sie genau sehen. Sie konnte es nur nicht richtig deuten. War es Angst? War es Flucht? War es Überraschung?

Das war ihr jetzt egal, sie musste das Schlimmste, was ihr je passiert war erzählen. Für ihre Schwester. Für Alisa.

„Na gut. Wir machen es folgendermaßen. Sie erzählen mir den Grund Ihrer Kündigung und ich entscheide dann, ob ich Ihr Geheimnis, egal was kommt, bewahren werde."

Damit gab Jo sich zufrieden.

„Sie sind der erste, außer Alisa, der es erfährt. Mein damaliger Chef hat mir Avancen gemacht. Mehrfach. Ich habe sie abgelehnt. Jedes Mal. Und eines Tages, ich machte mal wieder Überstunden und es war schon sehr spät. Ich war allein in meinem Büro, ich war alleine im ganzen Gebäude, so glaubte ich zumindest. Doch ich irrte mich. Muss ich weiter erzählen? Können Sie sich nicht den Rest denken? Bitte?"

„Er hat seine Avancen mit Gewalt unterstrichen?"

„Ja, das hat er. Ich konnte ihn zwar abwehren, bevor es zum Äußersten kam, aber sie können sicher verstehen, dass es mir trotzdem schwer fällt, darüber zu sprechen."

Wieder Stille. Wieder diese braunen Augen.

„Reicht Ihnen das als Information?"

„Ja, das reicht mir. Danke für Ihr Vertrauen."

„Wie geht es nun weiter?"

„Ich habe heute Morgen schon mit meinem Vorgesetzten Kriminalhauptkommissar Schroder gesprochen, dass ich eine renommierte Reporterin aufgetan habe, die uns bei den Ermittlungen helfen könnte. Sozusagen aus dem Untergrund heraus in der Firma Adver&Tising ermitteln könnte. Er war zuerst natürlich begeistert. Bis ich ihm sagte, dass sie eine Schwerster eines der Opfer sind. Da wollte er verständlicherweise Hintergrundinformationen haben, und Sicherheiten. Sicherheit darüber, dass Sie trotz der engen Beziehung zu einem der Opfer neutral ermitteln können. Und jetzt kann ich ihm ein Ja geben. Ohne Ihre Ehrlichkeit hätte ich das nicht gekonnt. Danke."

Jo war sprachlos. Sprachlos vor Dankbarkeit und Freude. Es war keine Freude, die ihr wieder die Röte ins Gesicht drückte, die der Kommissar zuvor zum Glück nicht bemerkt, oder kommentiert hatte, aber sie war selig.

„Heißt das ich bin dabei? Sie informieren mich über alles Vergangene und ich bin in der Zukunft dabei?"

„Ja, Frau Brandt, genau das heißt das. Enttäuschen Sie mich nicht."

Jo sprang von ihrem Stuhl auf und reichte dem Kommissar die Hand.

„Danke Kommissar Heffner! Sie werden es nicht bereuen. Ganz bestimmt nicht."

Er nahm ihre Hand in seine beiden Hände und lächelte sie auf eine befremdliche Weise an.

„Wo wir das jetzt besprochen haben und nun mehr Zeit miteinander verbringen. Ich bin Axel."

„Jo."

11

Jo saß alleine in dem Besprechungsraum, den sie schon beim ersten Besuch kennen gelernt hatte. Axel hatte sie über die bisherigen Ermittlungsergebnisse informiert und sie hatte sich tapfer alles angehört und hier und da Fragen gestellt, doch dann hatte sie ihn um etwas Zeit für sich gebeten. Zu schmerzhaft waren all die Informationen. Alles, was er ihr erzählt hatte war schon brutal und grausam genug, doch in Verbindung mit ihrer geliebten Schwester fast unerträglich. Sie war auf alles gefasst, hatte durch ihre jahrelangen Erfahrungen mit Schwerstverbrechern gelernt, eine emotionale Distanz aufzubauen. Doch hier bröckelte die Fassade Stück für Stück ab. Wort für Wort fiel immer mehr Putz von der Schutzmauer und zurück blieb das nackte Entsetzen.

Vor ihr lagen die Autopsiebilder, die Tatortbilder und die Ermittlungsakten auf vier Stapeln. Vier Opfer. Vier Stapel Grausamkeit. Und niemand wusste, wann der fünfte Stapel hinzukommen würde. Nur eines wussten alle. Es *würde* eine fünfte Akte geben. Es war nur eine Frage der Zeit und davon war schon zu viel verstrichen. Die Abstände zwischen den Morden wurden kürzer. Zwischen den ersten beiden Opfern waren sechs Monate verstrichen und inzwischen hatte sich der Abstand auf zwei Monate verkürzt. Zwei Monate lagen zwischen dem dritten Opfer und Alisa. Das war nun zwei Wochen her. Die Zeit drängte.

Jo atmete tief durch und versuchte, die Informationen zu bündeln. Nüchterne Überlegungen konnten den Schmerz vertreiben.

Die Fundorte waren nicht die Tatorte, das war sicher. Doch leider gab es keine Zeugen, die etwas Verdächtiges bemerkt hätten. Völlig unbeobachtet konnte der Täter die Opfer am Elbstrand abladen. Das war fast unmöglich, weil am Elbstrand selbst zur späten Stunde oft reges Treiben herrschte. Zumindest jetzt, in der Sommerzeit. Wo laue Nächte die Menschen zum Bleiben bewegten. Es war gut möglich, dass es beim nächsten Mal Zeugen geben würde. Es war aber auch genau so gut möglich, dass er beim nächsten Opfer einen gänzlich anderen Ort wählte.

Es gab keine DNS, keine Fingerabdrücke, keine Haare. Nichts wurde gefunden, was einen möglichen Verdächtigen überführen konnte. Es gab nicht einmal einen Verdächtigen. Die Opfer hatten nichts gemeinsam. Sie kannten sich nicht. Sie waren Fremde in fremden Welten. Die Einzige Gemeinsamkeit war der Tod durch einen Stich ins Herz und das Chloroform, mit dem er jedes Opfer überwältigt hatte.

Dieser Feigling!

Jo nahm die Akte des ersten Opfers zur Hand.

Andrea Holm, 33 Jahre, Floristin, wohnhaft in Niendorf, 175 cm groß, 65 kg schwer. Sie lebte in einer Beziehung, allerdings in getrennten Wohnungen.

Auf dem Foto, auf dem sie noch lebte, war eine schöne Frau mit langen braunen Haaren zu sehen.

Das zweite Opfer hieß Janine Meyer, wohnte in Rahlstedt, war 27 Jahre jung, Single und wog mit 168 cm Körpergröße 60 Kilo. Auch sie hatte lange Haare, allerdings waren sie rot. Und auch sie war schön anzusehen.

Das dritte Opfer, Katharina Wulf, war 35 Jahre alt, 173 cm groß und 62 kg leicht. Sie war frisch geschieden und arbeitete als Call-Center-Managerin in Jenfeld, wo sie auch lebte. Auch sie war eine attraktive Frau mit langen, und dieses Mal blonden Haaren.

Genau wie Alisa. Auch sie war eine schöne Frau mit blonden, langen Haaren.

Jo betrachtete die vier Fotografien, der noch lebenden Frauen vor sich. Sie waren allesamt sehr gut aussehend. Das war der gemeinsame Nenner.

Nicht ihr Beziehungsstatus. Single, geschieden, in einer lockeren Beziehung.

Nicht der Wohnort. Sie waren alle weit auseinander. Obwohl sie alle nördlich der Elbe lagen. Das konnte man dann doch als, wenn auch schwache, Gemeinsamkeit nennen.

Ihr Alter. 27, 33, 35 und Alisa mit ihren 37 Jahren bildete das Schlusslicht. Sie waren alle über 25 und unter 40. Auch das war nur ein schwammiger Nenner.

Ihre Berufe waren ebenso grundverschieden.

Die einzige Gemeinsamkeit war das Aussehen. Sie waren alle schlank, hatten lange Haare, wenn auch mit unterschiedlichen Farbtönen und sie waren ausnahmslos schön.

Schöne Frauen waren sein Beuteschema.

Doch brachte sie das weiter? In einer Millionenstadt wie Hamburg lebten tausende schöne Frauen. Wie sollten sie da vorgehen? Sie konnten keine pauschale Warnung veröffentlichen, alle schönen Frauen mögen zuhause bleiben. Das war undenkbar. Aber was tun?

Es muss noch mehr Verbindungen geben!

Die Tür wurde leise geöffnet, als Jo gerade die dritte Akte schloss. Axel betrat mit Kaffee und Beagles auf einem Tablett den Raum.

„Ich dachte, Du könntest eine Stärkung gebrauchen."

„Danke. Das ist eine fantastische Idee."

Sie hatte tatsächlich ein wenig Hunger und Kaffee war immer gut. Doch das musste warten. Sie hatte noch etwas entdeckt und musste es unbedingt loswerden.

„Du kommst genau richtig. Ich habe mir die Akten noch mal gründlich durchgelesen und etwas entdeckt. Es ist kein Durchbruch, aber dennoch eine Verbindung zwischen den Opfern. Zwei Verbindungen genau genommen."

Axel setzte sich zu ihr und die Überraschung und Neugier war dieses Mal unbestreitbar in seinem Gesicht zu lesen.

„Nicht wahr. Schieß los!"

„Als erstes ist mir aufgefallen, dass sie allesamt schön sind. Alle drei, alle vier Frauen sind äußerst attraktiv. Aber das ist Euch bestimmt auch schon aufgefallen und natürlich nichts Greifbares. Aber dann bin ich über Gemeinsamkeiten in den Aussagen der Freunde und Kollegen gestoßen. Es ist auf den ersten Blick nichts Besonderes. Vor allem in einer Großstadt wie

Hamburg, wo vermutlich 80% der Einwohner mit öffentlichen Verkehrsmitteln zur Arbeit fahren. Es gibt keine Parkplätze und wenn dann sind sie teuer, also nichts Unnormales. Aber dennoch. Ich finde, es ist ein wichtiger, gemeinsamer Nenner. Alle drei, alle vier Frauen haben sich ausschließlich mit öffentlichen Verkehrsmitteln durch die Stadt bewegt. Keine von ihnen hatte ein Auto. Wenn Du mich fragst, dann ist es das! So etwas fällt einem Hamburger vermutlich nicht auf, aber mir, die ich mich in Kassel mit dem Auto fortbewege, mir ist es aufgefallen. Was ist, wenn der Täter Busfahrer ist? Oder wenn er einfach nur ein Fahrgast ist, der während der Fahrt mit dem Bus oder der Bahn auf diese Frauen aufmerksam wurde. Auf ihre Schönheit. Was sagst Du?"

„Du hast Recht, darauf wären wir nie gekommen. Genau aus dem Grund, weil es hier Normalität ist. Das ist ein gemeinsamer Nenner. Sehr vage, aber angesichts der Tatsache, dass wir zurzeit gar nichts in der Hand haben, ist das besser als nichts. Es ist einen Versuch Wert, dem nachzugehen."

Jo glaubte, gleich zu platzen vor Aufregung. Sie konnte kaum still sitzen auf ihrem Stuhl. Seit fast zwei Jahren hielt der Elbstrand-Ripper, wie ihn die Presse schon taufte, ganz Hamburg in Atem. Seit fast zwei Jahren hatte die Polizei nichts in der Hand. Keine Spur. Und nun hatte sie eine kleine Verbindung aufgedeckt. Eine Spur gefunden und wenn sie auch noch so klein war. Es war eine Chance. Aber wie nun weiter vorgehen? Was konnten sie tun?

Axel schien die gleichen Überlegungen zu haben.

„Jetzt stellt sich nur die Frage, wie wir damit umgehen. Wie wir diese Erkenntnis am Schlauesten umsetzen. Wir können schlecht in jeden Bus einen zivilen Polizisten setzen, dafür gibt es zu viele Buslinien in Hamburg. Die Bahnlinien gar nicht mit eingerechnet. Und wie den Täter erkennen? Manche Busse sind zu den Stoßzeiten so voll gestopft, da stehen die Fahrgäste dicht an dicht gedrängt. Das wird nicht leicht."

„Und wenn wir mit sämtlichen Fahrern sprechen? Eine Konferenz mit ihnen abhalten, in der wir sie über unseren Verdacht aufklären und sie bitten die Augen aufzuhalten? Sie fragen, ob ihnen bisher irgendjemand verdächtig vorkam?"

„Und was ist, wenn es kein Fahrgast sondern ein Fahrer ist? Das wäre fatal."

„Du hast Recht."

Alle Euphorie wich aus Jos Körper, wie die Luft aus einem Ballon. Sie sackte in sich zusammen, vor Enttäuschung über die Erkenntnis, dass ihre Entdeckung sie nicht wirklich weiter brachte.

Nicht weinen!

Axel schien das zu bemerken. Er berührte sie sanft am Arm.

„Du hast in wenigen Stunden mehr herausgefunden, als wir in fast zwei Jahren. Es ist beschämend und wundervoll zugleich. Es war auf jeden Fall die richtige Entscheidung, Dich ins Boot zu holen. Du bist neu, Du kommst von außen mit einem unvoreingenommenen Blick dazu. Auch wenn Du mehr involviert bist, als wir alle zusammen, so hast Du doch die neutrale Sicht auf alles bewiesen. Genau das wird uns von nun an weiter bringen. Unser Wissen gepaart mit Deinem, das wird uns endlich zu ihm führen. Auch wenn der Anfang schwer ist, wir werden es schaffen. Mit Dir. Also Kopf hoch."

Bis eben hatte Jo sich noch im Griff, doch diese Worte ließen die Tränen, die sie gerade eben noch unter Kontrolle hatte einfach fließen. Sie schluchzte nicht, sie zitterte nicht einmal mit den Lippen, die Tränen liefen einfach. Wie Regen an einer Fensterscheibe, so liefen ihre kostbaren Tränen an ihren Wangen hinunter.

Beschämt drehte sie ihren Kopf von ihm weg. Mit dem tränenverschleierten Blick betrachtete sie die Bilder der Gerichtsmedizin, die sie vorher beiseite geschoben hatte, um sich diesen grausamen Anblick noch zu ersparen. Sie konnte keine Gesichter erkennen, kaum die Körper, aber die Schnitte. Rote unscharfe Linien auf hellem Hintergrund.

„Moment mal!"

Jo sprang von ihrem Stuhl auf und ging mit den Autopsiebildern an die freie Seite des langen Tisches. Sie schob sie hin und her. Sortierte sie immer wieder neu.

„Da! Das ist es! Sieh!"

Axel, der neben ihr stand fragte: „Was? Was soll ich sehen?"

„Kennst Du noch die magischen Bilder von früher? Man musste seine Augen ganz nah an das Bild bringen, es unscharf betrachten, dann langsam den Abstand erweitern bis sich das Bild plötzlich scharf stellte und man hinter einem unscheinbaren Wirrwarr von Farben und Mustern plötzlich ein Bild erkannte. Kennst Du das noch?"

„Ja, natürlich. Ich bin daran immer verzweifelt. Es war mir nur selten gelungen etwas zu erkennen. Aber was hat das mit diesen Autopsiebildern zu tun?"

„Du musst sie ähnlich betrachten. Unscharf. Du darfst nicht auf die Hintergründe, die armen Frauen achten. Sieh dir nur die Linien an, dann wirst du erkennen, was ich meine."

Jo konnte kaum still stehen, währen Axel sich über die Bilder beugte.

„Oh mein Gott. Ich sehe es!"

12

Was auch immer seine Mutter aus ihrer Trauer gerissen hatte, er wusste es nicht, er hatte sich auch nie getraut zu fragen. Er war nur froh endlich wieder eine Mutter zu haben.

Natürlich hatte sie immer wieder zwischendurch ihre Phasen, in denen sie trauerte. Leider sah er die Anzeichen nicht immer sofort und konnte ihr nicht rechtzeitig aus dem Weg gehen. Aber er wusste, dass sie nicht Schuld war, dass er nicht Schuld war, Schuld war einzig und allein sein Vater. Sein Vater, der sich von einer Sirene von ihnen fortreißen ließ. Schuld war die Sirene. Die schöne, neue Frau an seiner Seite.

Und dann stand sein Vater plötzlich im Park vor ihm. Ganz nah und doch weit genug weg, dass er ihn nicht hinter der Zeitung entdeckt hatte. Vor Schreck war er einen Augenblick wie gelähmt, hob dann aber geistesgegenwärtig die Zeitung höher. Schützte sich vor dem Entdecken. Würde er ihn entdecken? Erkennen? Es war viele Jahre her, dass sie sich zuletzt gesehen hatten. Sein Vater hatte sich kaum verändert. Nur seine Haare waren inzwischen grau an den Schläfen. Er hingegen war gewachsen. Aus dem kleinen Jungen von damals war ein junger Mann geworden. Wie viel mochte er sich verändert haben. War überhaupt noch ein Erkennen möglich? Sollte er es ausprobieren? Einfach die Zeitung auf den Schoß legen und warten was passierte? Und was würde passieren? Würde sein Vater sich freuen, den verlorenen Sohn wieder zu finden? Aber er hatte ihn nicht verloren. Er hatte ihn verlassen.

Freiwillig. Einfach zurück gelassen, wie eine kleine Pflanze. Sollten Sonne und Regen sich um sie kümmern. Er hatte sie gepflanzt. Für den Rest waren andere verantwortlich. Doch Sonne gab es wenig in seinem Leben. Eine kleine Pflanze konnte im Dauerregen ertrinken.

In seine Gedanken versunken hatte er unmerklich die Zeitung wieder gesenkt. Bevor er diesen Fehler korrigieren konnte, blickte sein Vater in seine Richtung. Vor Angst und Aufregung saß er wie erstarrt da. Unfähig etwas zu tun. Unfähig sich dem Erkennen zu entziehen. Sein Vater blickte für ein paar Sekunden nachdenklich in seine Richtung. Er dachte sicher darüber nach, ob oder woher er diesen jungen Mann kannte. Jetzt würde er gleich zu ihm gelaufen kommen, ihn in den Arm nehmen und ihm sagen, wie sehr er ihn vermisst hatte. Er würde ihn mitnehmen in seine neue Familie. Zu dieser schönen, schwarzhaarigen Frau und dem kleinen Mädchen, dass zu ihren Füßen spielte. Er hatte eine Schwester. Er hatte eine neue, glückliche Familie. Jetzt würde alles gut werden.

Doch dann drehte sein Vater sich um, hob seine kleine Tochter auf den Arm, nahm seine neue, junge Frau an die Hand und verließ schnellen Schrittes den Park.

Er hatte ihn nie wieder dort gesehen. Irgendwann, Monate später gab er es auf und ging nicht mehr in den Park. Irgendwann hatte er begriffen, dass sein Vater vor ihm geflüchtet war und nie wieder in diesen Park kommen würde. Anfangs hatte er noch gehofft, er würde zurückkommen, ihn suchen und um Verzeihung bitten. Ihm alles erklären. Aber das war nie geschehen und eines Tages glaubte er auch nicht mehr daran.

So waren sie wieder alleine. Seine Mutter und er. Der Regen fiel weiter auf ihn nieder.

Er erschrak über diesen bösen Gedanken. Seine Mutter bedeutete keinen Regen, sie bedeutete Sonnenschein. Sie war sein Licht. Seine Stütze. Sein Leben.

Immer wieder schlichen sich solch böse Gedanken in seinen Kopf. Er schüttelte ihn, um sie los zu werden. So durfte er nicht über sie denken. Sie hatte ihm ihr ganzes Leben geopfert. Er musste ihr unendlich dankbar sein. Er war ein undankbarer Sohn, wenn er so dachte. All die trüben Tage, die sie gemeinsam durchlebten waren nicht ihre Schuld. Das wusste er und er durfte es ihr nicht verübeln. Es machte ihn wütend, wenn er so dachte, denn im Grunde dachte er ganz anders über seine Mutter. Seinen Sonnenschein.

Er kniff seine Augen fest zusammen und schüttelte seinen Kopf. Schüttelte die bösen Gedanken weg. Als er die Augen öffnete blickte er auf sie. Auf das Böse in Frauengestalt. Auf die Eva. Die Vertreibung aus dem Paradies. Dafür würde sie büßen.

Sein Blick wanderte zwischen der Staffelei hinter ihr und ihrem zitternden Körper hin und her. Er war bereit. Er war bereit sein Kunstwerk zu vollenden. Sein erstes Kunstwerk.

Er beugte sich zu ihr runter, die Klinge in der Hand, bereit für den ersten Schnitt.

Seine Hand war ganz ruhig. Ihr Körper zitterte stark. Mit der freien Hand drückte er ihren

Brustkorb herunter. Er durfte sich nicht zu stark heben und senken. Nichts durfte seine perfekten Linien gefährden. Ganz sanft legte er die Klinge über ihrer rechten Brust auf die warme Haut. Nur ein leichter Druck und die Haut färbte sich rot. Langsam glitt er um ihre Brustwölbung herum und beobachtete die kleinen Tropfen, die sich in der Linie bildeten und in kleinen Rinnsalen über die gebräunte Haut liefen.

13

Jo erwachte mit demselben, bohrenden Schmerz hinter ihrer Stirn, mit dem sie abends zuvor ins Bett gegangen war. Nachdem sie stundenlang versucht hatte, aus dem Muster auf den Frauen ein fertiges Bild zu erschaffen, war sie erschöpft in tiefen Schlaf gefallen.

Ihr gestriger, tränenverschleierten Blick, der sie nur noch die roten Linien auf der weißen Haut der Frauen sehen ließ, brachte die Erkenntnis. Es waren nicht nur wahllose Schnitte. Es hatte etwas zu bedeuten, was der Täter auf den Frauenkörpern hinterließ.

Ihr erster Blick auf die Bilder der Gerichtsmedizin ließ sie glauben, der Mörder hatte wahllos auf den Frauen gewütet. Die Oberkörper der Frauen waren geradezu bestialisch zerschnitten. Aber etwas hatte sie von Anfang an gestört. Wenn jemand in rasender Wut mit dem Messer schneidet, dann sind es doch in der Regel gerade Schnitte. Man holt mit dem Messer aus und lässt es unkontrolliert durch die Haut gleiten. Ausholen und gleiten lassen. Hier aber waren es keine geraden Schnitte. Es waren geschwungene Linien. Kein einziger Schnitt verlief gerade. Sie waren präzise in bestimmten Formen gesetzt. Hier hatte sich jemand Mühe gegeben, eine bestimmte Botschaft auf den Frauen zu hinterlassen.

Jede Frau für sich genommen machte keinen Sinn. Ergab kein Bild. Das wäre auch sofort jedem aufgefallen. Sie alle zusammen würden das Bild ergeben. Das war Jo gestern Abend mit ihrem Tränenblick aufgefallen. Zwei Bilder der Frauen waren zufällig so zusammen geschoben, dass ihre Schnitte sich miteinander verbanden.

Es war eine aufregende Entdeckung. Sie hatten einen wahren Durchbruch erlangt. Der Mörder übermittelte eine Art Botschaft auf den Frauen. Sie waren Leinwände für ihn. Er fühlte sich als Künstler. Sie mussten unbedingt in dieser Richtung weiter ermitteln. Ein verkannter Künstler. Von niemandem wahr oder ernst genommen. Oder er verhöhnte sie einfach nur. Er legte Spuren, keinen Sinn machten. Ein grausames Puzzle und sie würden die Lösung nicht finden. Vielleicht traute er es ihnen auch nur nicht zu. Er wäre nicht der erste, der in seinem Größenwahn glaubte, die Polizei würde seine Rätsel, seine Spuren nicht entschlüsseln. Das war auf jeden Fall eine heiße Spur.

Jo stand auf und ging ins Wohnzimmer um sich erneut die Skizzen des vergangenen Abends anzusehen. Sie hatte stundenlang die Bilder hin und her geschoben. Linien verlängert, Linien miteinander verbunden, bis die Schnitte ein Muster, ein Bild ergaben.

Aber es konnte auch genauso gut sein, dass sie sich geirrt hatte. Sie schob das Puzzle erneut zusammen und dann war es da. Ein komplett anderes Bild. Doch war es das einzige? Gab es noch mehr Lösungsmöglichkeiten?

Sie war bisher immer von einem Bild, einem Gemälde ausgegangen. Der Mörder benutzte die Frauen als Leinwände. Doch sie hatte sich geirrt. Es konnten genauso gut Buchstaben oder Zahlen sein oder sogar ein Teil einer Straßenkarte.

Es war zum Verzweifeln. Wie konnten sie das als heiße Spur betrachten, wenn es so viele Lösungsmöglichkeiten gab? Wie sollten sie die richtige finden? Das konnte Wochen dauern. Und so viel Zeit hatten sie nicht mehr. Sie mussten sich beeilen. Denn eines war sicher. Eine sichere Erkenntnis, die sie gestern aus dieser Entdeckung gezogen hatten. Das Bild war noch nicht fertig. Der Mörder war noch nicht fertig. Es würde noch weitere Opfer geben. Keiner wusste, wie viele es noch würden. Vielleicht nur noch eines, aber das war mehr Wunschdenken als realistische Überlegung. Selbst wenn sein Bild mit dem nächsten Opfer vollendet sein würde. Wer wusste schon, wie viele Bilder er noch erschaffen musste um seinen Hunger zu stillen.

Mit fünf neuen Lösungsmöglichkeiten saßen Jo und Axel schweigend im Konferenzzimmer und warteten auf die Grafiker und Computerspezialisten. Beiden war die Verzweiflung von den Augen abzulesen. Die niederschmetternde Gewissheit, dass der gestrige Durchbruch nur ein kurzer Blitz in einem dunklen Gewitter war.

Die Tür öffnete sich und vier Männer betraten den Raum. Sie hielten sich nicht lange mit formellen Begrüßungen auf, sondern nickten beiden nur kurz zu um sich dann ihnen gegenüber zu setzen und die bisherigen Ergebnisse ihrer Arbeit auszubreiten.

Axel ergriff als erster das Wort „Wir haben leider eine neue Entdeckung gemacht. Vielmehr Frau Brandt. Leider, weil es die Arbeit der letzten Nacht vielleicht zunichte machen kann."

Vier fragende Augenpaare waren auf ihn gerichtet, die allesamt nicht glücklich drein blickten. Es war zwischen Wut und Enttäuschung alles in ihnen zu lesen. Doch Axel ließ sich davon nicht aus der Ruhe bringen. Jo bewunderte ihn für diese Stärke.

„Und was soll das sein?" brummte der ältere von ihnen und sah nun Jo finster in die Augen. Sie richtete sich in ihrem Stuhl auf und antwortete mit fester Stimme und ohne den Blick abzuwenden.

„Entschuldigung? Sie sind wer bitte?"

Das Spiel konnte sie auch spielen. Machtkampf. Sie war mehr als geübt darin, arroganten Männern die Stirn zu bieten. Sich von ihnen nicht als schwaches Geschlecht abstempeln zu lassen, welches *Mann* nur aus Großherzigkeit duldet.

„Kriminalhauptmeister Brack."

„Josephine Brandt."

Sie reichte ihm nicht die Hand, wie es zu einer Begrüßung üblich ist. Sie nahm stattdessen den Stapel ihrer neu gefundenen Schnittmuster zur Hand.

„Mir ist heute Morgen aufgefallen, das es vielleicht noch mehr Muster gibt, die zur Wahl stehen. Nicht nur die von mir gestern zusammen gestellten. Daraufhin habe ich neue Muster gesucht und bin auf insgesamt fünf gestoßen. Ich habe sie Ihnen mitgebracht."

Sie schob jedes einzelne neue Schiebepuzzle über den Tisch.

Die vier Männer betrachteten jedes einzelne von ihnen ausführlich. Verglichen sie mit eigenen

Ausdrucken und dann lachte Kriminalhauptmeister Brack kurz auf.

„Sie glauben wohl, Sie haben es mit Anfängern zu tun."

Wieder sah er nur Jo an, während er fortfuhr.

„Dass Sie erst heute Morgen auf diese Erkenntnis gestoßen sind wundert mich nicht sonderlich. Wir hingegen, die Profis, haben uns schon gestern Abend mit dieser Möglichkeit auseinander gesetzt und ebenfalls fünf mögliche Ausgangspositionen gefunden mit denen wir die ganze Nacht gearbeitet haben."

Jo beachtete die offensichtliche Beleidigung nicht. Dieses Mal würde sie ihn davon kommen lassen.

„Das ist ja großartig! Und wie sehen ihre Ergebnisse aus?"

Ein etwas jüngerer Mann rechts neben Brack verteilte zwei gleich große Stapel Papiere an Jo und Axel.

„Wir haben jede Skizze eingescannt und mit einem Suchprogramm durch das Internet laufen lassen um nach möglichen Bildern oder Grafiken zu suchen, in denen diese Skizzen enthalten sind. Wir hatten jede Menge Treffer. Ich war so frei, schon einmal eine Vorauswahl zu treffen, welche Ergebnisse Sinn machen und welche mir eher zufällig erschienen. Ich habe zu jeder Skizze zwei Stapel für Sie vorbereitet. Die endgültige Auswahl liegt natürlich bei Ihnen."

„Danke. Das wird uns schon mal weiter helfen. Und was hat die Grafikabteilung herausgefunden?"

Während Axel sprach blätterte er scheinbar gedankenverloren in dem Stapel Papiere.

Jo konnte sich ein Grinsen nur mühevoll verkneifen. Auch Axel schien das Spiel zu beherrschen. Auch wenn es den falschen Traf, so gab er doch allen Beteiligten zu Verstehen, dass sie nur dazu da waren ihm zu helfen. Axel war in diesem Fall der Boss.

Das zweite Männerpaar regte sich und während der jüngere von Beiden ebenfalls Papierstapel an Jo und Axel verteilte erklärte der ältere was sie in der vergangenen Nacht unternommen hatten. Auch sie hatten Computer zu Hilfe genommen und die Skizzen durch verschiedene Grafikprogramme laufen lassen, die aufgrund verschiedener Algorithmen aus den Mustern mögliche Bilder zauberten. Und auch sie hatten eine Vorauswahl getroffen und entsprechende Stapel gebildet.

Axel bedankte sich bei allen und verabschiedete sie.

Jo zerpflückte die Vorauswahl und mischte alles neu. Sie wollte sich selber ein Bild davon machen, was logisch und was unlogisch erschien. Eine Vorauswahl hätte ihr die Unvoreingenommenheit genommen. Ein Vorurteil gefällt, dass eventuell ihren Blick darauf trüben oder verfälschen könnte.

„Was machst Du da?" fragte Axel erstaunt.

„Ich will mir ein eigenes Bild machen. Das solltest Du auch tun."

„Du hast Recht. Wir sollten die Auswahl unvoreingenommen treffen. Aber was hältst Du davon, wenn wir meine Stapel sortiert lassen und sie nach unserer Auswahl miteinander vergleichen. Das wäre wie eine zweite Meinung. Vielleicht kommen wir ja zu dem gleichen Ergebnis und würden das dadurch bestätigt wissen."

„Das ist eine sehr gute Idee. Hätte von mir sein können."

Jo zwinkerte ihm bei den Worten zu und lächelte. Axel erwiderte das Lächeln und zum ersten Mal fiel ihr das kleine Grübchen an seinem rechten Mundwinkel auf.

14

Jo war auf dem Weg zu Adver&Tising. Bei allen bisherigen Ermittlungserfolgen durften sie diese Spur nicht aus den Augen lassen.

Es war ein erfolgreicher Tag gewesen. Sie hatten die Bilder ausgewertet und die Vorauswahl der anderen Abteilungen hatte es tatsächlich bestätigt. Sie waren allesamt zu dem gleichen Ergebnis gekommen.

Axel brachte die Ausdrucke zurück zu den Computerfachleuten mit dem Auftrag, sie erneut durch die Programme laufen zu lassen um eventuelle Verbindungen zu Hamburg zu finden. Zuerst die logischen Bilder im Raum Hamburg und danach in einem Radius von 100 km. Danach die weniger logischen Bilder, sie wollten nichts ausschließen. Außerdem wollte Axel der Künstlerspur nachgehen, während sie der Adver&Tisingspur nachging.

Jo stellte ihr Handy auf stumm, während sie die Tür zum Bürokomplex der Firma betrat und stieß mit einem Mitarbeiter der Firma zusammen. Es war Krassnitz aus der Postabteilung. Er erschrak, als er Jo erkannte. Ob vom Schrecken des Zusammenstoßes oder des Erkennens konnte Jo nicht ausmachen.

„Wollen Sie zu mir?"

Diese erstaunte Frage machte ziemlich deutlich klar, dass er ihretwegen erschrocken war. Doch sie brauchte eine Bestätigung.

„Allerdings. Genau zu Ihnen wollte ich. Müssen Sie etwa gerade weg?"

„Ja, ich muss die heutige Post wegbringen."

Erst jetzt fiel ihr der Jutesack auf, den er geschultert hatte.

„Sind Sie denn lange fort?"

„Eine halbe Stunde wird es wohl dauern. Das Postamt ist zehn Fußminuten entfernt. Wollen wir das nicht lieber auf morgen verschieben?"

So leicht kommst du mir nicht davon.

„Wenn es Ihnen nichts ausmacht, würde ich gerne in Ihrem Büro auf sie warten. Es wäre mir schon wichtig, heute noch mit Ihnen zu sprechen."

„Wenn es so wichtig ist. Was ist denn so wichtig?"

„Das besprechen wir nachher."

„Ich beeile mich."

Er rannte förmlich zur Tür hinaus. Jo wäre am liebsten ebenfalls gerannt. So schnell wie möglich in sein Büro gestürmt. Ihr bot sich hier eine einzigartige Möglichkeit. Sie konnte sich umsehen. Nach Spuren suchen, die ihn überführten. Ihr Anfangsverdacht gegen Krassnitz hatte sich soeben verstärkt. Seine Nervosität bei ihrem Anblick sprach Bände. Sie hatte nur eine halbe Stunde Zeit. Wenn er sich wirklich beeilte, dann vermutlich noch weniger. Doch sie durfte nicht rennen. Sie durfte kein Aufsehen erregen. Mit anstrengender Gelassenheit schlenderte sie zum Fahrstuhl und zählte die endlosen Sekunden bis endlich die erlösende Fahrstuhlglocke erklang, die das Öffnen der Tür ankündigte. Im Keller angekommen schaute sie sich im Flur um und als sie erleichtert feststellte, dass sie alleine war konnte sie sich nicht mehr beherrschen und rannte so schnell sie konnte zum Postbüro.

Sie schloss die Tür hinter sich und stellte ihre Handtasche auf die Klinke. Wenn jemand die Klinke runter drückte, um ins Büro zu kommen, dann würde das Herunterfallen ihrer Handtasche sie warnen. So konnte sie sich in Ruhe umsehen, ohne ständig zur Tür sehen zu müssen.

Als erstes sah sie sich seinen Schreibtisch genauer an. Sie öffnete alle Schubladen. Doch außer den üblichen gut sortierten Büromaterialien fand sie nichts Ungewöhnliches.

Dann sah sie sich im Schrank neben dem Schreibtisch um. An einer Kleiderstange hingen eine Strickjacke, ein Regenmantel und ein Sakko. Er war für alles gerüstet. Gut organisiert. In den Fächern lagen auch nur uninteressante Dinge. Druckerpapier, Müllbeutel, leere Aktenordner. Alles ordentlich und akkurat sortiert. Das Auffälligste war wirklich nur die penible Ordnung, die hier herrschte.

In der Mitte, zwischen den Fächern war eine Schublade mit einem Schloss. Und sie war abgeschlossen. Was mochte darin sein? Wie konnte sie die Schublade öffnen? Hier musste doch irgendwo ein Schlüssel sein. Sie stieg auf den Schreibtischstuhl und sah auf dem Schrank nach. Nichts. Das wäre wohl auch zu einfach gewesen. Dort schaut jeder zuerst nach, wie sie gerade bewiesen hatte. Sie musste nachdenken. Wo könnte man hier einen Schlüssel verstecken, wo ihn niemand vermuten würde. Wenn er denn überhaupt einen Schlüssel versteckt hatte. Vielleicht hing er an seinem Schlüsselbund. Doch es gab immer einen Ersatzschlüssel und so gut organisiert wie er war, schien es nur logisch, dass er für den eventuellen Fall einen Zweitschlüssel irgendwo platziert hatte. Er war auf alles vorbereitet. Das sagten ihr schon die Kleidungsstücke, die im Schrank hingen. Eine Regenjacke für schlechtes Wetter, eine Strickjacke für kalte Tage und ein Sakko, falls die Chefetage nach ihm rief.

Jo stellte sich in die Mitte des Raumes und drehte sich suchend um die eigene Achse.

Wie viel Zeit hatte sie noch? Sie blickte auf die Uhr. Doch das half ihr nicht weiter. Sie hatte den Fehler gemacht, beim Betreten des Büros nicht auf die Uhr gesehen zu haben. So konnte sie nur abschätzen, wie lange sie dort war. Sie musste sich beeilen und konzentrieren. Sie hatte nicht die Zeit, alles abzusuchen. Ein Geistesblitz fehlte. Und dann blieb ihr Blick auf einem Schlüsselbrett hängen. Natürlich! Warum nicht? Warum nicht das Offensichtliche. Wer vermutete schon einen privaten Schlüssel zwischen lauter offiziellen?

Sie betrachtete alle Schlüssel genauer. Das Schloss war sehr klein, also fielen die großen Schlüssel schon mal weg. Schnell nahm sie alle kleinen Schlüssel vom Brett. Es waren sechs. Sie musste schnell machen und hoffen, dass es nicht ausgerechnet der letzte sein würde, den sie ausprobiert. Sie hatte Glück. Es war der zweite Schlüssel der das Schloss öffnete.

Vorsichtig zog sie die Schublade auf. Als könnte ein schnelles oder lautes Geräusch sie verraten. Der Anblick war niederschmetternd. Ein Portemonnaie und sein Pausenbrot. Das war alles. Sie nahm das Portemonnaie aus der Schublade und klappte es auf. Darin war ein Portraitfoto einer älteren Frau. Seine Frau? Seine Mutter? Jo nahm das Bild aus dem Fach um es genauer zu betrachten und entdeckte dahinter ein weiteres Bild. Ein älteres Bild einer Familie. Die Frau darauf war eine jüngere Ausgabe des Portraits. Es war also Krassnitz als kleiner Junge mit seinen Eltern. Sie standen vor einem großen Gebäude. Die Frau hielt eine Schultüte in der Hand und der kleine Junge ein scheinbar Selbstgemaltes Bild. Sie sahen glücklich aus.

Schnell steckte Jo das Bild der älteren Frau zurück ins Portemonnaie. Das Familienbild steckte sie sich in die Hosentasche. Sie wusste nicht warum und sie wusste, dass es gefährlich war. Er würde den Verlust entdecken und vielleicht die richtigen Schlüsse ziehen.

Sie legte das Portemonnaie wieder zurück in die Schublade verschloss sie und hängte die Schlüssel zurück ans Schlüsselbrett.

Dann hörte sie auch schon die Glocke der Fahrstuhltür. Schnell nahm sie ihre Handtasche von der Klinke und setzte sich auf einen der Stühle an der Wand. Sie nahm ihr Handy ans Ohr und tat so, als würde sie telefonieren, als auch schon die Tür geöffnet wurde und ein abgehetzt wirkender Krassnitz das Büro betrat.

Sie lächelte ihn an, zeigte den gemeinen Finger für nur eine Minute Zeit und verließ das Büro. Sie hatte die ganze Zeit nicht darüber nachgedacht, was denn so wichtig war, dass sie ihn heute noch sprechen musste. Sie brauchte einen Moment alleine im Flur um sich etwas zu überlegen. Was konnte so wichtig sein, dass es nicht warten konnte. Es wollte ihr nichts einfallen.

Stattdessen öffnete sie die Tür zu seinem Büro, steckte nur den Kopf herein und entschuldigte sich „es tut mir leid. Ich hätte Sie heute wirklich gerne gesprochen, aber ich muss jetzt leider dringend weg. Ein Notfall, der meine Anwesenheit benötigt. Ich komme morgen wieder."

Damit verschwand sie auch schon wieder und ließ einen erstaunten Krassnitz zurück.

Im Fahrstuhl atmete sie erstmal tief durch. Sie hatte sich möglicherweise in Gefahr begeben. Sie hatte möglicherweise die Gefahr jetzt herauf beschworen. Wenn er das Foto vermisste, dann würde sie garantiert auffliegen. In Gefahr sein.

Aber vielleicht malte sie auch nur den Teufel an die Wand. Das Foto war versteckt hinter einem scheinbar aktuellen Bild seiner Mutter. Das musste doch einen Grund haben. Es bedeutete bestimmt, dass das Bild nicht nur alt, sondern auch in Vergessenheit geraten war. Sie hoffte es zumindest. Klammerte sich daran. Beruhigte sich und ihre Nerven damit.

Die Schlüssel!

Sie hatte die Schlüssel einfach zurück gehängt ohne auf deren Ordnung zu achten. Sie hätte sich einprägen müssen, welcher Schlüssel an welchem Haken hing. Doch das hatte sie nicht getan. Und so geradezu pedantisch, wie Krassnitz Ordnung hielt, würde ihm das sofort auffallen. Spätestens, wenn er einen Schlüssel von dem Brett benötigte. Und dann würde sie enttarnt werden.

Er würde sofort wissen, dass nur sie an dem Schlüsselbrett gewesen sein konnte. Er würde weiter kombinieren und sofort seine geheime Schublade aufschließen um deren Inhalt, nebst

Portemonnaie, zu kontrollieren. Das wäre ihr Untergang.

Im Erdgeschoss angekommen drückte sie sofort wieder auf den Fahrstuhlknopf, der sie zurück in den Keller brachte. Sie musste irgendwie ihre Spuren verwischen.

Vor dem Postbüro atmete sie einmal tief durch und klopfte dann an die Tür.

Es kam kein *herein* und so klopfte sie ein zweites Mal. Dann öffnete sich die Tür. Ein erstaunter Krassnitz blickte sie an.

„Entschuldigen Sie das hin und her. Sie müssen mich für vollkommen chaotisch halten."

„Aber nein. Natürlich nicht. Ich kenne solche Tage. Kommen Sie doch herein."

„Danke. Sie sind sehr verständnisvoll."

„Setzen Sie sich doch."

„Wenn es Ihnen nichts ausmacht, würde ich mich lieber etwas bewegen. Ich sitze schon den ganzen Tag am Schreibtisch, ich muss nur ein wenig meine steifen Glieder bewegen."

„Wie Sie wünschen."

„Danke"

„Was gibt es denn nun so wichtiges mit mir zu besprechen, was nicht bis morgen warten konnte?"

Wenn ich das nur wüsste.

„Ich glaube, ich habe etwas übertrieben in meiner Formulierung. Wissen Sie, als Reporterin ist man es gewohnt abgewimmelt zu werden, aber eine Dringlichkeit weckt dann meist die Neugier der Interviewpartner und schon hat man ein Gespräch."

Wieder beobachtete sie sein Minenspiel genau, während sie ihre Lüge formulierte. Sie lächelte ihn entschuldigend an. Obwohl sie sich beherrschen musste, nicht zu sehr zu lächeln. Ein breites Grinsen wollte sich in ihr breit machen vor Glück über diesen Geistesblitz.

„Sie sind mir hoffentlich nicht böse?"

„Im Gegenteil. Ich bin erleichtert. Ich hatte mir schon Sorgen gemacht, was es denn so wichtiges geben könnte. Jetzt bin ich beruhigt."

„Eigentlich wollte ich Sie etwas fragen."

„Okay."

„Ich würde für meinen Artikel gerne drei Menschen besonders darstellen. Ich dachte an die obere Führungsebene, die unterste und die dazwischen. Und für die unterste Ebene würde ich gerne Sie wählen. Es wäre ein Portrait Ihrer Person und Ihrer Tätigkeit hier in der Firma. Was halten Sie davon?"

„Warum ausgerechnet ich?"

„Das ist ganz einfach zu erklären. Immer heißt es, Du musst was aus dir machen, du musst Karriere machen, nach höherem Streben und dann sind da Sie. Ganz unten seit fast 20 Jahren und damit glücklich. Sie könnten die Botschaft übermitteln, es muss nicht immer die Karriere sein. Es gibt wichtigere Dinge. Auch wenn ich noch nicht weiß, wie diese Dinge aussehen, aber ich hoffe darauf, es bald von Ihnen zu erfahren. Oder sagen wir so, Sie haben mich neugierig gemacht, weil Sie gegen jedes Klischee verstoßen."

Die Falten auf seiner Stirn wurden immer tiefer. War da ein kleiner Anflug von Wut in seinen Augen? Hatte sie ihn genug provoziert?

„Was sagen Sie? Sind Sie dabei?"

„Ich weiß nicht. Darüber muss ich erstmal nachdenken. Ich stehe nicht so gerne im Rampenlicht."

„Natürlich nicht. Das ist mir schon klar. Aber warum nicht einmal etwas wagen? Nur einmal?"

Jeder normale Mensch wäre außer sich vor Zorn. Wie konnte sie es wagen, ihn so deutlich herabzusetzen. Ihn geradezu als feigen Versager hinzustellen. Doch dieser Mann war nicht normal. Er zeigte keine natürliche Reaktion auf ihre Provokation. Er blieb ruhig.

Während der Unterhaltung war Jo langsam durchs Büro geschlendert. Fast unbemerkt zum Schlüsselbrett hin. Es hing nur an einem Nagel. Das war ihre Chance.

Sie reckte sich genüsslich.

„Ich glaube, ich brauche ein heißes Bad und Sie eine Nacht zum Überlegen."

Mit dem linken Arm stieß sie ganz aus Versehen an das Schlüsselbrett und riss es damit von der Wand. Polternd krachte es zu Boden und die Schlüssel verteilten sich in alle Richtungen.

„Oh, das tut mir leid. Ich bin aber auch ein Tollpatsch."

Sofort war er von seinem Stuhl aufgesprungen und eilte zu ihr.

„Können Sie denn nicht aufpassen?!"

„Es tut mir wirklich leid. Warten Sie, ich helfe Ihnen."

„Nein! Lassen Sie das. Sie wissen ja nicht, wie die Schlüssel sortiert werden. Ich mache das schon."

Es war faszinierend zu beobachten, wie sie ihm die bösesten Charakterisierungen an den Kopf werfen konnte und er kaum eine Mine verzog. Störte aber jemand die Heißgeliebte Ordnung, dann fiel die Maske.

„Sind Sie jetzt böse mit mir?"

Er hielt kurz inne in seiner Bewegung. Ihm war nun aufgefallen, dass er die Beherrschung verloren hatte. Es dauerte einen kurzen Augenblick der Besinnung, bis er antwortete. Jo genoss jede Sekunde.

„Nein, natürlich nicht. Entschuldigen Sie bitte meine Unhöflichkeit. Es ist nicht Ihre Schuld, dass das passiert ist. Das Brett hängt schon lange viel zu locker an der Wand. Ich habe es versäumt es besser zu befestigen. Wissen Sie, ich bin ja normalerweise der Einzige, der Zugriff auf die Schlüssel hat und ich sehe mich immer vor, weil ich es weiß. Sie konnten nichts dafür."

Das war mal eine schnelle Kehrtwendung. Erstaunlich.

„Ich werde dann jetzt gehen, wenn Sie nichts dagegen haben. Wie lange denken Sie, werden Sie zum Nachdenken brauchen?"

„Nachdenken?"

„Über meinen Vorschlag, ein Portrait über Sie zu schreiben."

„Ich weiß nicht. Bis wann müssen Sie denn Bescheid haben?"

„Wäre morgen zu früh?"

„So schnell? Na gut. Morgen geht in Ordnung."

„Schön. Dann sehen wir uns morgen wieder. Haben Sie eine Durchwahl für mich, damit ich mich anmelden kann? Ich kann meine Termine immer nur kurzfristig festlegen und ich möchte Sie ungern noch einmal verpassen."

„Ja natürlich. Ich schreibe Sie ihnen auf."

„Dankeschön."

Mit der Durchwahl in der Hand verabschiedete Jo sich und verließ lächelnd das Büro.

15

Es war nicht leicht gewesen, die Schnitte zu perfektionieren. Es hatte Monate gedauert und die Idee dazu war über Jahre gewachsen.

Es fing mit einer Maus an. Er entdeckte sie in einer Mausefalle. Ihr Genick war nicht, wie sonst üblich, gebrochen. Sie lebte noch. Er berührte sie vorsichtig mit einem Stock und zuerst zuckte sie wild, um dann in ihrer panischen Angst vor dem Tod, in eine Schockstarre zu fallen. Sie wollte ihn täuschen. Sie wollte ihm vorgaukeln, sie sei schon tot, damit er von ihr abließ. Aber er ließ sich nicht täuschen. Ihr vorheriges Zucken hatte sie verraten. Er hob die Mausefalle mit der Maus auf und steckte sie in seinen Jutebeutel. Er ging mit ihr in den Keller. Sein Zimmer war zu riskant. Seine Mutter konnte jederzeit die Tür öffnen und die Maus entdecken. Sie würde toben vor Entsetzen, wenn sie ihn mit einer Maus in seinem Zimmer entdecken würde. Abschließen konnte er es nicht. Es war nicht nur verboten, es gab gar keinen Schlüssel um die Tür zu verschließen. Keine Tür in der Wohnung hatte einen Schlüssel.

Also ging er mit der gefangenen Maus in den Keller. Den einzigen Raum mit Schlüssel. Dort hingen verschiedene Werkzeuge fein säuberlich geordnet an der Wand. Er entschied sich für das Messer. Vorsichtig hob er die Klammer, die die Maus in der Falle festhielt an und drehte die Maus auf den Rücken. Das war sehr leicht, denn sie fiel sofort wieder in die Schockstarre, als er sie berührte. Dann, den bloßen Bauch der Maus vor sich, schnitt er ihn auf. Er war neugierig, wie es darin aussehen mochte. Ob der Bauch vor Wärme dampfte, in dem kalten Keller?

So erging es noch zwei oder drei anderen Mäusen, die er lebend in Mausefallen fand. Doch es dauerte immer sehr lange, eine lebende Maus zu finden. Die meisten von ihnen lagen tot mit gebrochenem Genick und oft schon steif in den Fallen. Es war sehr langwierig und mühsam. Und dann eines Tages kam ihm eine Idee. Der Zufall brachte ihn darauf. Als er wieder einmal die Umgebung nach Mausefallen absuchte, sah er eine Katze, die um eine Maus in der Falle herum schlich. Da war sein Entschluss gefasst. Katzen! Sie waren so dumm. So zutraulich dumm. Sie waren so leicht anzulocken und ließen sich sogar auf den Arm nehmen. Er musste sie dann nur noch in seinen Pilotenkoffer stecken, den er gegen seine Jutetasche ausgetauscht hatte. Die Pilotenkoffer waren praktischerweise von oben zu öffnen und zu verschließen, so dass er die Katzen leicht hineingleiten lassen konnte und sie waren gefangen.

Doch die Katzen waren zähe Kämpfer. Aus dem Koffer genommen, wehrten sie sich mit ihren scharfen Krallen und wanden sich wie Schlangen in seinen Händen. Er musste sie mit einem Schlag auf den Kopf betäuben. Oft gelang ihm das nur nach einer langen Jagd durch den Kellerraum und es blieben tiefe Kratzer auf seinen Händen zurück. Um sie zu erklären, hatte er für sich und seine Mutter eine Katze aus dem Tierheim geholt. Seine Mutter war überhaupt nicht begeistert. Nun würde sie noch mehr Arbeit haben und überall würden Katzenhaare herumfliegen. Es kostete ihn viel Überredungskraft, aber die Katze durfte bleiben. Und tatsächlich wurde Minkas Lieblingsplatz der Schoß seiner Mutter, die es sichtlich genoss. Als Minka nach vierzehn Jahren dann starb, war seine Mutter lange untröstlich. Er wollte ihr eine neue Katze besorgen, damit sie wieder glücklich war, aber das verbot sie ihm, bevor er den Gedanken überhaupt aussprechen konnte. Sie wollte nicht noch einmal den Schmerz durch den Verlust erleiden. Erst ging der Vater, dann Minka. Das würde sie nicht ertragen. Und so begruben sie Minka im Garten und lebten von da an wieder zu zweit.

Trotz des hauseigenen Alibis für seine Kratzer auf den Händen und sogar manchmal im Gesicht, verließ ihn bald die Lust an den Katzen. Es war nicht nur die Anstrengung, die Katzen mit einem Hammer durch den Keller zu jagen, um sie damit zu betäuben. Es war nicht das Gleiche, wenn sie danach wie leblos vor ihm lagen. Sie waren zwar warm und dampften, aber sie wehrten sich nicht. Das langweilte ihn schnell. Und wenn es nur langweilig ging, dann konnte er doch lieber ein anderes Ziel verfolgen. Und sein Ziel waren Frauen.

Immer wenn er sich an Tieren verging, dann stellte er sich vor, wie es wohl wäre, wenn es keine Tiere, sondern Frauen wären. Wie würde es sich anfühlen, Frauen zu quälen? In ihre Haut zu schneiden? Und mit jedem Mal wurden die Bilder in seinem Kopf klarer. Wie er in ihre zarte Haut schnitt. Wie er ihre Qualen verlängerte, indem er nicht ihren Bauch aufschnitt. Die Tiere sind immer zu schnell verendet. Das durfte ihm mit den Frauen nicht passieren. Sie sollten leiden. Lange leiden. Er würde sie schneiden, bis ihnen klar wurde, es würde nie enden. Doch er musste üben. Er musste lernen, wie die Haut des Menschen, die Haut der Frauen beschaffen war. Wie viel Druck durfte er nur ausüben, um nicht zu tief zu schneiden.

Im Internet erfuhr er dann, dass Schweinehaut dem Menschen am nächsten kam. Und so gab es von da an jeden Sonntag Schweinekrustenbraten. Seine Mutter wunderte sich nicht darüber. Schon als Kind hatte er Leibgerichte, von denen er Phasenweise nicht genug bekommen konnte. Sie schimpfte dann zwar immer: *„Du bist genau so langweilig wie Dein Vater."* Aber sie bereitete sie zu.

Den Braten kaufte er persönlich ein. Es war wichtig, dass die Haut nicht schon eingeschnitten war. Er brauchte die unversehrte Haut um daran zu üben.

Inzwischen wusste er, dass warme Frauenhaut zarter, dünner war.

16

Ungeduldig schritt Jo in Axels Büro auf und ab. Sie konnte ihn gestern nur kurz telefonisch über ihren Besuch bei Krassnitz berichten. Eine Teamsitzung war einberufen worden und er wäre für Stunden beschäftigt damit. Auch ihr Einwand, dass ihre neuen Erkenntnisse ebenfalls ein Thema für die Teamsitzung wäre, erstickte Axel schon im Keim. Es gab auch so genug zu besprechen und nein, sie dürfte als Zivilistin, die sie ja nun mal war, nicht an diesen Sitzungen Teilnehmen.

Sie war verletzt. Verletzt und wütend zugleich. Sie konnte genau zwischen den Zeilen lesen, dass er erstmal ihre Informationen alleine prüfen wollte, bevor er damit das ganze Team und seinen Vorgesetzten konfrontierte. Er vertraute immer noch nicht ganz auf ihr Talent. Und das verletzte sie. Die Aufregung der gestrigen Entdeckung vermischte sich mit der Wut über seine Abweisung. Das war sicher keine gute Voraussetzung für ihr kommendes Gespräch. Aber sie hatte auch keine Möglichkeit, irgendwas daran zu ändern. Sie konnte nur auf eine Art den Druck ablassen. Im Gespräch mit Axel. Da musste er nun durch. Ob es ihm gefiel oder nicht. Sie hatte keine andere Wahl.

Die Tür öffnete sich und Axel betrat freudig lächelnd das Büro.

„Hallo Jo. Entschuldige, dass Du warten musstest. Bitte setz Dich doch."

„Wieso wollen immer alle dass ich mich setze? Ich will nicht sitzen!"

„Okay, dann nicht."

Sein fragender Blick mit diesen warmen, braunen Augen brachte sie geradezu zur Verzweiflung. War sie wirklich so böse auf ihn? Konnte sie nicht im Grunde verstehen, welches Risiko er einging, als er beschloss sie dabei zu haben. Konnte sie nicht eigentlich verstehen, dass er sich absichern musste, bevor er Informationen einer Anfängerin Preis gab?

Jo setzte sich. „Es tut mir leid. Ich wollte Dich nicht so anherrschen. Auch wenn ich jeden Grund dazu habe."

„Hast Du das?"

„Axel. Bitte. Keine Spielchen. Wir wissen beide, dass Du mich die ganze Nacht hast schmoren lassen mit meinen wichtigen Neuigkeiten, nur weil ich kein offizielles Mitglied Eures Vereins bin."

„Dann verstehst Du also, warum ich gestern keine Zeit für Dich hatte? Die zuständige Abteilung für operative Fallanalyse ist für Dich tabu. Das musst Du verstehen. Du bist ein externes Mitglied. Deine Informationen mögen wichtig sein und auch wenn ich vor Neugier brannte, so waren mir doch die Hände gebunden. Und als die Sitzung vorüber war, da war es schon weit nach Mitternacht und da wollte ich Dich nicht mehr stören."

„Ich verstehe Dich ja. Aber Du musst mich auch verstehen."

„Ich habe nie das Gegenteil behauptet. Aber genug jetzt davon, erzähl endlich was Du gestern herausgefunden hast."

Jo reichte ihm das Bild und erzählte in allen Details was sie gestern erlebt hatte.

„Ich bin mir sicher, mit dem Krassnitz stimmt irgendwas nicht. Du musst ihn unbedingt überprüfen. Und das Bild, das er scheinbar als Kind gemalt hat. Das Bild in seiner Hand, das müssen wir mit den Fragmenten auf den Frauen abgleichen. Vielleicht ist das endlich der Durchbruch!"

„Wir haben Krassnitz schon überprüft. Gleich nachdem Du diesen Werbeprospekt gefunden hattest, der uns zu Adver&Tising geführt hatte, haben wir alle Mitarbeiter überprüft. Seine Akte muss hier irgendwo liegen."

Axel durchwühlte die Berge von Akten auf seinem Schreibtisch.

„Da ist sie. Also. Ernst Anton Krassnitz. Geboren am 13. Juni 1968 in Hamburg. Mutter Hannelore Krassnitz geborene Meischnick. Vater Anton Karl Krassnitz. Die Eltern sind seit 1976 geschieden. Keine Vorstrafen, keine Auffälligkeiten. Nichts Besonderes."

Mit enttäuschten, feuchten Augen blickte sie Axel fassungslos an.

„Ihr müsst tiefer graben. Da muss es etwas geben. Sind sie umgezogen oder wohnen sie immer noch in der gleichen Wohnung? Dann könnte man die Nachbarn befragen, ob Krassnitz schon als Kind auffällig war. Hat er Tiere gequält? War er ein Pyromane? Irgendwas!"

„Du hast mich ja überzeugt, dass mit dem Kerl irgendwas nicht stimmt. Aber wir müssen vorsichtig vorgehen um keine schlafenden Hunde zu wecken. Du weißt ja, wie geschwätzig Nachbarn sind. Es kann schnell herauskommen, dass wir uns über Krassnitz erkundigen und dann ist er gewarnt."

„Und wenn ich das übernehme? Ich denke mir irgendwas aus. Ich könnte zum Beispiel einen Artikel über die Nachbarschaft im Allgemeinen schreiben. Wie gut kennt man sich als langjährige Nachbarn. Gibt es die klassische Nachbarschaft noch, wo einer dem anderen hilft. So was in der Richtung."

„Die Idee ist gut. So machen wir das."

Und wieder dieses Grübchen. Sein Lächeln wurde immer umwerfender.

„Ich besorge Dir über das Einwohnermeldeamt die entsprechenden Daten der langjährigen Anwohner. Dann musst Du nicht an jeder Tür klingeln."

„Prima. Danke."

Mit dem Ausdruck vom Einwohnermeldeamt in der Tasche saß Jo im Bus, der sie zur Wohnung von Krassnitz fuhr. Wie so oft in den vergangenen Tagen saß sie entgegen der Fahrtrichtung, um so viele Fahrgäste wie möglich beobachten zu können. Auch wenn sie sich fast sicher war, den Täter schon entlarvt zu haben, so wollte sie doch keine Möglichkeit außer Acht lassen. Wenn er es nun doch nicht war? Das Risiko wollte sie nicht eingehen und fuhr deshalb sehr aufmerksam mit den öffentlichen Verkehrsmitteln Hamburgs. Kein Gesicht sollte ihr entgehen. Kein verdächtig wirkender Mann würde ihrem aufmerksamen Auge entkommen. Doch woran sollte sie ihn erkennen? Serienmördern standen ihre Taten nicht ins Gesicht geschrieben. Im Gegenteil. Es waren meist die eher unauffälligen Männer, die solch grausame Taten begangen. So wie der Mann schräg links von ihr. Er umklammerte seine Aktentasche auf dem Schoß wie ein ertrinkender, der sich an seinem Rettungsring festhielt. Sein Äußeres war so unscheinbar, dass es schon wieder auffiel. Ihr auffiel. Sein kurz geschnittenes, rotblondes Haar war sauber auf der rechten Seite gescheitelt. Sie schätzte ihn auf Mitte 40. Die Brille, die er trug, hatte große Gläser mit goldfarbenem Rand. Seine Sehstärke schien sich seit 20 Jahren nicht verändert zu haben, denn so alt schätzte sie das Modell. Sein Gesicht war blass und nichtssagend unter dezenten Sommersprossen. Er trug ein braunes Kordsakko zu einer ebenfalls braunen, aber nicht dazu passenden Stoffhose. Die Schuhe waren zum Schnüren und brachten den dritten Braunton hervor. Als sich ein Passagier neben ihn setzte, rutschte er so weit es ging näher ans Fenster heran. Als hätte er Angst vor Berührungen. Er starrte die meiste Zeit aus dem Fenster, aber zwischendurch glitt sein Blick durch den Bus, der sich immer mehr füllte. Sein Äußeres erinnerte Jo zuerst an einen Lehrer. Einen von diesen stillen, freundlichen Lehrern, die sich nie durchsetzen konnten, gegen die im Hormonüberschuss befindlichen Teenager. Nein, dazu war er dann doch zu schüchtern. Zu verklemmt. Vermutlich arbeitete er irgendwo in einem Büro. Nichts Großartiges. Eher ein kleiner Angestellter. So wie der Postangestellte bei Adver&Tising.

Im Gegensatz zu seinem Sitznachbarn. Groß gewachsen, gut aussehend, elegant gekleidet, ein wahrer Frauenschwarm. Jo fragte sich, warum so jemand mit dem Bus fuhr. Sie sah ihn eher in einem schicken Auto durch Hamburg fahren. Vielleicht war das Auto in der Werkstatt? Nein, dann hätte er einen Ersatzwagen bekommen. Vermutlich war er es auch einfach nur leid, sich im stockenden Berufsverkehr zu bewegen.

Weiter hinten saß wieder ein Mann, der Jos Aufmerksamkeit erregte. Dunkle, ungekämmte Locken umrahmten ebenso dunkle und nervös blickende Augen. Seine Augen sprangen suchend von einer Seite zur Anderen. Suchte er sein nächstes Opfer? Als sich eine junge Frau neben ihn setzte sprang er sofort von Sitz auf und stellte sich in den Gang. Dort hielt er sich schaukelnd an der oberen Stange fest und seine Augen schwirrten noch qualvoller durch den Bus. Er fühlte sich sichtlich unwohl in der Enge des langsam überfüllten Busses. Jo dachte immer, dass alle Hamburger entspannt mit den Bussen fuhren. Von der Anonymität der Großstadt geschützt kümmerte sich niemand um den anderen. Es gab Menschen die schliefen, es gab Menschen, die so laut in ihr Handy sprachen, dass jeder Mitreisende auf den neuesten Stand der persönlichen oder beruflichen Probleme gebracht wurde. Die meisten Fahrgäste lasen oder schauten aus dem Fenster. Nur keinen Blickkontakt mit dem Nebenmann aufnehmen. Setzte sich jemand dazu, dann wurde stur aus dem Fenster oder ins Buch geschaut. Als gäbe es niemanden auf dem Nebensitz. Alles wurde ausgeblendet. Es schien aber nicht allen so zu gehen. Ab und zu unterhielten sich zwei Menschen miteinander. Manchmal

kannten sie sich, manchmal entwickelte sich das Gespräch aus dem unvorbereiteten Kontakt heraus. Und manchmal fühlten sie sich sichtbar unwohl, so wie dieser Mann, der einer Panikattacke sehr nah zu sein schien.
Wo bist Du?
Seit ihrer ersten Theorie, der Täter könnte seine Opfer in einem öffentlichen Verkehrsmittel ausfindig machen, hatte sie jeden Fahrgast genau beobachtet. Es war ein Strohhalm, nachdem sie griff, dessen war sie sich bewusst. Sie fuhr nur mit einer Buslinie. Von der Wohnung ihrer Schwester zum Präsidium und zurück. Dieser Bus fuhr sogar zu Adver&Tising. Die Chance, dass er auch mit dieser Linie fuhr war geradezu utopisch. Außerdem war die einzige Parallele zwischen den Opfern nur die Tatsache, dass sie mit öffentlichen Verkehrsmitteln fuhren. Keine der Frauen benutzte eine gleiche Bus- oder Bahnlinie. Dieser Strohhalm war sehr dünn.

17

Jo stand vor dem Wohnblock in dem Krassnitz und seine Mutter lebten. Laut Einwohnermeldeamt wohnten nur drei weitere Familien ähnlich lange in dem Block um für ein Interview in Frage zu kommen. Jo ging durch den Hausflur und schaute auf jedes Klingelschild. Familie Kleingarn war der erste Treffer und sie klingelte. Nach langem Warten, Jo wollte schon weiter gehen, hörte sie schlurfende Schritte auf der anderen Seit der Tür, die sich dann einen kleinen Spalt öffnete. Nur so weit, wie es die Sicherheitskette zuließ. Ein trübes Auge mit tiefen Falten war das einzige, was Jo zu sehen bekam. Erst die Stimme verriet ihr, es handelte sich um eine Frau.

„Ja bitte?"

„Guten Tag Frau Kleingarn, mein Name ist Josephine Brandt und ich komme von der neuen Zeitschrift Mehrgenerationen und Mehrnationen."

„Wir brauchen kein Abo."

„Keine Sorge, ich will Ihnen kein Abo verkaufen. Ich habe nur ein paar Fragen an Sie."

Jo konnte gerade noch rechtzeitig ihren Fuß in die Tür schieben, bevor eine verärgerte Frau Kleingarn sie schließen konnte.

„Schenken Sie mir nur ein paar Minuten und ich verspreche Ihnen, es wird sich für sie lohnen."

„Lohnen?"

Sie musste die Frau irgendwie ködern. Lurup war ein bekanntes Problemviertel mit einem hohen Anteil an Arbeitslosigkeit und Rentnern. Jo vermutete auch einen ebenso hohen Anteil an Altersarmut. Dort musste sie ansetzen. Sie hatte ihren Köder gefunden.

„Es wird eine neue Zeitschrift geben und ich soll einen Artikel über das Thema alt und jung in einem Wohnblock schreiben. Wenn Sie mir dazu ein paar Fragen beantworten, dann würden Sie mit sechs Gratisausgaben entlohnt werden."

„Was soll ich denn mit sechs Heften anfangen?"

„Nicht auf einmal Frau Kleingarn, sie bekommen ein halbes Jahr lang monatlich das aktuelle Heft zugeschickt. Umsonst."

„Umsonst? Und wo ist da der Haken? Ich unterschreibe nichts!"

„Es gibt keinen Haken und sie müssen auch nichts unterschreiben. Sie müssen mir nur ein wenig Ihrer Zeit schenken und mir ein paar Fragen beantworten. Selbstverständlich anonym, wenn Sie das möchten. Bitte Frau Kleingarn. Sie würden mir damit einen großen Gefallen tun. Ich muss einen guten Artikel abliefern, sonst bekomme ich großen Ärger mit meinem Chef. Bitte!"

„Und keiner weiß, dass ich was gesagt habe?"

„Ich verspreche es Ihnen."

„Na gut."

Die Tür schloss sich leise und Jo hörte die Schlüsselkette klappern, bevor sie sich wieder öffnete.

Wenn jedes Interview so schleppend begann, dann könnte es ein langer Tag werden.

„Ich habe den Kaffee ein bisschen stärker aufgebrüht. Ich hoffe, Sie mögen starken Kaffee."

Jo hatte das Gefühl, selbst der Dampf, der aus der Tasse aufstieg war dunkel, so schwarz und kräftig wie der Kaffee war. Selbst der Zucker, den sie sonst nie nahm, brachte keine Besserung. Er war bitter.

„Danke, ich trinke meinen Kaffee gerne kräftig.", schwindelte Jo lächelnd um Pluspunkte bei Frau Kleingarn zu sammeln.

„Was möchten Sie denn nun von mir wissen? Etwas über meine Nachbarn? Wissen Sie, ich tratsche ja nur ungern, aber vielleicht kann ich Ihnen doch weiter helfen."

„Oh, Sie müssen nicht tratschen, keine Sorge. Es geht in meinem Artikel über die Nachbarschaft im Allgemeinen. Gerade in so einem Wohnblock wie diesem muss es doch über all die Jahre viele Mieterwechsel gegeben haben und da wäre es interessant zu erfahren, wie sich die Moral und der Zusammenhalt über all die Zeit entwickelt hat."

„Oh, gar nicht gut. Die Jugend heutzutage hat ja keine Manieren mehr. Schrecklich ist das. Ganz schrecklich."

„Das kann ich mir gut vorstellen. Aber es gibt doch sicherlich auch Mieter, die genau wie Sie, seit vielen Jahren hier wohnen. Jahrelange Nachbarn, mit denen man über die Jahrzehnte eine Freundschaft aufgebaut hat."

„Leider nicht so viele, wie Sie vielleicht glauben."

„Nicht?"

„Nein. Es sind nur drei Familien übrig geblieben aus der guten, alten Zeit."

„Sind Sie mit ihnen befreundet?"

„Befreundet wäre vielleicht zu viel gesagt, aber man kennt sich, man hält ein Schwätzchen im Flur und man hilft sich gegenseitig."

„Gibt es da vielleicht eine besondere Geschichte, die Ihnen dazu einfällt? Oder eine Familie, die besonders hervor sticht mit ihrer Hilfsbereitschaft?"

„Oh ja, die gibt es."

„Wollen Sie mir davon erzählen?"

„Ich weiß nicht."

„Frau Kleingarn, keine Sorge, niemand wird erfahren, dass Sie mir etwas erzählt haben. Die Namen in meinem Artikel werden verändert. Und wer sollte sich schon darüber ärgern, wenn man etwas Gutes über ihn zu berichten hat."

„Na gut. Nett und hilfsbereit sind wir alle. Wir kennen uns teilweise seit über 30 Jahren. Aber da liegt ja auch der Hase im Pfeffer. Wir sind alle nicht mehr die Jüngsten und brauchen im Grunde alle ständig Hilfe und da haben wir zum Glück den jungen Herrn Krassnitz. Und er erfährt wirklich nicht, dass ich mit Ihnen spreche?"

„Keine Sorge Frau Kleingarn. Man wird in meinem Artikel nicht einmal erfahren, wo ich bin, geschweige denn, mit wem ich geredet habe."

„Also gut."

Es war, wie befürchtet, ein langer Tag. Aber es war auch ein erfolgreicher Tag. Sie hatte viel über Krassnitz herausgefunden. Jeder der langjährigen Mieter konnte etwas über ihn und seine Mutter erzählen. Der freundliche und hilfsbereite Junge von nebenan. Immer für seine Mutter da und immer ein freundliches Wort auf den Lippen. Wie er sich rührend um seine Mutter kümmert und sich nie beschwert.

Über Frau Krassnitz sprachen die Nachbarn nicht so freundlich. Sie beschrieben sie als launisch und herrisch. Sie beschwerte sich oft auch über Kleinigkeiten, wenn sie einen schlechten Tag hatte. Und seit der Trennung von ihrem Mann gab es davon viele. Sie war vorher schon kein Ausbund an Fröhlichkeit gewesen, doch danach fiel sie scheinbar in ein tiefes Loch, aus dem sie nie wieder richtig hervorkam. Ihr armer Sohn ertrug geduldig ihre Launen. Eine Familie, die Wand an Wand seit 32 Jahren mit ihnen lebte und zum Glück sehr gesprächig war, erzählte Jo von regelmäßigen, lautstarken Auseinandersetzungen. Worüber so heftig gestritten wurde, konnten sie nicht sagen, dafür waren die Wände dann doch zu dick, aber sie konnten mit Sicherheit sagen, dass jedes Mal nur die Stimme von Frau Krassnitz zu hören war. Mit den Jahren war es weniger geworden, aber ganz hatte es nie aufgehört. Ein inzwischen fast 50jähriger Mann wurde immer noch in aller Regelmäßigkeit von seiner Mutter nieder gemacht, ohne sich zu wehren.

Die Nachbarn sahen das als respektvolle Liebe zur Mutter. Jo sah das ganz anders. Jo wusste es besser. Krassnitz war eine der typischen, leise tickenden Zeitbomben, die jederzeit und uner-

wartet explodieren konnten. Und bei Krassnitz war die Explosion schon in vollem Gange. Jo war sich immer sicherer. Er war es. Er war der Mörder ihrer Schwester und der armen drei weiteren Frauen. Es passte einfach alles. Er passte perfekt ins Profil.
Zu perfekt?

Jo saß alleine in Axels Büro und wartete auf ihn. Bei dem Gedanken, dass sie noch vor ein paar Tagen alles darum gegeben hätte, alleine in diesem Büro zu sitzen um die Akte Elbstrand gegen ihre Kopie zu tauschen, musste sie schmunzeln.

Genau in dem Augenblick betrat Axel den Raum.

„Das ist doch mal ein schöner Anblick. Erzählst Du mir den Grund?" war seine Begrüßung.

„Ich glaube, lieber nicht. Unser Vertrauensverhältnis könnte dadurch Risse bekommen."

Und wieder schoss ihr diese aufdringliche Röte ins Gesicht.

Verdammt!

„Jetzt bin ich erst Recht neugierig. Aber ich kann warten bis Du wieder eine normale Gesichtsfarbe hast."

Reflexartig fuhr Jo mit den Händen über ihre Wangen.

„Es gibt etwas viel wichtigeres zu berichten. Meine Interviews in dem Wohnblock waren sehr aufschlussreich. Es bestätigt den Eindruck, den ich von ihm gewonnen hatte. Er ist der typische, nette und ruhige Nachbar, dem man so etwas nie zutraut. Er lebt bei seiner Mutter, die ihn regelmäßig tyrannisiert mit ihren Wutausbrüchen, denen er sich wehrlos beugt. Die direkten Nachbarn hören immer wieder ihre kreischende Stimme, wenn auch nicht den Wortlaut, aber ihn hören sie nie. Er wehrt sich nie gegen seine herrische Mutter, die seit der Trennung von seinem Vater kaum noch gute Tage hat. Inzwischen ist es wohl etwas ruhiger geworden, was man ihrem hohen Alter zuschreibt. Aber es hat nie ganz aufgehört."

„Das klingt ja fast zu perfekt."

„Das habe ich auch schon gedacht. Aber nichts desto trotz passt er in das Profil eines Serienmörders."

„Das kann man nicht abstreiten. Was hast Du noch herausgefunden?"

„Nur weitere Bestätigungen. Seine Hilfsbereitschaft ist beispiellos. Er ist sofort bereit zu helfen, wenn man ihn um etwas bittet. Er trägt unaufgefordert Einkäufe in die Wohnungen, wenn er zufällig vor Ort ist. Er stellt Mülltonnen und gelbe Säcke an die Straße, damit die alten Leute sich nicht damit abmühen müssen. Er verbrennt Gartenabfälle in einer alten Tonne, damit keine Ratten unter das angehäufte Laub oder den Rasenschnitt kriechen. Und so weiter und so weiter."

„Moment mal! Er verbrennt Gartenabfälle?"

„Ja, so haben es die Nachbarn erzählt. Oh mein Gott! Du meinst doch nicht etwa?"

„Doch genau das meine ich. Wir müssen schnellstens die Spurensicherung dahin schicken. Hoffentlich finden die noch was."

18

Er weidete sich an dem Anblick der roten Linien auf der toten Haut, die in dem finalen Stich endeten. Stille umgab ihn. Die Stille der Vollendung. Sein Kunstwerk war vollbracht. Auch der quälende Akt der Vernichtung war beendet. Sie hatte sich sehr gewehrt. Trotz ihrer ausweglosen Lage hatte sie gekämpft wie eine Löwin. Aber sie war machtlos gegen seine Ketten. Sie konnte nichts gegen ihn ausrichten, gefesselt wie sie war. Sie hatte wild den Kopf hin und her geworfen, bis ihr panischer Atem erstarb.

Zu gerne hätte er sein Kunstwerk in einer Fotografie festgehalten. Doch das war zu gefährlich. Keine Spuren hinterlassen. Nicht die geringste. Auch dieses Wissen hatte er sich in der Bücherei angelesen und später, als er sich zu seinem 25. Geburtstag selber einen Computer geschenkt hatte, half ihm das Internet weiter, alles über die Arbeit der Polizei und vor Allem über die Spurenermittlung zu erfahren. Auch über Serienmörder hatte er alles verschlungen. Über seine dummen Kollegen, die Spuren hinterließen und so gefangen wurden. Er würde keine Spuren hinterlassen. Sie würden ihn nicht finden. Dazu war er zu schlau.

Seine Mutter hatte erwartungsgemäß einen ihrer Wutanfälle bekommen, als er den Computer gekauft hatte. Sie weigerte sich, dieses Teufelsgerät in ihrer Wohnung zu haben. Es war das erste mal, dass sie ihm damit drohte, ihn auf die Straße zu setzen, wenn er den Computer nicht sofort entfernte.

Es dauerte Wochen, bis die blauen Flecke abheilten, die er aus diesem Streit davon trug. Es blieb sogar zum ersten Mal ein blaues Auge zurück. In der Firma erzählte er, er habe eine Frau gerettet, deren Handtasche geraubt werden sollte und dabei einen Faustschlag des Angreifers abbekommen. Die bewundernden Blicke seiner Kollegen, besonders von seinen Kolleginnen machten ihn Stolz. Nach einer Weile glaubte er seine Geschichte selber. Er war der Held, der hilflosen Frauen in der Not half. Es war eine kurze, aber schöne Zeit. Das damalige Gefühl des Stolzes kehrte zurück. Aber es war nichts im Vergleich zu dem Stolz, den er empfand, wenn er an seine Taten dachte. Wenn er an sich dachte als Retter der heilen Familien und nicht als Retter hilfloser Frauen. Frauen waren nicht hilflos. Frauen waren böse. Schöne Frauen waren böse. Sie waren vom Teufel gesandt um zu zerstören.

So wie diese Teufelin vor ihm. Er würde ihr Bild, genau wie alle anderen, vor seinem geistigen Auge hervor holen müssen. Diese wunderschönen Bilder, die jedes Mal seine Schlange belebten. Inzwischen war es ihm auch nicht mehr peinlich, wenn seine Schlange von diesen Kunstwerken geweckt wurde. Es war ja keine animalische Lust, die ihn trieb. Es war Stolz. Der Stolz auf sein Werk, auf seine Taten. Und die anschließende Explosion mit der folgenden Leichtigkeit, war seine Belohnung. Das war etwas ganz anderes und in seinen Augen nichts verbotenes. Es war seine Belohnung.

Doch nun musste er sich von ihr trennen. Er wickelte sie in die Folie, die unter ihr lag. Er musste sich keine Sorgen um eventuelle Spuren machen. Sein Schutzanzug, seine Schutzhaube und die Handschuhe würden auch diesmal alle Spuren an seinem Körper festhalten. Kein Haar, keine Hautschuppe konnte ihn verlassen und die Spur zu ihm führen. Es gefiel ihm nicht, immer nur mit Handschuhen arbeiten zu müssen. Zu gerne hätte er ihre Körper wenigstens einmal unter seinen Händen gespürt, das warme Blut zwischen seinen Fingern zerrieben, doch das durfte er sich nicht erlauben. Er musste sich schützen. So lange, bis er bereit war sich zu offenbaren.

Der Ort, wo man sie finden würde, war schon ausgewählt. Heute würde er sie dort ablegen. Sein Kunstwerk ausstellen. Danach würde er wieder alles verbrennen. Die Folie, seine Schutzkleidung, alles würde restlos vernichtet in den verschlingenden Flammen der Feuersbrunst.

Der Regen hatte schon begonnen, er musste sich beeilen. Regen war sein Freund. Regen vertrieb die abendlichen Strandspaziergänger und spülte seine Spuren davon.

Regen. Sein lebenslanger Begleiter. Eine Erkenntnis traf ihn wie ein Hammerschlag. Es war nicht böse von ihm, wenn er Zeiten mit seiner Mutter als Regentage beschrieb. Nein, es war seine Art der Beschreibung glücklicher Tage. Für ihn war der Regen der Sonnenschein seines Lebens. Der Regen war sein Freund. Mit einem Lächeln trug er den leblosen Körper aus der Gartenlaube in den Kofferraum und machte sich auf den Weg zum Elbstrand. Auf den Weg zu seiner ureigenen Vernissage.

Nach einem ungewöhnlich entspannten Frühstück mit seiner Mutter saß er in seinem Zimmer und genoss den beginnenden Tag mit Erinnerungen an die vergangene Nacht. Nebenbei lief der Hamburg Kanal in seinem Computer. Ohne Ton, der ihn ablenken könnte. Er würde sofort die Bilder erkennen, wenn der Nachrichtensender vom Fundort eines neuen Opfers berichten würde. Es regnete immer noch, deshalb wunderte es ihn nicht, dass es noch niemand entdeckt hatte. Aber so langsam rissen die Wolken auf und wenn der Regen nachließ würden die ersten Spaziergänger unweigerlich daran vorbei kommen. Es war Sommer, der Elbstrand musste sie anlocken. Nur deshalb hatte er ihn damals ausgesucht. Dort würden sie am schnellsten seine Kunstwerke entdecken, bevor die Fäulnis sie verderben würde. Es hatte selbst im kalten Winter nur wenige Stunden gedauert, bis der erste Ahnungslose den Schrecken seines Lebens erfuhr. Es war damals ein Hund, der Andrea entdeckte. Nach einem ersten Schrecken, der Hund könnte Schaden an seiner sorgfältig hergerichteten Puppe angerichtet haben, beruhigte er sich, als er den Reporter sagen hörte, das Herrchen konnte seinen Hund schnell von der Leiche fortziehen. Dann stand er da, der Hundebesitzer. Noch unter Schock stehend stammelte er ein Interview in die Kamera.

Wie viele Interviews würde er geben? Wie würden die Reporter sich um ihn reißen, wenn er sich offenbarte? Reporter und Psychologen würden Schlange stehen um ihn anzuhören. Die Psychologen. Auf die freute er sich am Meisten. Auf ihre verblüfften Gesichter, wenn sie feststellten, dass er geistig völlig normal war. Keine Diagnose der Verrücktheit auf ihn zutraf. Das er lediglich ein Genie war und in keine der üblichen Schubladen der Schizophrenie oder Psychopathen passte. Der Gedanke amüsierte ihn immer wieder. Er konnte es manchmal kaum erwarten, sie zu erschüttern. Doch sein Plan ließ ihn die nötige Geduld aufbringen. Er war noch lange nicht fertig. Es brauchte noch viel mehr Kunstwerke, bis er sich offenbaren konnte. Bis er der Welt sein wahres Ich zeigen konnte. Bis er sich in seinem Ruhm sonnen konnte.

Sein Tag würde kommen.

Doch jetzt musste er zur Arbeit. Seine Maske aufsetzen. Wie leicht es doch war, sie zu täuschen. Seine Kollegen, die Nachbarn, sogar seine Mutter. Er war immer so nett und hilfsbereit, hatte immer ein freundliches Wort auf den Lippen und war nie aus der Fassung zu bringen. Die jahrelangen Ausbrüche seiner Mutter hatten ihn darin trainiert. Was auch immer sie ihm an den Kopf warf, wie sehr sie ihn auch prügelte, es berührte ihn nicht. Er stellte sich dann vor, sie spräche mit jemand anderen. Sie meinte nicht ihn. Und so konnte all das an ihm abprallen. Es war ja auch nicht er, den sie meinte. Es war sein Vater, den sie in diesen Momenten verfluchte. Sein Vater, der sie und ihn rücksichtslos verlassen hatte und nie mehr zurückgekehrt war. Er war es, der sie zu diesen Ausbrüchen brachte. All die Verzweiflung, die Trauer über den Verlust eines geliebten Menschen war manchmal so unerträglich für sie, dass sie es nicht mehr ertrug und es dann leider an ihrem Sohn auslassen musste. Sie hatte es ihm in den ersten Jahren oft und ausführlich erklärt. Hatte ihn weinend um Verzeihung und Verständnis gebeten. Und er hatte verziehen. Er hatte verstanden. Jedes Mal.

Heute brauchte es diese Erklärungen nicht mehr. Sie wussten beide, wer Schuld an allem war. Heute bekam er zur Entschuldigung eine der wenigen, liebevollen Gesten seiner Mutter. Sie strich ihm dann übers Haar oder drückte kurz seine Hand. Manchmal, wenn der letzte Ausbruch längere Zeit zurück lag, dann provozierte er sie, indem er etwas fallen ließ oder einfach nicht richtig machte. Er genoss dann die anschließende Zärtlichkeit ihrer flüchtigen Geste. Das beruhigte ihn. Das zeigte ihm, wie sehr sie ihn doch liebte, auch wenn sie es nur schwer zeigen konnte. Sie hatte einfach zu große Angst vor Zurückweisung. Ihre letzt Liebe, ihre einzige Liebe, hatte sie zurück gewiesen. Ihre Liebe mit Füßen getreten. Und auch wenn er ihr früher immer wieder versichert hatte, dass er sie niemals verlassen, sie niemals verletzen könnte, so war ihre Angst doch zu stark. Sie war gefangen, im Panzer der Angst, der es ihr unmöglich machte, Liebe zu zeigen, auch wenn sie sie empfand.

19

Mit einem Glas Rotwein in der Hand saß Jo in Alisas Wohnzimmer und ließ ihren Gedanken freien Lauf. Es war so viel passiert. So viel Grausames und auf der Suche nach dem Täter gab es immer wieder Rückschläge. Die Untersuchung der Brenntonne hatte bisher noch nichts ergeben. Sie hatten gehofft, dass Krassnitz dort seine Schutzkleidung vernichten wollte und dabei Spuren hinterließ. Er musste Schutzkleidung getragen haben. Nur so ließ es sich erklären, dass keinerlei Spuren an den Tatorten und den Opfern gefunden wurden. Nicht die kleinste Spur oder auch nur ein winziges Haar hatte der Täter hinterlassen. Aber auch da gab es wieder einen kleinen Hoffnungsschimmer. Die Laubtonne hatte sie auf eine Idee gebracht. Sie würden alle Kleingärten aufsuchen und auch Anzeigen über Rauchbelästigung durch illegale Laubverbrennung überprüfen. Die sicherste Methode zum Vernichten der Spuren war das Feuer. Besonders die hauchdünnen Einmalanzüge, die unter Anderem aus Polypropylen bestanden, brannten wie Zunder. Ein vernichtend kleiner Hoffnungsschimmer nur, aber eventuell brachten Zeugenaussagen sie ihrem Ziel näher. Vielleicht verbrannte Krassnitz auch noch woanders Gartenabfälle. Möglicherweise waren sie aber auch nur auf der falschen Spur. Egal wie er ins Profil passte, sie hatten keinerlei Beweise gegen ihn. War er doch unschuldig? Ein netter Sohn und Nachbar, der niemals explodieren würde. Der sein Schicksal geduldig ertrug und niemandem etwas Böses wollte.

Auch das mussten sie in Betracht ziehen. Sie durften sich nicht zu sehr auf Krassnitz versteifen. Ihre vorgefasste Meinung würde die Objektivität anderen Spuren und Hinweisen gegenüber trüben. Das durfte nicht passieren. Sie mussten offen bleiben.

Das fiel ihr sehr schwer. Die Ungeduld, endlich dem Mörder ihrer Schwester gegenüber zu stehen. Endlich das Warum zu erfahren. Antworten zu bekommen. Diese Ungeduld trieb sie an. Zu sehr um objektiv zu bleiben. Sie wusste, sie konnte das. Sie hatte es jahrelang in ihrem Job als Gerichtsreporterin gekonnt. Doch damals war sie nicht persönlich involviert. Damals ging es nicht um ihre geliebte Schwester. Ihre Schwester und beste Freundin. Ihre einzige Familie.

Jo stellte das Weinglas ab und nahm zum wiederholten Mal die Ausdrucke der zerschnittenen Frauenkörper in die Hand.

Was willst Du uns mitteilen?

Die Fotografie aus dem Portemonnaie hatten sie sofort ausschließen können und alle anderen Versuche führten sie ebenfalls nur in die Irre. Es gab zu viele Möglichkeiten. Zu viele Wege, die zu keinem Ziel führten. Es gab zu wenig Linien auf den Frauenkörpern, als das sie einem konkreten Weg folgen konnten. Für die Frauen war jede Linie, jeder Schnitt einer zu viel, aber für die Lösung des Rätsels zu wenig. Leider konnte das bedeuten, dass es noch viel mehr Frauen geben würde. Noch viel mehr Opfer, bis sie in der Lage waren, das Bild zu entschlüsseln. Es viel mehr rote Linien auf weißer Haut brauchte, bis sie ans Ziel kamen.

Linien! Das war es!

Jo kramte schnell ihren Hamburger Stadtplan aus der Handtasche, den sie zur Orientierung ständig dabei hatte. Sie breitete ihn auf dem Tisch aus und verzweifelte sofort wieder. Es war ein verwirrendes Straßennetz, wie sollte sie die richtige Straßenführung finden. Sie wusste ja nicht einmal, wie sie die Linien der Frauen in richtige Reihenfolge bringen konnte.

Denk nach!

Die Reihenfolge der Leichen! Zuerst Andrea, dann Janine, als nächstes Katharina und zuletzt Alisa. Doch wie sind sie miteinander verbunden?

Jo drehte die Bilder. Doch wo war oben und wo unten? Sie hatten die Fotografien so sehr vergrößert, so sehr den Fokus auf die Linien gelegt, dass von den Frauen selber nichts mehr zu sehen war.

Jo nahm Kopien der original Tatortfotos zur Hand und legte sie in Reihenfolge nebeneinander.

Andrea, Janine, Katharina und Alisa.

Alisa. Bisher hatte sie kaum einen Blick auf das Bild ihrer Schwester geworfen. Den Anblick ihrer toten Schwester, einfach in den Sand geworfen, konnte sie nicht ertragen.

Doch war sie wirklich nur einfach dort hingeworfen, dort abgelegt worden? Die Pose ihrer Schwester wirkte nicht zufällig. Sie hielt das Bild hoch, um die Perspektive zu verändern, um nicht auf sie hinab zu sehen. Sie lag nicht einfach nur dort im Sand. Veränderte man im geistigen Auge den Hintergrund, so konnte man denken, sie würde sitzen. Ihre Beine waren zur linken Seite angewinkelt und ihre linke Hand ruhte auf ihrem Schoß, während der rechte Arm ihrem Blick nach rechts folgend ausgestreckt war. Als würde der Arm auf einer Person, die sie ansah, ruhen. Doch welche Person? Dort war niemand sonst.

Noch nicht.

Sie nahm das Tatortfoto von Katharina in die Hand und ja! Es konnte nur Katharina sein, deren Körper Alisas Arm berührte. Katharina saß ebenfalls seitlich. Nur spiegelverkehrt. Ihre Beine waren zur rechten Seite angewinkelt und auch ihre Hand, in diesem Fall rechte Hand, ruhte auf ihrem Schoß. Ihr linker Arm war leicht nach links unten ausgestreckt. Ihre Hand sollte auf Alisas Schoß liegen. Ihr Kopf war ebenfalls nach links, zu Alisa gedreht.

Jo nahm eine Schere zur Hand und schnitt beide Frauen aus. Sie passten perfekt zusammen. Zwei Frauen saßen nebeneinander im Sand und berührten sich, während ihre Blicke, ihre toten Blicke sich trafen.

Doch das Bild war noch nicht vollständig. Es gab noch zwei weitere Frauen, die zu dem morbiden Gruppenbild gehörten.

Jo schnitt auch sie aus und versuchte sie, anhand ihrer Posen in das Bild einzufügen.

Andrea und Janine standen. Im Gegensatz zu Alisa und Katharina. Sie standen hinter den beiden letzten Opfern. Auch ihre Hände berührten einander. Mehr noch, sie hatten die Arme ausgestreckt ineinander geschlungen. Andrea, das erste Opfer konnte nur hinter Katharina stehen. Ihre rechte Hand lag auf Katharinas rechter Schulter, während der linke Arm nach links ausgestreckt war.

Janine stand hinter Alisa. Ihre linke Hand ruhte auf Alisas linker Schulter und ihr rechter Arm war ebenfalls ausgestreckt und als die beiden Frauen ihren Platz eingenommen hatten, konnte Jo erkennen, dass die ausgestreckten Hände der stehenden Frauen nur einen Schluss zuließen. Es fehlte noch eine Frau. Es fehlte noch ein Opfer in der Mitte. Die Frau, auf deren Schultern die ausgestreckten Hände liegen sollten.

Noch eine! Mein Gott!

Es würde noch ein Opfer geben. Diese Erkenntnis war keine Überraschung, aber dennoch immer wieder schockierend. Sie mussten das unbedingt verhindern. Es durfte kein weiteres Opfer geben.

So groß der Schock darüber war, so machte sich auch ein wenig Erleichterung breit. Niemand wusste bisher, wie viele Opfer es noch geben würde. Wie viele unschuldige Frauen noch ihr Leben lassen mussten. Nun konnten sie sicher sein, es würde nur noch eine geben. Wenn es nicht schon zu spät war, so war dann wenigstens Schluss.

Jo klebte das Gruppenbild auf ein leeres Blatt Papier. Jetzt hatte sie die richtige Verbindung der Linien gefunden.

Hastig nahm Jo ihr Handy zur Hand und wählte die Nummer von Axel.

Es klingelte nur zweimal, als sie auch schon seine warme Stimme hörte.

„Kommissar Heffner."

„Hallo Axel, hier ist Jo. Ich habe das Rätsel gelöst. Ich habe die Verbindung der Linien gefunden. Soll ich zu Dir ins Präsidium kommen? Das ist vielleicht der Durchbruch, auf den wir gewartet haben. Ich springe sofort in den nächsten Bus.", sprudelte es aufgeregt aus ihr heraus.

„Natürlich. Sofort. Ich schicke Dir einen Streifenwagen vorbei. Mit dem Bus brauchst Du zu lange.", unterbrach Axel ihren Wortschwall.

„Okay, dann bis gleich."

„Bis gleich. Ich bin sehr gespannt auf Deine Entdeckung."

Zwanzig Minuten später sprang Jo auch schon aus dem Streifenwagen und rannte in das Polizeipräsidium, wo Axel ihr erwartungsvoll entgegen lief.

Nachdem Jo den Ablauf ihrer Entdeckung erzählt hatte, saßen sie nun gemeinsam an dem großen Konferenztisch. Vor sich die Folie, auf die sie die Schnitte übertragen hatten. Es fehlten die Male des nächsten Opfers, aber wenn man die Enden der Schnitte von Andrea und Janine miteinander verband, dann konnte man deutlich ein X erkennen, dessen Enden seitlich ausbrachen und in den Stichen ins Herz, den Todesursachen endeten. Verwirrend wurde es durch die vielen, feineren Linien, die vielfach von dem X abgingen. Sie wirkten unwillkürlich, doch das wollten sie nicht glauben. Es musste etwas bedeuten. Sie überlegten stumm, was dieses X zu bedeuten hatte, während sie auf die Ergebnisse der Kollegen warteten. Axel hatte ihnen eilig eine Kopie der Folie gebracht und sie mit einer erneuten Suche beauftragt.

„Wir müssen laut überlegen. Alle Gedanken auf den Tisch bringen." Unterbrach Axel die Stille.

„Wie ein Brainstorming?"

„Genau! Was geht Dir durch den Kopf?"

„Ich hänge immer noch an dem Ursprung meiner Entdeckung fest. Linien. Buslinien. Straßenführungen. Lass und einen Stadtplan zur Hand nehmen."

„Okay, fangen wir damit an."

Sie breiteten Jos Stadtplan, den sie eilig eingepackt hatte, auf dem großen Tisch aus.

„Wo anfangen? Hamburg ist so groß."

Fragte Jo verzweifelt.

„Warum nicht in Lurup anfangen. Dort wohnt Krassnitz und Mörder agieren ja bekanntermaßen gerne in ihrem gewohnten Umfeld."

„Das ist es! Natürlich! Vor ein paar Tagen bin ich noch an den Fundorten verzweifelt, weil sie eine gerade Linie entlang des Elbstrandes bildeten und es keine Möglichkeit gab, den Mörder einzukreisen."

Jo nahm die Folie zur Hand und bewegte sie langsam über den Stadtteil Lurup. Es konnte sich um eine Kreuzung handeln, die dieses X markierte. Sie mussten sie nur noch finden. Es gab etliche Kreuzungen und sie wussten den Maßstab des Kreuzes nicht. Jo schob und drehte die Folie hin und her und war wieder einmal der Verzweiflung nah.

„Warte, lass uns logisch vorgehen. Wir fangen erst einmal mit den großen Kreuzungen an. Mit der einen großen Kreuzung Elbgaustraße und Luruper Hauptstraße. Sie ist so offensichtlich deutlich mitten in Lurup. Damit fangen wir an und sehen wohin das führt."

„Das klingt schon zu einfach, aber fangen wir damit an."

Jo legte die Folie auf die Kreuzung. Sie drehte sie hin und her, doch die Folie war zu groß für den Stadtplan. Der Maßstab der Karte war zu klein.

„Wir müssen die Folie einscannen und am Computer unser Glück versuchen." Resignierte Jo, als die Tür aufging und Kriminalhauptmeister Brack aufgeregt den Raum betrat.

„Wir haben es! Es markiert Kreuzung Elbgaustraße und Luruper Straße. Ganz eindeutig."

Er legte einen Ausdruck auf dem Tisch, auf dem ganz klar zu erkennen war, dass sie mit ihrer Vermutung richtig lagen. Das X passte perfekt auf die Kreuzung und die feineren Linien liefen über diverse Nebenstraßen.

„Oh Gott! Es passt! Axel, sieh, es passt!"

Die Freude über diese Entdeckung war unermesslich groß. Sie spürte sie bis in die Haarspitzen.

Jo sah zu Axel hinüber. Auch er schien erstaunt und hoch erfreut zugleich zu sein. Sie hätte ihn vor Freude umarmen können. Küssen können.

„Unfassbar! Jo, das ist eine unglaubliche Entdeckung. Endlich kommen wir ihm näher."

„Endlich! Ich kann es kaum glauben, wie einfach es war. Aber wir haben es geschafft. Jetzt lass uns sehen, wohin uns das führt."

„Sieh nur, die Einstiche. Sie passen genau auf Sportplätze und eine Kirche."

„Oh nein!"

„Was ist?"

„Die Nummer vier. Alisa. Die Trabrennbahn. Sie war eine Pferdenärrin und regelmäßig dort in ihrer Freizeit. Dort muss sie ihrem Mörder begegnet sein."

„Dann markieren die Punkte, die Orte, an denen die Frauen dem Mörder begegnet sind. Das ist eine wichtige Spur. Ich muss sofort die Kollegen dahin schicken, zur Zeugenbefragung. Bei der Imtech Arena und auch bei der Trabrennbahn könnte es nach so langer Zeit schwierig werden, noch Zeugen zu finden. Aber bei den Zeugen Jehovas und dem kleinen Vereinssportplatz Blomkamp mache ich mir große Hoffnung."

„Weil dort immer die gleichen Menschen anzutreffen sind?"

„Genau. Dort fällt sofort auf, wenn ein neues Mitglied auftaucht. In diesem Fall die Opfer. Auch wenn sie vermutlich nur einmal oder nur kurz dort zu sehen waren, so erinnert sich sicher jemand an sie. Und an ihren Begleiter."

„Er hat es geschafft, auf den Frauen einen maßstabsgetreuen Plan zu hinterlassen, was schon fast genial ist, aber dennoch ist er so dumm uns damit eine wichtige Spur zu hinterlassen. Er hat uns unterschätzt."

„Er hat Dich unterschätzt."

Diese Worte erfüllten Jo mit Stolz. Dankbar sah sie zu Axel und ihre Blicke trafen sich. Nur für ein paar Sekunden, aber in diesen Sekunden vergaß Jo zu atmen. Noch bevor sie seinen Blick deuten konnte, schwand dieser Augenblick auch schon dahin. Kriminalhauptkommissar Brack räusperte sich, um auf sich aufmerksam zu machen. Mit einem doppeldeutigen Lächeln verabschiedete er sich und nahm den Zauber des Augenblicks mit.

20

Seit Stunden fuhr er mit dem Bus durch die Nacht und die Aufregung wollte sich nicht legen. Sein Herz klopfte jedes Mal ein wenig schneller, bei der Vorstellung die Richtige zu finden. Wie sie plötzlich in den Bus stieg und er sie erkannte. Auswählte.

Es war ähnlich wie damals, als er einmal Lotto spielte. Seine Mutter und er waren schon seit vielen Jahren alleine. Und auch wenn sein Vater regelmäßig Unterhalt zahlte, so war das Geld doch knapp. Die Wohnung war groß und teuer, aber ein Umziehen in eine kleinere Wohnung kam für seine Mutter nicht in Frage. Sie wollte ihm nicht sein Zuhause nehmen. Er sollte dort groß werden, wo er geboren war. In dem Bett, in dem er geboren war. In seinem Bett, in seinem Zimmer. Dort hatte er das Licht der Welt erblickt.

Und auch wenn die Erfahrungen, der Verlust des Vaters, in jedem Winkel der Wohnung zu spüren war, so war auch das kein Grund zu gehen. Im Gegenteil, es würde ihn stärken. Diesen Schmerz zu ertragen und zu überleben, das war es, was einen starken Mann formte.

So mussten sie jeden Cent zweimal umdrehen und sparen. Es gab keinen Luxus, keine Urlaube, nur Sparsamkeit. Und so füllte er einmal von seinem ersparten Taschengeld einen Lottoschein aus. Er träumte von dem Hauptgewinn und stellte sich vor, wie schön ihr Leben dann würde. Sie konnten endlich in den Urlaub fahren, in die Sonne. Sie würden neue Möbel kaufen können, eine neue Matratze für sein Bett, so vieles könnten sie ändern. Er stellte sich die Freude seiner Mutter vor. Das sie ihn vor Freude in den Arm nahm und küsste. Und als die Ziehung bevor stand, konnte er kaum still halten vor lauter Vorfreude. Nun würde ihr Leben sich verändern. Nun würde ihr Leben gut werden.

Ihr Leben wurde nicht gut. Er hatte nicht eine Zahl richtig angekreuzt. Er fiel damals tagelang in ein tiefes Loch. Doch er kroch daraus hervor. Gestärkt. So wie seine Mutter es immer sagte: *„Alles Schlechte im Leben macht Dich stärker."*

Und nun schlug sein Herz wie damals schneller, wenn der Bus anhielt und neue Fahrgäste einstiegen. Wenn Frauen einstiegen. Wenn schöne Frauen einstiegen.

Als erstes waren zwei junge Frauen eingestiegen, die ihn schamhaft an seine erste Reaktion auf Frauen erinnerten. Trotz der späten Stunde trugen auch sie kurze, leichte Kleider. Auch sie setzten sich im gegenüber auf die freie Sitzbank. Als dann eine von ihnen ihrer Freundin ihren Verlobungsring zeigte, da glaubte er sie gefunden zu haben. Sie war schön und sie war verlobt. Welchen Mann hatte sie einer Familie entrissen? Welche Familie würde sie zerstören? Das durfte nicht passieren. Er würde sie aufhalten.

Doch dann unterhielten sie sich weiter. Flüsternd nur, aber er konnte sie trotzdem verstehen.

Die Braut sprach von der Hochzeitsnacht. Ihre Angst davor, wenn sie ihre Jungfräulichkeit verlor. Aber auch davon, dass es ihrem Bräutigam genau so ging. Sie gemeinsam das erste Mal das Bett teilen würden.

Sie war keine Braut, die eine Familie zerstörte. Sie war eine gläubige Braut, die sogar errötete, als sie darüber sprach. Sie war nicht die Richtige.

Enttäuscht blickte er aus dem Fenster. Weg von den beiden Frauen und wartete weiter.

Wartete und beobachtete die einsteigenden Fahrgäste.

Eine Gruppe feiernder St. Pauli Fans brachte ihn fast zur Verzweiflung. Sie füllten die letzten freien Plätze und auch den Gang und nahmen ihm damit die Sicht nach vorne. Sie feierten den Sieg ihrer Mannschaft und er wollte schon den Bus wechseln, als er sie entdeckte.

Sie war jung, sie war schön und sie verabschiedete sich von einem älteren Mann, bevor sie einstieg.

Er stand vor der offenen Tür in der Mitte des Busses und sah, wie der Mann sich suchend umsah, nachdem sie ihn zum Abschied küsste. Sein suchender Blick sagte *„hoffentlich hat uns keiner gesehen"*. Und der Ring an seiner rechten Hand, die er zum Winken hoch gehoben hatte, bestätigte seine Vermutung. Diese Frau war dabei eine Ehe zu zerstören.

Er stieg nicht aus. Er blieb stehen und wartete ab, wohin sie sich setzen würde. Die Fans hatten alle freien Sitze belegt, so blieb sie kurz hinter dem Fahrer stehen, doch von seiner Position aus konnte er sie gut beobachten. Er sah, wie sie sofort mit den Fans ins Gespräch kam. Mit ihnen flirtete. Sie war ein besonders böses Weib. Nicht nur, dass sie einen verheirateten Mann der Familie entriss, sie konnte nicht genug bekommen. Wie eine Spinne wob sie ihr Netz immer weiter.

Lockte jeden Mann in ihre Falle. Sie war die Richtige. Die Nacht war erfolgreich. Er hatte sie gefunden.

Als sie ausstieg, folgte er ihr vorsichtig. Nun wusste er, wo sie wohnte und konnte seine Beschattung in den nächsten Nächten fortsetzen.

Er war erfreut, wie schnell er diesmal ans Ziel gekommen war. Die Erfahrungen der letzten Monate hatten seinen Blick geschärft. Selbst wenn er nicht auf der Suche war, ging sein Blick durch die Massen und blieb an Frauen haften. Es passierte von ganz alleine. Er konnte es nicht abstellen. Wollte es auch gar nicht. Es trainierte ihn für den Moment, wenn er wieder auf die Suche ging. Und es hatte sich gelohnt. Er war in nur einer Nacht zum Ziel gelangt. Nun konnte er mit seiner Falle beginnen.

Auch darin war er immer besser geworden. Bei seiner Ersten hatte er mehrere Anläufe gebraucht, bis er sich traute, sie anzusprechen. Er war immer wieder kurz vorher umgekehrt. Hatte sich von seiner Angst überwältigen lassen. Eine Angst, die völlig unbegründet war, das wusste er inzwischen. Natürlich wäre die wochenlange Beschattung, die sorgfältige Vorbereitung umsonst gewesen, wenn es ihm nicht gelungen wäre, sich der Frau zu nähern, die sein Opfer sein sollte und sie ihn abwies. Sich sofort und unmissverständlich von ihm abwendete. Doch er war inzwischen Profi im unverfänglichen Ansprechen von Frauen. Er hatte es nach den ersten gescheiterten Versuchen an unbeteiligten Frauen geübt. Er war einfach auf der Straße auf Frauen zu gegangen und hatte sie angesprochen. Mit einem Stadtplan in der Hand hatte er um Hilfe gebeten. Er gab sich als Besucher der Stadt Hamburg aus, auf der Suche nach einer bestimmten Straße, einem bestimmten Haus. Wenn sie nicht sofort darauf eingingen, weil sie auch ortsfremd waren, dann stimmte seine Geschichte, er wäre auf der Suche nach seinen Kindern, sie meistens um. Seine Exfrau sei einfach nach Hamburg gezogen, zu ihrem neuen Freund, mit seinen Kindern und er könnte sie nach fast einem Jahr nun endlich wieder sehen. Fände sich aber nicht zurecht. Spätestens dann halfen sie ihm. Frauen hatten Mitleid mit einem verlassenen Mann, der nun endlich seine Kinder wieder sehen wollte. Selbst die bösen, schönen Frauen, die Familien zerstörten hatten dann Mitgefühl. Er weckte den Mutterinstinkt in ihnen. Und wenn sie ihm dann halfen, mit ihm und dem Stadtplan zusammen in eine Nebengasse abbogen, dann konnte er sie überwältigen. Er war nicht stark, aber Chloroform sein helfender Freund. Das Chloroform und die Dunkelheit.

Sie hätten sich in den Sommermonaten wundern müssen. Warum suchte ein Vater zu so später Stunde nach seinen Kindern, die doch sicher schon schliefen. Das hätte doch auch bis morgen Zeit gehabt. Aber sie waren in der Hinsicht wie die dummen, zutraulichen Katzen. So leicht zu fangen in ihrem Mitgefühl.

21

Jo stand im Fahrstuhl der Firma Adver&Tising. Sie war auf dem Weg zu Krassnitz. Er hatte ihr am Telefon seine Zusage zu dem Interview gegeben. Natürlich. Er glaubte, er war schlauer als sie. Glaubte, er könne so sein harmloses Wesen unterstreichen. Bloß keine Neugier wecken, durch ein Verhalten, dass unbequeme Fragen aufwarf. Warum kein Interview? Warum nicht einmal im Mittelpunkt stehen und vor allem, warum nicht die Firma unterstützen mit einem wohlwollenden Interview? Aber Jo ließ sich nicht täuschen. Sie hatte die Bestie in ihm erkannt. Jetzt musste sie sie nur noch hervorlocken. Sie hatte sich in der vergangenen Nacht ein paar provozierende Fragen überlegt. Nicht zu offensichtlich, auch sie wollte sich hinter einer Maske verstecken. Der Maske, der netten Journalistin, die lediglich einen harmlosen Artikel schreiben wollte. Aber dennoch provozierend. Obwohl sie aus den vorigen Interviews wusste, er war nicht leicht ihn zu provozieren. Sie hatte ihn in der Vergangenheit schon spüren lassen, dass er anders war. Das er im Gegensatz zum Rest der Welt nicht aufsteigen wollte. Zufrieden war in seiner kleinen Poststelle und keinerlei Ambitionen besaß, in 20 Jahren nicht besaß, auch nur eine Stufe höher zu steigen. Ihn interessierte es nicht, angesehen zu sein, mehr Geld und Anerkennung zu verdienen. Das war der Grund, des heutigen Interviews und das wusste er. Aber auch das hatte ihn nicht aus der Ruhe gebracht. Das einzige, was ihn in ihrer Gegenwart aufgeregt hatte, war die Zerstörung seiner Ordnung. Als sie das Schlüsselbrett von der Wand gerissen hatte. Da war er zum ersten Mal aus seiner braven Rolle geschlüpft. Da musste sie ansetzen. Doch wie? Sie konnte schlecht in sein Büro gehen und alles durcheinander bringen. Und deshalb hatte sie sich letzte Nacht etwas einfallen lassen.

Jo war dankbar über diese Aufgabe. Wie hätte sie sonst die Zeit überbrücken sollen, was die Befragungen der Tatorte ergeben würden. Die Polizisten haben erst am Morgen damit begonnen. Gestern Abend war es schon zu spät um noch jemanden anzutreffen. Sie würden also erst im Laufe des Tages erste Ergebnisse bekommen und die Wartezeit konnte Jo so gut verbringen ohne vor Aufregung verrückt zu werden. Und vielleicht hatte auch sie nach dem Interview etwas Neues über Krassnitz zu berichten, was ihnen weiter half.

Jo stieg aus dem Fahrstuhl und ging den Flur entlang. Diesmal war es ein beklemmendes Gefühl Krassnitz zu begegnen. Bisher hatte sie nur vermutet, er könnte der Mörder ihrer Schwester sein. Doch jetzt war sie sich fast sicher. Er wohnte in Lurup und die Opfer wurden rund um Lurup oder sogar in Lurup verschleppt. Zumindest sind sie ihm dort begegnet. Krassnitz. Das Puzzle vervollständigte sich langsam. Es fehlten nicht mehr viele Teile für ein vollständiges Bild. Er musste der Mörder sein.

Wie würde sie ihm gegenüber treten? Dem Mörder ihrer Schwester? Konnte sie ihre Professionalität waren?

Ich muss es einfach!

Jo atmete einmal tief durch und klopfte an die Tür.

„Herein."

Sie nahm die Klinke in die zitternde Hand und erstarrte. Sie musste sich beruhigen. Sie schloss die Augen um sich zu konzentrieren, doch sofort tauchten die Bilder ihrer toten Schwester, im Sand sitzend, vor ihrem geistigen Auge auf. Ihre tote Schwester und all die anderen toten Frauen, zu einem morbiden Gruppenbild vereint. Sie musste dieses Bild wegwischen. Sie musste sich konzentrieren, beruhigen. Sie rief sich Bilder ihrer lebenden Schwester ins Gedächtnis. Ihrer lachenden und munter plaudernden Schwester. Bei einem gemeinsamen Abendessen, zusammen auf dem Sofa sitzend und einen romantischen Film guckend, wie sie einfach nur im Auto neben ihr saß und über Neuigkeiten aus ihrem Leben erzählte. Diese Bilder beruhigten sie. Diese Bilder erfüllten sie mit einer wohligen Sehnsucht. Ihre Hand hörte auf zu zittern.

Sie drückte die Klinke und betrat die Poststelle.

„Guten Morgen Herr Krassnitz. Danke, dass Sie sich zu diesem Interview bereit erklärt haben. Sie tun mir damit einen großen Gefallen."

Da war sie wieder. Die Professionalität.

Mit einem freundlichen Lächeln ging sie auf das Monster zu und gab ihm zur Begrüßung die Hand.

„Ich freue mich, wenn ich helfen kann."

„Nun dann wollen wir keine Zeit verlieren. Fangen wir am Besten damit an, dass Sie mir genauer Ihre Aufgaben hier erklären."

„Oh, da gibt es nicht viel zu erklären. Wenn Post anfällt, dann frankiere ich sie und bringe sie zur Post ein paar Straßen weiter. Manchmal drucken wir kleine Aufträge selber und dann verpacke ich sie und beauftrage eine Spedition mit der Abholung und ab und zu bekomme ich dabei Hilfe. Das war es auch schon."

„Das ist ja nicht sehr viel. Helfen Sie auch manchmal in anderen Abteilungen aus, wenn hier nicht viel zu tun ist? Im Augenblick scheint ja auch nicht gerade viel los zu sein."

„Nein, ich bleibe immer in meiner Abteilung. Wenn weniger Arbeit anfällt, dann habe ich auch weniger zu tun."

„Das könnte in manchen Ohren langweilig klingen. Ist Ihnen nie langweilig?"

„Nein, ich weiß mich immer zu beschäftigen."

Keine Reaktion. Immer noch der nette Krassnitz.

„Gut, dann kommen wir zum eigentlichen Grund dieses Interviews. Was veranlasst einen Mann von mittlerweile 47 Jahren dazu, an seinem Arbeitsplatz festzuhalten, die Karriereleiter nicht aufsteigen zu wollen?"

„Woher wissen Sie wie alt ich bin?"

Der erste kleine Schock?. Interessanterweise hat er mit seinem Alter ein Problem.

„Aus ihrer Personalakte. Haben Sie damit ein Problem?", log Jo.

„Das ist privat. Verstößt das nicht gegen den Datenschutz, wenn die Firma Ihnen meine Personalakte gibt?"

Sein Privatleben scheint ihm wichtig zu sein.

„Ich dachte, die Firma hätte ihre Erlaubnis dazu eingeholt."
„Nein, mich hat niemand gefragt."
Bröckelt die Fassade langsam?
„Das wusste ich nicht."
„Sie können ja nichts dafür."
Er fängt sich wieder. Schnell weiter machen.
„Sie haben doch nichts zu verbergen oder?"
„Nein, natürlich nicht. Aber Gesetz ist Gesetz."
„Ist es ihr Alter? Haben sie damit ein Problem? Das haben ja viele Männer."
„Im Gegenteil. Ich genieße jedes Jahr."
Warum glaube ich dir das nicht?
„Sie haben meine Frage noch nicht beantwortet. Was veranlasst einen Mann von mittlerweile 47 Jahren dazu, an seinem Arbeitsplatz festzuhalten, die Karriereleiter nicht aufsteigen zu wollen?"
„Da sie ja nun wissen, wie alt ich bin, verstehen Sie sicherlich, dass ich inzwischen zu alt für eine Karriere bin."
Die erste provokante Antwort.
„Sie waren ja aber nicht immer 47. Wie war es, als sie 30 waren, oder 20? Da hätten sie doch Ehrgeiz entwickeln können. Das wäre das richtige Alter gewesen."
„Natürlich hätte ich das können, aber es gab Gründe, die mich davon abhielten."
Interessant!
„Würden Sie mir diese Gründe erzählen?"
„Das ist privat."
Das kann ich mir vorstellen.

„Ich will Ihnen nicht zu nahe treten, aber es würde dem Leser erklären, warum Sie immer noch hier sind. In dieser kleinen Poststelle. Die Leser interessieren sich für Schicksale und verstehen dann vielleicht Personen in ihrem Umfeld, die ähnlich wie Sie sind, besser."

„Das mag sein, aber es ist trotzdem privat. Und das bleibt es auch."

Okay. Hier kommen wir nicht weiter.

„Das akzeptiere ich natürlich. Kommen wir also zu meiner nächsten Frage. Morgen ist ihr zwanzigjähriges Jubiläum und sie erwarten eine Aufmerksamkeit der Firma?"

„Oh ja, das ist hier so üblich."

„Haben Sie auch schon eine Vorstellung, was das sein könnte?"

„Es gab bisher keinen Angestellten, der so lange in dieser Firma tätig war, deshalb weiß ich nicht, was es sein könnte."

„Nicht einmal eine Vermutung? Oder vielleicht einen Wunsch?"

„Ich lass mich überraschen."

Das wirst du.

„Und wenn ich Ihnen erzähle, dass ich kürzlich mit Ihrem Chef wegen Ihres Jubiläums gesprochen habe und er mich daraufhin in die Pläne eingeweiht hat, würden Sie das wissen wollen?"

„Sie wissen das?"

Die Neugier ist geweckt!

„Ja, ich weiß es. Wollen Sie es auch wissen?"

„Ich denke nicht. Ich lass mich lieber überraschen."

Gelogen! Du wirst meinem Köder nicht widerstehen können.

„Und wenn es Ihr Leben verändern würde? Würden Sie das nicht wissen wollen um vorbereitet zu sein?"

„Mein Leben verändern? Wie das denn?"

Der Fisch hat angebissen!

„Natürlich nur positiv. Sie werden sich freuen. Das kann ich Ihnen versichern."

„Positiv? Was kann das sein? Vielleicht sollte ich doch vorbereitet sein, damit ich angemessen reagiere."

„Ein Wort von Ihnen und ich bereite Sie vor."

Komm schon!

„Na gut. Erzählen Sie es mir."

„Ich weiß es nicht bis ins Detail, aber ich weiß, dass man Ihnen das geben will, was Sie schon seit Jahren verdienen. Man will Sie befördern. Sie kommen raus aus dem Keller."

Das hat gesessen!

„Raus aus dem Keller? Aber wieso? Ich habe nie darum gebeten. Das können die nicht machen!"

Abrupt sprang Krassnitz von seinem Stuhl auf und lief aufgebracht hin und her.

„Das wollte ich nie. Ich fühle mich hier wohl. Das muss ich verhindern. Ich muss mit dem Chef reden. Am Besten sofort."

„Beruhigen Sie sich doch.", unterbrach Jo seinen aufgeregten Wortschwall. „Warum regt Sie das so auf? Das ist doch eine gute Neuigkeit."

Jo hatte einen Volltreffer gelandet. Gelogen zwar, aber es hatte gewirkt. Sie musste verhindern, dass er sofort zu seinem Chef lief. Dann würde ihre Lüge auffliegen. Sie musste das Gespräch weiter führen, so lange er noch so aufgebracht und völlig ahnungslos war.

„Nein, ist es nicht! Wie kommen die darauf, mich befördern zu wollen. Zwanzig Jahre war ich ein treuer Angestellter. Habe mir nie was zu Schulden kommen lassen. War nie krank. Immer da. Und das ist der Dank? Wenn ich hier weg wollte, dann hätte ich das längst selber entscheiden können. Aber ich habe das nie getan. Weil ich das nie wollte. Ich will es immer noch nicht."

„Setzen Sie sich doch wieder hin und reden mit mir. Sie machen mich ja ganz nervös."

„Bitte entschuldigen Sie."

Krassnitz setzte sich, wenn auch nur widerwillig, auf seinen Stuhl und versuchte die Ruhe wieder zu finden. Seine ruhige Fassade wieder aufzubauen. Aber es fiel im sichtlich schwer. Seine Hände sortierten unnötigerweise seine ordentlich aufgereihten Schreibtischutensilien neu, die innere Unruhe wollte nicht schwinden.

„Ich glaube nicht, dass es eine gute Idee ist, in ihrem aufgeregten Zustand mit Ihrem Chef zu reden. Sie sollten sich vorher etwas beruhigen."

„Da haben Sie vermutlich Recht. Ich sollte noch etwas warten."

„Warum regt Sie das nur so auf? Warum freuen Sie sich nicht? Das ist eine großartige Geste und Anerkennung Ihrer Firma."

„Ich weiß das ja auch zu schätzen. Es kommt nur so überraschend. Ich bin wohl nur etwas verwirrt."

„Natürlich ist das verwirrend. Aber wenn Sie etwas darüber nachdenken, dann werden Sie bestimmt die Möglichkeiten erkennen, die dahinter stecken. Niemand wird mehr auf Sie herab sehen. Sie bekommen eine Gehaltserhöhung. Mehr Geld. Alleine das ist doch ein Anlass zur Freude."

„Ich bekomme mehr Geld?"

„Aber natürlich. Das ist doch nur logisch."

„Wissen Sie denn auch, in welche Abteilung ich komme?"

„Nein, das weiß ich leider nicht. Es ist eine Etage höher. Welche Abteilungen sind dort? Das wissen Sie sicherlich besser, als ich."

„Im Erdgeschoss sitzen die Sekretärinnen und die Lehrlinge. Oh Gott! Ich soll doch nicht etwa eine Lehre machen? Das kann nicht sein!"

„Das kann ich mir nicht vorstellen. Dann würden Sie ja ein Lehrlingsgehalt bekommen und keine Lohnerhöhung."

„Was auch immer mich erwartet, ich werde so oder so neben einem Kollegen oder einer Kollegin in einem der Büros sitzen."

„Wäre das so schlimm? Das kann doch ganz nett sein. Es ist immer jemand da, mit dem man sich unterhalten kann."

„Muss! Mit dem man sich unterhalten muss. Ich bin nicht gut im Smalltalk. Nie gewesen. Das wird furchtbar anstrengend werden. Ich werde kündigen müssen. Nach zwanzig Jahren. Ich muss zu meinem Chef. Oh nein! Er ist nicht im Haus. Er ist auf einer Geschäftsreise und wird erst morgen zurück erwartet."

22

Anfangs, wenn er mit dem Auto zu dem Schrebergarten fuhr, die betäubten Frauen im Kofferraum, kamen ihm manchmal Zweifel. Waren sie wirklich so böse? Wenn sie so viel Mitgefühl für einen suchenden Vater aufbrachten, waren sie dann wirklich so schlecht, wie seine Mutter ihm immer wieder sagte? Tat er das Richtige? Dann hallten die Worte seiner Mutter wieder durch seinen Kopf, wie sie immer wieder auf ihn einredete, wie schlecht schöne Frauen waren. Wie gefährlich das verführerische Weib war. Es waren die sonntäglichen Bibelstunden ohne Bibel, aber mit eindringlichen Predigten seiner Mutter.

Jeden Sonntag vor dem Frühstück musste er seiner Mutter die Sünden der vergangenen Woche beichten. Und es gab immer Sünden, die er begangen hatte. Ihre Regeln waren so streng, dass er, egal wie sehr er sich bemühte, dagegen verstoßen musste. Eine, immer wieder gebrochene Regel war, er durfte seine Schlange nicht berühren oder ansehen. Das konnte er beim besten Willen nicht verhindern, denn im Kontrast zu dem Verbot stand die exzessive Reinlichkeit seiner Mutter. Er hatte keine Wahl. Entweder verstieß er gegen die Reinlichkeit oder gegen das Tabu. So oder so erwartete ihn jeden Sonntag vor dem Frühstück der Ledergürtel seines Vaters in der Hand seiner Mutter.

So verliefen seine Kindheit und seine Jugend bis zu seinem 18. Geburtstag. An diesem Tag bekam er ein besonderes Geschenk von seiner Mutter. Sie überreichte ihm den zerschlissenen, vom getrockneten Blut dunkel verfärbten Ledergürtel seines Vaters. Nun war er alt genug selber über seine Bestrafung zu entscheiden. Es lag jetzt nicht mehr in ihrer Hand. Er war damals stolz über ihr Vertrauen in seine frische Männlichkeit. Und er enttäuschte sie nie. Er führte den Gürtel ebenso gerecht, wie sie es ihn all die Jahre gelehrt hatte.

Manchmal betrachtete er die Narben im Spiegel. Sie erinnerten ihn nicht an den Schmerz, sondern an das anschließende Frühstück. Wenn seine Mutter seine Hand berührte und ihm erklärte, warum sie das tat. Das sie ihn nur beschützen, ihm den rechten Weg weisen wollte.

Diese Berührungen waren mit seinem Erwachsensein verschwunden. Sie führte den Gürtel nicht mehr und musste sich nicht mehr erklären. Er vermisste diese Berührungen am Sonntagmorgen. Dieses Frühstück verlor von da an seinen Glanz.

Diese Erinnerung half ihm dann das Richtige zu tun. Zu wissen, dass er auf dem richtigen Weg war.

Und jetzt ging sein Weg weiter. Er war noch lange nicht fertig. Die nächsten fünf Schritte waren zu gehen. Die ersten fünf Schritte war er schon gegangen. Mit den ersten fünf Evas. Er wusste auch schon, welches Bild er erschaffen würde. Es war ihm fast im Traum erschienen. Er war kurz vor dem Einschlafen gewesen, als ihm die Erkenntnis kam. Das Puzzle würde weiter gehen. Und er wäre der einzige, der es entschlüsseln könnte. Sie würden es nie ohne ihn lösen können. Mit den ersten fünf Puppen hatte er seine Ehrfurcht und Verbundenheit mit Jack the Ripper gezeigt. Es war nicht leicht, aber er hatte es geschafft, die Frauen an fast gleichen Punkten wie Jacks Tatorte zu überwältigen. Er konnte sie dort nicht opfern, dazu waren die Plätze zu öffentlich und hätten ihm keine Zeit für sein Ritual gelassen. Aber er hatte auf den Frauenkörpern eine Karte hinterlassen, die fast identisch mit Jacks Taten war und sein Revier offenbarten. Er legte ihnen absichtlich diese Spur, um ihnen zu zeigen, wie dumm sie waren. Sie würden die Schnitte auf den Frauenkörpern sehen und nicht erkennen, was sie bedeuteten. Sie würden es als willkürliche Schnitte eines wütenden Irren bezeichnen und nicht dahinter kommen mit welchem Genie sie es zu tun hatten. Er war kein Irrer und er wütete auch nicht hemmungslos auf den Frauenkörpern herum. Jeder Schnitt war gezielt gesetzt und ergab ein Bild. Das Bild einer Karte, die sie zu ihm führen könnten, wären sie schlau genug es zu entschlüsseln, aber das waren sie nicht.

Sie würden Profile erstellen, die nicht auf ihn zutrafen. Sie würden Spuren suchen und nicht finden. Lediglich das Chloroform würden sie entdecken, aber auch diese Spur würde sie nicht zu ihm führen. Er war sehr sorgfältig bei der Beschaffung vorgegangen. Das Internet war auch in diesem Fall sein Freund. Das Internet und die Anonymität der Internetcafès ohne Videoüberwachung.

Keine Spur führte sie zu ihm. Er war ihnen überlegen. In jeder Hinsicht. Selbst wenn sie die

Karte durch Zufall entdeckten, sie würden nie den richtigen Punkt, die richtige Kreuzung in Hamburg finden. Sie würden nichts mit dieser Karte anfangen können. Und den Vergleich mit Jack würden sie ebenfalls nie erkennen. Wie sollten sie auch. Jack wütete vor über zweihundert Jahren. Für die meisten Menschen war er in Vergessenheit geraten. Nur noch eine Randnotiz im Aufzählen der legendärsten Serienmörder. Das würde ihm nicht passieren. Er hatte sich entschlossen mehr Frauen zu Opfern um in die Geschichte einzugehen als Genie und nicht als Randnotiz.

Und so würde es weiter gehen.

Dieses Mal würde es leichter sein. Es war in seiner ersten Serie nicht einfach gewesen und dauerte auch sehr lange, bis er die richtige Frau gefunden hatte, die sich auch noch regelmäßig an einem bestimmten Ort aufhielt. Er verfolgte sie nicht nur nach Hause, sondern auch in ihrer Freizeit. Und er musste viele von ihnen wieder aufgeben, weil sie ihre Freizeit nicht an den Ripper-Orten verbrachten. In seiner neuen Serie war das nicht mehr wichtig. Er konnte sein Revier erweitern. War nicht mehr angewiesen auf bestimmte Orte. Aber vielleicht musste er das gar nicht, wenn es weiter so leicht war, sie zu finden. Es liefen immer noch viele Frauen alleine durch die Nacht. Warum waren sie nicht vorsichtiger? Hatte er noch nicht genug Angst und Schrecken verbreitet? Er füllte seit Wochen die Schlagzeilen. Ein grausamer Serienmörder lief durch Hamburg und tötete Frauen. Das musste ihnen doch Angst machen. Waren sie wirklich so arrogant, dass sie sich in falscher Sicherheit wiegten? Es konnte doch jede die Nächste sein. Aber das glaubten sie nicht. Sie gingen trotzdem alleine durch die Nacht. Das war sein Glück. So konnte er sie finden. Aber es betrübte ihn auch, dass er nicht mehr Schrecken verbreitete. Er müsste brutaler vorgehen. Bei den nächsten Opfern würde er nicht mehr so sanft und mit kürzeren Abständen agieren. Er würde ihnen schon zeigen, wie viel Angst sie vor ihm haben sollten. Auch wenn das seine Suche erschweren würde. Er würde sie trotzdem finden. Dazu war er inzwischen zu sehr Profi, im Aufspüren der Sünderinnen.

23

Jo saß in einem Café schräg gegenüber von Adver&Tising an einem Fensterplatz und beobachtete das Kommen und Gehen der Firma. Sollte Krassnitz das Gebäude verlassen, so würde sie ihm vorsichtig folgen.

Ihr Gespräch mit Krassnitz war so verlaufen, wie sie es erhofft hatte. Er war aufgebracht. Seine Ordnung war zerstört. Seine ruhige Zuflucht, der einzige Ort, der ihm Ruhe und Zufriedenheit brachte, sollte ihm genommen werden. Er war außer sich, geradezu verzweifelt über diese Neuigkeit und konnte sich nur sehr schwer beruhigen. Jo war dankbar über den glücklichen Zufall, dass Krassnitz heute nicht zu seinem Chef gehen konnte. Es lief seit gestern alles wunderbar. Nach all den Tagen der Enttäuschung, des Stillstandes, fügte sich nun alles perfekt zusammen.

Sie hatten die Schnitte auf den Frauenkörpern als Straßenkarte entschlüsselt. Das brachte ihnen die wichtige Spur, wo die Opfer auf ihren Mörder getroffen sein mussten. Und es hatte ihnen gezeigt, dass der Mörder in Lurup zuhause war. Und dort wohnte Krassnitz.

Jetzt hatte sie Krassnitz aufgescheucht. Hatte sein geordnetes Leben durcheinander gebracht. Bis sein Chef, Herr Schneider, wieder im Büro war. Nun mussten sie an ihm dran bleiben. Das konnte ein Anlass sein, der ihn zum Handeln zwang. Ein Auslöser. Sie mussten ihn beobachten und auf frischer Tat beobachten. So konnten sie vielleicht das letzte Opfer retten und ihn überführen.

Jo hoffte, sie müsste ihm nicht selber folgen. Nachdem sie Axel am Telefon von ihrem erfolgreichen Interview berichtet hatte, wollte er dafür sorgen, dass zwei Beamte in Zivil die Beschattung übernahmen. Sie wartete bereits seit einer halben Stunde auf deren Eintreffen, als ihr Handy klingelte.

„Hallo Axel."

„Hallo Jo. Die Beamten werden gleich eintreffen und dann komme bitte sofort zum Elbstrand. Ich schicke Dir den genauen Ort per SMS."

„Elbstrand? Sag nicht, es gibt ein neues Opfer."

„Leider doch. Bitte komm, so schnell Du kannst."

Völlig in Schutzkleidung gehüllt starrte Jo auf das Opfer. Stumm stand sie da, während um sie herum reges Treiben der Spurensicherung herrschte. Es war etwas ganz anderes, das Opfer leibhaftig und nicht auf einer Fotografie zu betrachten. Diese junge Frau, die vor ein paar Stunden noch atmete, noch ihr ganzes Leben vor sich hatte, all dessen beraubt zu sehen. Es war nicht die gleiche Ohnmacht, die sie bei ihren Eltern, bei ihrer Schwester empfand. Aber es war nicht minder grausam. Brutal. Verstörend.

„Wir haben ihr Bild in das Gruppenfoto eingefügt. Es sind bereits Beamte auf dem Weg zur Kirche zu den 12 Aposteln in Lurup. Die Spur ist frisch und dadurch sehr viel versprechend.", riss Axel Jo aus ihren Gedanken.

„Das ist gut. haben die anderen Befragungen etwas ergeben? Konnte jemand Krassnitz beschreiben?"

„Bisher leider nein. Aber das ist nicht weiter erstaunlich, nach so langer Zeit. Wir hatten damit gerechnet und konzentrieren uns nun auf den letzten Ort des Geschehens und natürlich die Beschattung von Krassnitz."

„Die nun nichts mehr bringen wird."

„Wie kommst Du darauf?"

„Wir wissen doch, dass Krassnitz seine Opfer lange gesucht hat. Es eine intensive Vorbereitung brauchte, sie zu finden und in irgendeiner Form Kontakt mit ihnen aufzunehmen um sie dann zu verschleppen. Ihn jetzt zu beobachten wäre nur eine Begleitung seiner Suche. Vermutlich würden wir ihn sogar warnen, wenn er es bemerkt. Das nächste Opfer ist noch nicht gefunden. Es wird noch Wochen dauern, bis er wieder zuschlägt. *Wenn* er wieder zuschlägt. Soweit wir wissen, ist das Gruppenbild jetzt vollständig und damit vielleicht auch seine Mission beendet."

„Du glaubst, er nimmt Kontakt mit ihnen auf? Kannst Du Dich an irgendwas aus den Gesprächen mit Deiner Schwester erinnern, was darauf deutet? Hat sie irgendwas erzählt? Von einem neuen Bekannten?"

„Nein, an so etwas kann ich mich nicht erinnern. Nein, sie hatte keine neue Bekanntschaft gemacht."

„Denk nach Jo. Vielleicht war es keine Bekanntschaft, sondern nur eine kurze Begegnung. Eine kurze Begegnung mit einem, vielleicht sonderbaren Mann. Nett, aber sonderbar."

„Sonderbar ist Krassnitz. Das stimmt. Von so einer Begegnung hätte sie mir erzählt. Aber das hat sie nicht. Sie hat ihn nicht bemerkt. Er muss sie überrumpelt haben, ohne das sie auch nur ahnte, was als nächstes geschehen würde."

„Er agiert also aus dem Schatten heraus. An belebten Orten findet er die dunkle Ecke, die er braucht, um sie zu überwältigen. Das ist nicht gut. Gar nicht gut. Wie sollen wir so die Frauen warnen können?"

„Wir können sie nicht warnen. Nicht einmal, wenn er vorher Kontakt mit ihnen aufgenommen hätte. Wie denn? Hütet euch vor netten, unscheinbaren Männern? Nein, Wir können nur darauf hoffen, dass die Frauen jetzt endlich aufgerüttelt und vorsichtig sind. Sich nicht alleine in der Dunkelheit aufhalten. Nur noch in Begleitung, in sicherer Begleitung vor die nächtliche Tür gehen."

Sie saßen in Axels Lieblingsrestaurant und hatten ein köstliches Mahl zu sich genommen. Dazu gab es eine Flasche Rotwein und Jo war schon etwas schwindelig nach dem zweiten Glas. Trotzdem protestierte sie nicht, als Axel eine zweite Flasche bestellte. Sie wollte den Abend noch nicht ausklingen lassen. Sie wollte noch nicht zurück in die einsame Wohnung ihrer Schwester. Dort alleine sein mit ihren Gedanken, die ihr den Schlaf raubten.

„Axel. Ich weiß, wir wollten heute Abend nicht über den Fall reden, aber ich habe eine I-dee."

„Es hätte mich auch gewundert, wenn wir das Thema wirklich komplett hätten ausblenden können. Schieß los. Was ist das für eine Idee?"

„Ich würde gerne Dr. Richard Vellmar hinzuziehen. Ihm unsere Akten zu lesen geben. Er ist der bedeutendste Fallanalytiker Deutschlands. Ich würde gerne sehen, welches Täterprofil er erstellt, ob wir mit Krassnitz richtig liegen. Er könnte uns auch hilfreiche Tipps geben, wie wir in überführen oder eine Falle stellen können. Was hältst Du davon?"

„Ehrlich gesagt, bin ich erstaunt, dass Du erst jetzt diesen Vorschlag machst. Aufgrund Deiner guten Kontakte zu ihm, hätte ich schon viel eher damit gerechnet."

„Bin ich so durchschaubar?"

„Für mich schon."

„Also? Was sagst Du?"

„Wenn Du ihn davon überzeugen kannst, mit uns zusammen zu arbeiten, dann wäre ich verrückt, nein zu sagen."

„Danke. Er wird morgen Vormittag in Hamburg eintreffen."

„Dann bin ich wohl auch durchschaubar."

„Inwiefern?"

„Du musst gewusst haben, dass ich ja sagen würde, sonst hättest Du nicht schon mit ihm gesprochen."

Lächelnd hob Jo ihr Glas „auf unsere Durchsichtigkeit."

Sie stießen die Gläser aneinander und sahen sich in die Augen. Und wieder war dieser Blick länger, als dem Anlass angemessen und diesmal unterbrach sie kein Kriminalhauptkommissar

Brack. Jo war aber auch nicht fähig wegzusehen. Sie versank in diesen braunen Augen. Gleichzeitig wünschte sie sich an einen anderen Ort, in eine andere Zeit. Eine Zeit, in der ihre Schwester noch lebte. Eine Zeit in der sie frei wäre von Kummer und Schmerz. Frei wäre für, ja für was? Konnte sie sich einen Flirt mit Axel vorstellen? In einer anderen Zeit? Konnte sie sich überhaupt einen Flirt vorstellen? Dafür müsste sie die Zeit noch weiter zurück drehen. Bis vor den Übergriff ihres früheren Vorgesetzten. Seitdem war sie schon nicht mehr fähig dazu. Nur der Gedanke, von einem Mann berührt zu werden machte sie panisch. Sie führte das Glas an ihre Lippen um einen Schluck zu trinken und diesen magischen Augenblick zu unterbrechen.

Axel schien ebenso irritiert, wie sie. Er räusperte sich, als wollte er etwas sagen, sah dann aber stumm in sein Weinglas.

Jo unterbrach die beklemmende Stille.

„Woran denkst Du?"

„An drei Worte."

„Und die wären?"

„Was wäre wenn."

„Ich verstehe nicht."

„Du verstehst sehr gut."

„Du hast Recht. Aber das Wenn ist nun mal da. Wir können nichts dagegen tun."

„Aber es ist eine schöne Vorstellung. Was wäre wenn."

Jo schwieg. Sie konnte, wollte darauf nicht antworten. Sie konnte ihm kein ja geben und wollte ihm kein nein geben.

Was wäre wenn.

Sie konnte, war nicht fähig, sich auf ihn einzulassen. Gleichzeitig wollte sie ihn nicht verlieren. Seine Blicke, seine Nähe, die über das Professionelle hinaus ging, nicht verlieren.

Du Feigling!

Axel reagierte auf ihren gequälten Blick, indem er sanft seine Hand auf ihre legte.

„Wollen wir gehen? Soll ich Dich nach Hause bringen?"

Jo blickte irritiert auf seine Hand hinab. Sie hätte ihre Hand sofort erschrocken über die Berührung wegziehen müssen, aber sie hatte es nicht getan.

Axel folgte ihrem Blick.

„Ist das ein Wenn?"

„Lass uns gehen. Lass uns die Flasche Wein mitnehmen und gehen."

Jo erwachte durch ein fremdes Geräusch. Sie starrte ins Dunkel und versuchte das Geräusch zu entschlüsseln. Es war die Dusche. Jemand duschte, während sie schlief!

Axel!

Oh mein Gott!

Erschrocken sprang sie aus dem Bett und wollte aus dem Schlafzimmer, aus der Wohnung laufen. Doch sie blieb mitten im dunklen Schlafzimmer stehen, als die Bilder der vergangenen Nacht in ihr aufstiegen.

Sie sah, wie sie anfangs in Alisas Wohnzimmer saßen, den Wein tranken und tatsächlich über Belangloses plauderten, bis die Stimmung sich gelockert hatte und Axel wieder seine Hand auf ihre legte. Ihr Körper fing bei dieser Erinnerung erneut an zu kribbeln. Sie sah das lodernde Feuer in Axels Augen. Das gleiche lodernde Feuer, das in ihr ausgebrochen war. Nachdem sie monatelang geglaubt hatte, sie könnte nie wieder einem Mann nahe sein, hatte das heiße Feuer des Begehrens sie überrascht und übermannt.

Jo berührte ihre Lippen. Sie konnte Axels zuerst zarte, dann fordernde Küsse immer noch spüren. Seine Hände auf ihrem Körper. Wie er sanft ihren Busen streichelte und küsste. Sie erinnerte sich an seinen Körper. An jeden Muskel unter seiner weichen Haut. Und dann übermannte sie erneut die Erinnerung daran, wie er sanft in sie eindrang und wie ab dem Augenblick alle bösen Geister verschwunden waren. Sie sich in der Glückseeligkeit der Erregung verloren hatte.

Die Dusche wurde abgedreht. Schnell sprang Jo wieder ins Bett und zog die Decke verschämt über die Erinnerung bis über ihren Kopf.

Die Schlafzimmertür öffnete sich, sie hörte leise Schritte und dann, wie die Tür wieder geschlossen wurde. Kurze Zeit danach fiel die Wohnungstür ins Schloss.

Verwirrt setzte Jo sich im Bett auf und schaltete das Nachttischlicht an.

Auf dem Kopfkissen neben ihr lag ein Zettel. Eine Nachricht von Axel.

Liebste Jo,
Du hast so friedlich geschlafen.
Ich mochte Dich nicht wecken.
Wir sehen uns nachher im Präsidium.
Kuss,
Axel

Jo saß im Bus, der sie zu Adver&Tising brachte und beobachtete die Fahrgäste. Doch diesmal konnte sie sich nicht auf sie konzentrieren. Ihre Gedanken kreisten immer wieder um die vergangene Nacht. Wie konnte das passieren? Noch nie zuvor hatte sie auch nur darüber nachgedacht, etwas mit einem Kollegen anzufangen. Und sie hatte genug Angebote bekommen. Aber sie hatte stets privates und berufliches getrennt. Und nun das.

Sie war zutiefst verwirrt.

So konnte sie Axel nicht gegenüber treten. Also hatte sie ihm kurzerhand eine SMS geschickt, in der sie einen Termin bei Adver&Tising vorschob.

Sie öffnete zum wiederholten Male die Nachricht. Es war nicht leicht gewesen, den richtigen Ton zu treffen. Nicht nach dieser Nacht. Und sie war sich immer noch nicht sicher, ob es ihr gelungen war.

Guten Morgen Axel,
danke für Deine Nachricht.
Ich habe gleich einen Termin bei Adver&Tising und melde mich anschließend.
Jo

Seine knappe Antwort vergrößerte ihre Unsicherheit.

Okay. Dann bis nachher.

Hatte sie ihn verletzt? War sie zu kühl? Aber was erwartete er denn von ihr? Liebesschwüre und Küsse im Überfluss? Nach nur einer erotischen Nacht? Nach einem Ausrutscher, durch den Geist des Weines gefördert?

War es nur ein Ausrutscher? Steckte da nicht mehr dahinter? Wenn sie ehrlich zu sich selber war, dann musste sie zugeben, dass sie seine Gegenwart sehr genoss. Sich danach sehnte.

Aber war das echt? War das nicht nur aufgrund ihrer Verletzlichkeit? Sie war sehr einsam. Ihre Familie war ihr Stück für Stück gewaltsam genommen worden. Und dann war da dieser Mann. Axel. Er gab ihr das Gefühl sie zu verstehen, ihren Schmerz zu verstehen und er tat alles, was in seiner Macht stand, um den brutalen Mörder ihrer Schwester zu finden. Ihren Schmerz ein wenig zu mildern. Sie war momentan einfach nur zu empfänglich für männlichen Schutz.

Axel war einfach nur zur falschen Zeit am richtigen Ort.

Nicht jetzt über Axel nachdenken. Denk über Krassnitz nach!

Heute war der Tag der Ehrung. Auch wenn ihre Lüge Krassnitz gegenüber auffliegen würde, so war es sicher interessant, daran teilzunehmen. Sie wusste nicht, wann er geehrt würde, aber wenn sie zu früh war, dann würde sie die Zeit schon irgendwie überbrücken. Interviews mit anderen Angestellten wären dann keine schlechte Idee. Sie könnte nebenbei mehr über Krassnitz erfahren und mit diesen Interviews ihren harmlosen Auftrag unterstützen. Sie hatte bisher fast nur Krassnitz interviewt und wenn sie so weiter machte, würde er bald misstrauisch werden. Wenn er auch kaum Kontakte zu seinen Kollegen pflegte, so sprach es sich sicherlich bald herum, dass sie sich auf ihn konzentrierte. Und das war gefährlich.

Sie war auch gespannt, wie er reagieren würde, wenn er ihre Lüge entdeckte. Wenn es keine Versetzung in eine andere Abteilung war, womit man ihn überraschte. Würde es aus ihm heraus platzen? Würde er sie bloßstellen? Oder würde die Erleichterung, in seinem geliebten Postbüro bleiben zu dürfen, überwiegen und ihn schweigend überrumpeln?

Sie war gespannt.

Heute konnte es passieren, dass sie aufflog. Das man hinter den wahren Grund ihrer Recherchen stieß. Nein, den wahren Grund würde sie nie offenbaren. Aber es könnte gut passieren, dass sie sich rechtfertigen musste. Was würde sie sagen? Wie konnte sie sich da rausreden?

Dir wird schon was einfallen.

24

Die Ehrung war für zwölf Uhr angesetzt. Wenn alle Mittagspause hatten. Jo war zwei Stunden zu früh da und hatte sich die Zeit mit Interviews anderer Kollegen vertrieben. Sie hatte immer wieder beiläufig Krassnitz angesprochen, aber nichts Neues erfahren. Er war der stille, hilfsbereite Kollege, der lieber für sich war. Sonderbar war das Wort, das ausnahmslos alle benutzten, wenn es um Krassnitz ging. Aber niemand hatte etwas Besonderes zu berichten.

Nun war es soweit. Alle Angestellten hatten sich im Konferenzraum versammelt und standen bereit für den Ehrentag.

Jo hatte sich in eine Ecke gestellt, aus der sie alles überblicken konnte. Sie konnte ihre Nervosität, was in den nächsten Minuten geschehen würde, kaum verbergen.

Krassnitz stand sichtlich angespannt inmitten seiner Kollegen. Fast ängstlich blickte er zur Tür, durch die der Chef Matthias Schneider nun herein kam, auf ihn zuschritt und ihm die Hand schüttelte.

„Herr Krassnitz. Ich gratuliere Ihnen zu Ihrem zwanzigjährigen Dienstjubiläum. Sie sind unser langjährigster Mitarbeiter und wir sind sehr stolz darauf. Steht es doch für unser fantastisches Arbeitsklima, wenn jemand so lange die Treue hält. Zu diesem Anlass haben wir uns auch etwas ganz besonderes einfallen lassen. Sie werden staunen."

Stocksteif stand Krassnitz vor seinem Chef und hörte angespannt, mit einem eingefrorenen Lächeln, seinen Worten.

Jo konnte seine Anspannung geradezu fühlen. Vielleicht war es aber auch ihre eigene Anspannung. Schließlich würde sich jetzt auch für sie einiges ändern. So oder so würde sie sich nach den nächsten Worten rechtfertigen müssen. Und wenn es nur Krassnitz gegenüber war.

„Wir haben lange überlegt, was wir Ihnen schenken können. Was angemessen für 20 Jahre Treue wäre. Ich bin mir sicher, wir haben das Richtige gefunden. Herr Krassnitz, hiermit überreiche ich Ihnen einen zweiwöchigen All-Inclusive-Urlaub auf der Sonneninsel Ibiza für Sie und eine Person ihrer Wahl!"

Einen kurzen Schreckmoment bewegte Krassnitz sich nicht. Erstaunt blickte er seinen Chef an. Als könne er nicht glauben, was er eben gehört hatte. Der Applaus seiner Kollegen holte ihn zurück in die Realität und ein erstauntes Strahlen überzog sein Gesicht, während er den Umschlag entgegennahm. Nach einer Weile glaubte Jo sogar ehrliche Freude und Dankbarkeit in seinem Gesicht lesen zu können. Dieser Mensch war also dazu in der Lage echte Freude zu empfinden. Sie hätte es nie für möglich gehalten.

Jo überlegte, was sie nun tun sollte. Sie konnte sich leise davon schleichen. Niemand würde es bemerken. Aber irgendwann würde sich dann doch der eine oder andere fragen, warum die Reporterin ein so schönes und für die Firma auch wichtiges Ereignis nicht bis zum Schluss beobachtete. Warum sie kein Interview mit dem Jubilar durchführte.

Sie konnte jetzt nicht weglaufen. Früher oder später würde sie Krassnitz Rede und Antwort stehen müssen. Warum also nicht gleich. Ein letztes Interview. Mehr würde er ihr nicht geben. Sie hatte sein Vertrauen mit der Lüge über sein Jubiläum verloren. Vorbei war es mit kommenden Interviews. Aber im Grunde brauchte sie auch keine weiteren Interviews mehr mit ihm. Es war zwischen ihnen alles gesagt worden, was er bereit war zu offenbaren. Alles andere, das Geständnis, musste sie anders aus ihm hervorlocken. Zusammen mit Axel. Wenn sie ihn überführten.

Die Menge verteilte sich um das Buffet, das für diesen Anlass aufgebaut worden war. Krassnitz Augen durchsuchten den Raum. Suchten sie. Als sich ihre Blicke trafen, leuchteten seine Augen kurz auf.

Was hatte das zu bedeuten?

Krassnitz kam auf Jo zu und hielt ihr freudig den Urlaubsgutschein hin.

„Sehen Sie mal! Ist das nicht toll? Zum Glück haben Sie sich geirrt. Oder die haben sich anders entschieden. Was auch immer. Das ist mir egal. Ich fahre jetzt erstmal in den Urlaub."

Jo war verblüfft. Damit hatte sie nicht gerechnet. Vor lauter Freude über die Reise, statt des Arbeitsplatzwechsels, strahlte er übers ganze Gesicht und war in keinster Weise misstrauisch oder verärgert.

„Ich freue mich für Sie."

„Danke. Ich kann es immer noch nicht fassen. Das ist so toll!"

„Wer wird sie begleiten?"

Da war sie wieder, die Journalistin auf Mörderjagd.

„Ich werde meine Mutter mitnehmen. Ein Urlaub war immer ihr größter Wunsch, der bisher nie in Erfüllung ging. Vor zwei Jahren hat man eine Demenzerkrankung bei ihr diagnostiziert und so lange sie mich noch erkennt, will ich wenigstens einmal mit ihr zusammen in den Urlaub fahren."

Unglaublich. Im Taumel der Freude gab er privates von sich preis.

„Das tut mir leid. Schreitet die Krankheit schnell voran?"

„Zum Glück nicht. Es ist eine vaskuläre Demenz. Sie ist harmloser, als die Alzheimer Demenz. Sie schreitet nur langsam voran und zurzeit befindet sie sich in einer stabilen Phase. Aber sie ist die wichtigste Frau in meinem Leben. So wie es sein sollte zwischen Mutter und Sohn."

„Wohnen sie in der Nähe ihrer Mutter?"

„Wir wohnen zusammen. Sie hat mich alleine groß gezogen und sich um mich gekümmert und nun kümmere ich mich um sie."

„So etwas gibt es viel zu selten. Die meisten Menschen denken nur an sich. Sind nicht dankbar ihren Eltern gegenüber. Dabei bedeutet es oft große Opfer, ein Kind groß zu ziehen. Besonders, wenn man allein erziehend ist. Warum ist das bei Ihnen so? Darf ich fragen, wo ihr Vater ist?"

„Mein Vater hat eine neue Familie. Er hat uns verlassen, als ich noch sehr klein war. Das war sehr schwer für uns."

„Ich kann das sehr gut verstehen. Ich habe das Gleiche wie sie erlebt."

Und wieder eine gefährliche Lüge.

Das Strahlen verschwand aus seinem Gesicht. War sie ertappt worden?

Krassnitz kniff die Augen zusammen und sah sie einen Augenblick stumm an. Dann lächelte er sie verständnisvoll an. Als hätte er in ihr einen Leidensgenossen erkannt. Einen Menschen, der ihn verstand. Der sein Leid nachempfinden konnte.

Daran musste sie unbedingt anknüpfen. Auf ihre Weise anknüpfen.

„Bei mir war es nur anders herum. Wir wurden von unserer Mutter verlassen. Meine ältere Schwester und ich wurden von unserem Vater groß gezogen."

Nun öffneten seine Augen sich erstaunt. Als könnte er nicht verarbeiten, was sie gerade gesagt hatte. Das schien nicht in sein Weltbild zu passen.

„Ihre Mutter ist gegangen?"

„Ja, sie hat sich einem anderen Mann zugewendet und mit ihm eine neue Familie gegründet."

„War ihre Mutter eine schöne Frau?"

„Sie war sehr schön."

„Schöne Frauen sind gefährlich."

Jo konnte kaum fassen, wie Krassnitz sich ihr offenbarte. Keine Vorsicht bremste ihn mehr aus. Er hatte eine Leidensgenossin gefunden und konnte sich ihr öffnen. Sagte Dinge, die sie hören wollte. Auch wenn er das nicht wusste. Er sagte Dinge, die ihren Verdacht bestätigten. Sie konnte es kaum glauben, wie gut sich dieser Tag entwickelte.

„Haben sie die neue Familie mal kennen gelernt?"

„Sie lebte ihr neues Leben, als hätte es uns nie gegeben."

„Wissen sie, ob der neue Mann reich war?"

„Ich habe kürzlich nachgeforscht. Als Journalistin stehen einem da viele Möglichkeiten offen. Und er war, er ist, sehr reich."

„Sie können so was herausfinden?"

„Das gehört zu meinem Beruf. Warum fragen Sie? Möchten Sie auch etwas herausfinden? Etwas über ihren Vater? Ich kann Ihnen dabei helfen."

„Würden Sie das tun?"

„Sehr gerne. Ich kann sehr gut nachempfinden, wie es sich anfühlt, alleine zurück gelassen zu werden. Ohne Erklärung. Ohne ein Wiedersehen."

„Ich weiß nicht recht. Hat es ihnen denn geholfen, etwas über ihre Mutter zu erfahren?"

„Das hat es. Zuerst kam der Schmerz zurück, das war hart. Aber dann, nachdem all meine Fragen beantwortet wurden, dann kehrte Frieden ein. Ich machte meinen Frieden mit meiner Mutter und mehr noch, ich hatte sogar Verständnis für sie."

„Sie haben mit ihr gesprochen?"

„Ja, das habe ich. Es war wohl genug Zeit vergangen und außerdem quälte sie sich auch all die Jahre mit ihrem Gewissen."

„Frieden. Das klingt gut. Was brauchen Sie für Ihre Nachforschungen?"

„Ich brauche nur den Namen, das Geburtsdatum und den Geburtsort ihres Vaters."

„Mehr nicht?"

„Das Gleiche von Ihrer Mutter und Ihnen wäre natürlich perfekt. Um Irrtümer auszuschließen."

„Gut, dann geben Sie mir was zu schreiben."

„Sie haben die Daten alle im Kopf?"

„Ja."

Jo reichte ihm eine leere Seite ihres Notizblockes und beobachtete erstaunt, wie er in sauberer Handschrift über das Papier glitt.

Sie war zu ihm vorgedrungen. Etwas, womit sie nie gerechnet hätte, war eingetreten. Sie hatte sein Vertrauen errungen. Vor wenigen Minuten hatte sie es noch für immer verloren geglaubt. Und nun hatte sie seine Erlaubnis, in seinem Leben zu wühlen. Was für eine Wendung.

„Wie lange werden Sie brauchen? Ich fliege in zwei Tagen nach Ibiza."

„Das kann ich Ihnen nicht genau sagen. Eigentlich sollte die Zeit ausreichen, aber versprechen kann ich es Ihnen nicht."

„Ich habe Ihnen meine Handynummer dazu geschrieben. Dann können Sie mich jederzeit erreichen, wenn es Neuigkeiten oder Fragen gibt."

„Ich werde Sie anrufen. Versprochen."

Jo verließ das Gebäude und wählte ohne zu überlegen die Handynummer von Axel.

„Kommissar Heffner."

Seine nüchterne Stimme verschlug ihr für einen kurzen Moment den Atem. Er wusste über die Anrufererkennung, dass sie anrief. Sie hatte ihn verletzt. War zu nüchtern in ihrer morgendlichen SMS gewesen.

Darüber konnte sie nach dem Telefonat nachdenken. Jetzt musste sie erstmal ihre Bahnbrechende Neuigkeit loswerden.

25

Sorgfältig packte er den Koffer. Den seit Jahren im Schrank verstauten, von seinem Vater vergessenen Koffer. So oft schon hatte er ihn im Geiste gepackt. War in seiner Phantasie mit diesem Koffer verreist. An exotische Orte mit weißen Stränden und türkisblaubem Wasser. Er lag dann an diesen Stränden in der Sonne zwischen braungebrannten Körpern. Immer wenn die Realität zu erdrückend wurde, nahm er den Koffer aus dem Schrank und ging mit ihm auf Reisen. Reiste in die Sonne, in die Freiheit, in ein sorgloses Leben. Ein Leben mit Urlaubsbekanntschaften, mit ausgelassenen Festen am Abend, angeregten Gesprächen, Lachen, unbeschwert sein.

Seine allererste Reise war jedoch eine, die er sich danach nie wieder erlaubte. Er packte seinen ersten Koffer für eine Reise zu seinem Vater. Er stellte sich vor, wie er mit dem Koffer vor der Tür seines Vaters stand und klingelte. Er sah das erstaunte Gesicht seines Vaters, als der die Tür öffnete. Er sah, wie es sich in Freude wandelte. In große Freude, seinen Sohn vor sich zu sehen. Er nahm seinen Sohn in die Arme und beide waren überglücklich über das Wiedersehen. Es war ein schöner Traum. Aber als der Traum vorbei war, überkam ihn die altbekannte Trauer über die Realität. Er wusste, dass das nie geschehen würde. Er würde seinen Vater nie wieder sehen.

Und nun schien dieser Traum näher gerückt zu sein. Die Reporterin wollte ihm helfen, seinen Vater zu finden.

Heute Morgen war er noch voller Angst in die Firma gefahren. Er hatte befürchtet, sein geliebtes Postbüro verlassen zu müssen. Seine Zuflucht. Seinen Ruhepol. Und dann die Überraschung. Niemand wollte ihn von dort vertreiben. Stattdessen bekam er eine Reise geschenkt. Endlich konnte er diesen Koffer wirklich packen. Endlich konnte er verreisen. Urlaub machen. Ein Stück Freiheit genießen.

Die Reporterin hatte ihm einen riesigen Schrecken eingejagt, als sie ihm von der bevorstehenden Überraschung berichtete. Wie kam sie nur darauf? Das war jetzt nicht wichtig. Vermutlich hatte die Firma es sich anders überlegt. Zum Glück!

Und dann die zweite Überraschung. Er würde bald etwas über seinen Vater erfahren. Er würde die Möglichkeit bekommen, seinen Vater wieder zu sehen. Er hatte große Angst davor. Angst, sein Vater würde ihn immer noch ablehnen. Wie würde er damit umgehen?

Doch die Worte der Reporterin beruhigten ihn. Ihre Erfahrungen mit ihrer Mutter beruhigten ihn. Es war inzwischen genug Zeit vergangen und das schlechte Gewissen nagte schon zu lange. So war es ihr mit ihrer Mutter ergangen. So würde es ihm mit seinem Vater ergehen.

Er war auch immer noch schockiert, dass eine Mutter ihr Kind verlassen konnte. Mütter liebten ihre Kinder doch immer. Waren immer für sie da. Wie konnte eine Mutter ihr Kind verlassen? Den Sinn ihres Lebens?

Vielleicht würde die Reporterin ihm beim nächsten Treffen mehr davon erzählen. Er musste es wissen. Es war so grausam und unverständlich. Sie tat ihm leid. Diese schöne Frau, die sein Schicksal teilte.

Lächelnd schaute er auf den gepackten Koffer. In zwei Tagen würde er seinen Kosmetikbeutel hinein legen und dann für die Reise schließen.

Es hätte noch Zeit gehabt, ihn zu packen, aber die Aufregung, die Vorfreude drängten ihn dazu. Seine Mutter würde ihren Koffer bestimmt erst morgen Abend packen. Rational wie sie war. Oder vielleicht packte sie ihn auch schon? Sie war zuerst skeptisch, als er ihr von der Reise erzählte. Sie vermutete hinter Allem einen Haken. Erst als er ihr beweisen konnte, es handelte sich um ein gutes Hotel mit Vollpension, so dass keine zusätzlichen Kosten auf sie zukamen, fing sie an sich zu freuen. War ganz aufgeregt. Nahm ihn vor Freude in den Arm.

Noch nie zuvor hatte sie ihn in den Arm genommen. Es gab immer nur kurze Berührungen und die auch nur ganz selten. Selbst wenn er als Kind hingefallen war und weinte. Selbst dann nahm sie ihn nicht in den Arm. Dann war ihre einzige Berührung das Pflaster, dass sie ihm auf sein blutendes Knie drückte.

Und nun hatte sie ihn umarmt. Er konnte es immer noch spüren. Er war so überrascht, dass er es zuerst gar nicht begreifen konnte. Aber es war wahr. Und es war wunderschön.

Was für ein Tag.

26

Jo saß wieder einmal in Axels Büro und wartete. Sie hasste es zu warten. Vielmehr noch hasste sie es, nicht einbezogen zu werden. Andere Beamte recherchierten jetzt über Anton Karl Krassnitz. Axel hatte sie am Telefon gebeten, dem Empfangsbeamten den Zettel von Krassnitz zu übergeben, damit er es an die entsprechenden Kollegen zur Recherche weiter leitet. Er wollte sie dann nach Hause schicken. Er war noch mit Dr. Vellmar unterwegs zur Tatortbegehung. Es würde sicher noch Stunden dauern und sie sollte lieber nach Hause fahren um sich auszuruhen. Sie hatte ihm am Telefon deutlich zu verstehen gegeben, dass das nicht in Frage käme. Sie würde in seinem Büro warten. Er willigte letztendlich ein. Inzwischen hatte er wohl begriffen, dass sie sehr stur sein konnte.

Der Ton zwischen ihnen war immer noch sehr nüchtern, sehr professionell gewesen. Er war immer noch verletzt.

Vielleicht bildete sie sich das auch nur ein. Er war nicht alleine, als sie ihn anrief. Dr. Vellmar war bei ihm. Da konnte er schlecht verliebt säuseln.

Verliebt?

Jetzt ging sie zu weit. Es handelte sich um eine Nacht der Schwäche. Hier entstand keine Lovestory. In dieser Situation völlig undenkbar. Völlig unpassend. Und das musste er auch wissen. Sie mussten dieses Kapitel schnell abhaken. Schnell vergessen. Das ganze war absurd.

Jo nahm Axels morgendliche Nachricht aus ihrer Handtasche.

Liebste Jo,
Du hast so friedlich geschlafen.
Ich mochte Dich nicht wecken.
Wir sehen uns nachher im Präsidium.
Kuss, Axel

Sie lächelte beim erneuten Lesen der Zeilen. Als es ihr bewusst wurde, presste sie sofort ihre Hand vor den Mund. Sie fühlte sich wie ein kleines Kind, das bei einer unpassenden Reaktion ertappt wurde. War das eine unpassende Reaktion?

Was auch immer es war, es war auf jeden Fall zur unpassenden zeit.

Behutsam faltete sie den Zettel wieder zusammen und steckte ihn zurück in ihre Handtasche.

Warum hatte sie ihn überhaupt dabei?

So viele Fragen und keine Antworten. Sie konnte jetzt nicht weiter darüber nachdenken. Sie würde sowieso zu keinem Ergebnis kommen. Vielleicht nach einem Gespräch mit Axel. Vielleicht aber auch erst, wenn sie den Mörder ihrer Schwester gefangen hatten und der Albtraum vorbei war. Vielleicht auch nie.

Jo schüttelte den Kopf und nahm die Akte Elbstrand zur Hand. Sie wollte lieber *darüber* nachdenken. Sich in die Akte vertiefen und vielleicht noch etwas entdecken, was sie bisher übersehen hatten. Darauf musste sie sich konzentrieren. Sie hatte keine Zeit für Ablenkungen.

Als die Tür sich öffnete und Axel das Büro betrat, saß Jo auf dem Fußboden, um sie herum den Inhalt der Akte verteilt und in einen Bericht der Gerichtsmedizin vertieft.

„Du bist tatsächlich noch da."

„Ja, natürlich. Ich habe doch gesagt, ich warte hier."

„Das war vor vier Stunden."

„So lange ist das her? Ich war so vertieft in die Unterlagen, dass ich die Zeit gar nicht bemerkt habe."

„Hast Du was Neues entdeckt?"

„Nicht in den Unterlagen, aber Krassnitz hat etwas interessantes gesagt. Bei seiner Mutter ist vor zwei Jahren eine Demenzerkrankung diagnostiziert worden. Das könnte der Auslöser für seine Morde gewesen sein. Vor zwei Jahren fingen die Morde an."

„Das ist wirklich interessant. Ich werde das gleich mal abgleichen lassen."

„Und ihr? Habt ihr was Neues entdeckt? Du und Dr. Vellmar?"

„Er hat viele Fragen gestellt, aber noch nichts von sich gegeben. Jetzt sitzt er im Konferenzraum und wartet auf die Akte Elbstrand, damit er sie studieren und seinen Bericht schreiben kann."

„Ja, das ist seine Methode. Er sieht sich alles in Ruhe an, fragt viel und stellt keine Vermutungen an, bevor er alles gesehen und gelesen hat. So vermeidet er, dass jemand mit einer eigenen Vermutung des Tathergangs seine unvoreingenommene Sicht der Dinge verfälscht."

„Das macht Sinn."

Jo sammelte alles Material zusammen und legte es in die Akte Elbstrand, die sie dann Axel reichte.

„Kommst Du gleich wieder?"

Diese Frage kam so leise über ihre Lippen, es war fast ein Flüstern, dass es nur eine Erkenntnis zuließ.

Es war mehr, als nur eine Nacht der Schwäche.

Eng umschlungen lagen Axel und Jo im Bett ihrer Schwester und zum ersten Mal war die beklemmende Einsamkeit, die sie sonst unaufhörlich in der Wohnung spürte, verschwunden.

„Muss ich jetzt ein schlechtes Gewissen haben?"

„Warum?"

„Ich bin in der Wohnung meiner toten Schwester und fühle mich gut. Die Trauer ist so weit weg, als wäre sie nie da gewesen. Das kann doch nicht richtig sein."

„Die Trauer ist nicht weg. Sie macht nur gerade etwas Platz für andere Gefühle. Sie vergönnt Dir ein wenig glücklich sein. Genau das, was Deine Schwester Dir auch gönnen würde."

„Wie kann es nur sein, dass Du immer das Richtige sagst?"

„Zufall. Reiner Zufall."

„Na klar. Ihr Polizisten glaubt ja auch so sehr an Zufälle."

Küssend und lachend rollten sie im Bett hin und her und Jo konnte es kaum fassen, wie unbeschwert sie sich fühlte. Als wäre sie in einer anderen Welt, einer anderen Zeit. Sie wollte es genießen, so lange es dauerte. Denn es konnte nicht für immer sein. Aus einem Trauma konnte keine Liebe entstehen. Keine dauerhafte Beziehung. Da war sie sich sicher. Das belegten auch Studien. Also beschloss sie, während Axel sie mit Küssen übergoss, sie würde es jetzt genießen und später dankbar daran zurück denken. Dankbar darüber, dass dieser wunderbare Mann ihre schlimmste Zeit mit etwas Glück erträglich machte.

Axel war schnell ins Büro zurückgekommen und Jo war furchtbar nervös gewesen. Was sollte sie sagen? Sich entschuldigen? Es ihm erklären? Wie erklären? Es beenden, bevor es angefangen hatte? Sie war furchtbar verwirrt und unsicher.

Doch kaum hatte Axel die Tür hinter sich geschlossen, da fielen sie sich auch schon in die Arme und küssten sich. Es waren leidenschaftliche und fordernde Küsse, in deren Pausen Jo nur ein kurzes *„Entschuldige"* hervorpressen konnte.

Das war die Unterhaltung, vor der sie sich so fürchtete. Die sie so nervös gemacht hatte. Und die sie nun hier im Bett ihrer toten Schwester enden ließen.

Liebe Jo,
es ist schade, dass wir uns nicht persönlich getroffen haben. Unter diesen Umständen ist das wohl nicht verwunderlich, aber dennoch schade. Ich hätte gerne wieder einmal mit Dir diskutiert oder einfach nur ein interessantes Gespräch geführt. Das letzte Mal ist viel zu lange her.

Es ist auch immer noch die Frage offen, warum eine so talentierte und engagierte junge

Frau so plötzlich alles hinter sich gelassen hat. Ich hätte Dich gerne unter meine Fittiche genommen um aus Dir eine exzellente Tatortermittlerin zu machen, die Du ohne Frage geworden wärst.

Ich hoffe, Du nimmst bald wieder Kontakt mit mir auf. Lass nicht wieder so viele Monate ins Land ziehen.

Ich habe das Profil fertig gestellt. Wenn es dazu noch Fragen gibt, dann kannst Du Dich jederzeit bei mir melden.

Bis hoffentlich bald,
Dein ergebener Freund Richard

Jo hatte Dr. Vellmar lange und intensiv bei seinen Befragungen diverser Serienmörder begleitet und sehr viel gelernt. Sehr viel Schockierendes und Trauriges zugleich, über die Abgründe der Menschheit. Sie war Dr. Vellmar unendlich dankbar für diese Erfahrungen. Und nun hatte sie ein schlechtes Gewissen. Sie war damals so traumatisiert über den Vorfall mit ihrem früheren Chef, dass sie die Brücken dieser Zeit abrupt abbrach und nie zurück blickte. Darüber vergaß sie leider die Menschen, die ihr nahe standen, mit denen sie Freundschaften aufgebaut hatte. Sie vergaß Dr. Vellmar. Wie hatte er sich damals gefühlt? Von heute auf morgen war sie für ihn nicht mehr erreichbar gewesen. Einfach so verschwunden. Ohne Erklärungen und ohne ein Dankeschön für die gemeinsame Zeit. Sie fühlte sich unglaublich schlecht, bei dem Gedanken daran. Sie war ihm eine Erklärung schuldig. Das war schon lange überfällig.

Sie war dankbar über die endlose Güte Richards. Sie rief ihn und er kam. Ohne eine Wort des Vorwurfs. Er hätte es auch ablehnen können, ihr zu helfen. Aber er war da. Er war für sie da. Sobald diese Geschichte zu Ende gebracht war, würde sie sich bei ihm melden. Ihm alles erklären. Ihn um Verzeihung bitten.

Axel riss Jo aus ihren Gedanken.

„Das Profil von Dr. Vellmar ist interessant. Es passt auf Krassnitz."

„Ich hatte im Stillen auch schon ein Profil erstellt, es Dir aber nie gezeigt, weil ich mir in diesem Fall nicht getraut habe. Ich war schon zu sehr auf Krassnitz fixiert, als das es neutral hätte sein können."

„Deshalb hast Du Dr. Vellmar geholt? Als neutrale Bestätigung sozusagen?"

„Richtig. Im Grunde ist es ja die zweite Bestätigung. Das Profil Deiner Fallanalytiker kommt dem auch sehr nahe."

„Das stimmt. Wir können also mit ziemlicher Sicherheit davon ausgehen, dass dieses Profil stimmt."

„Lass uns mal zusammenfassen, was wir haben. Zuerst die Punkte, die auf Krassnitz passen. Es handelt sich um einen organisierten Serienmörder. Er ist intelligent, hat aber ein durchschnittliches Auftreten. Er ist in einer festen Beschäftigung, die ihn unterfordert. Er ist beziehungsarm, kontrolliert, sozial angepasst, es gibt kaum eine Veränderung im Lebensstil. Er ist ein Einzelkind und aufgrund seiner Opferwahl hat er ein gestörtes Verhältnis zu seiner Mutter. Er sucht seine Opfer nach ganz bestimmten Kriterien aus, kennt sie aber nicht persönlich. Durch seine unscheinbare Erscheinung ist er in der Lage seine Opfer anzusprechen um sie anschließend zu überwältigen. Er foltert sie über einen längeren Zeitraum, was die beginnende Wundheilung an seinen Opfern bestätigt. Er genießt seine Macht, die Qualen seiner Opfer. Er hinterlässt keine Spuren am Tatort und an den Opfern. Er legt die Leichen an öffentlichen Orten ab, nur wenige Stunden nachdem er sie getötet hat. Sie sollen schnell entdeckt werden und entsprechenden Schrecken verbreiten. Seine Macht präsentieren, die er im realen Leben nicht ausübt."

„Das passt perfekt auf Krassnitz."

„Kommen wir zu den Punkten, die nicht passen. Im Grunde ist es nur einer. Das Alter. Vellmar schätzt ihn auf 35 bis 45 Jahre. Aber die Einschätzung des Alters müssen wir auch nicht so genau nehmen. Das ist eine allgemeine Richtlinie, aufgrund von Erfahrungen. Man sagt sogar, dass der durchschnittliche Serienmörder zwischen 18 und 39 Jahre alt ist. Das ist die Grundlage, die aufgrund individueller Tatortermittlung abweichen kann. Ich glaube, wir können die zwei Jahre Differenz gerne ausblenden."

„Jetzt müssen wir ihn nur noch überführen. Aber ich fürchte, damit müssen wir warten, bis wir ihn auf frischer Tat erwischen. Er hat absolut keine Spuren hinterlassen."

„Und das kann noch Wochen oder Monate dauern. Wenn er denn weiter macht. Vielleicht ist er ja fertig mit seinem Wahn. Das Bild ist jedenfalls fertig."

„Wie viel Serienmörder kennst Du, die einfach aufgehört haben?"

„Du hast Recht. Von selber wird er nicht aufhören. Serienmörder sind wie Süchtige. Süchtig nach dem nächsten Kick. Er ist noch nicht fertig."

„Also können wir ihn nur beobachten und abwarten."

„Vielleicht können wir das auch beschleunigen. Wir müssen das Vertrauen, dass ich zu ihm aufgebaut habe nutzen."

„Was hast Du vor?"

„Ich weiß es noch nicht genau. Aber ich werde an ihm dran bleiben und das Vertrauen weiter ausbauen."

„Das ist gefährlich, Jo. Pass auf Dich auf. Versprich mir, dass Du nicht zu weit gehst."

„Ich werde auf mich aufpassen."

27

Mein geliebter Sohn,

ich kann es kaum glauben, nach so vielen Jahren von Dir zu hören. Es verging kein Tag, an dem ich nicht an Dich gedacht habe. Wie es Dir geht, was aus Dir geworden ist. Ich hätte Dich gerne auf all Deinen Wegen begleitet. Habe immer wieder versucht, etwas über Dich zu erfahren. Dich zu sehen. Doch Du wolltest mich nicht sehen und das musste ich schweren Herzens akzeptieren.

Jetzt zu erfahren, dass Du eine Reporterin damit beauftragt hast, mich zu finden, macht mich überglücklich.

Ich kann es kaum erwarten, Dich endlich wieder in die Arme zu schließen.

Dein, Dich liebender Vater.

Mit diesem Brief in der Tasche saß Jo im Flugzeug nach Ibiza. Sie hatte ein sehr langes Gespräch mit Krassnitz Vater geführt und dabei die ganze Geschichte erfahren. Anton Krassnitz hatte seinen Sohn nicht freiwillig verlassen.

Hannelore Meischnick und Anton Karl Krassnitz hatten sich 1947 bei einer Tanzveranstaltung der Freiwilligen Feuerwehr Lurup kennen gelernt. Das selbstsichere Auftreten dieser zarten Achtzehnjährigen hatte ihn anfangs fasziniert und sie wurden ein Liebespaar. Doch nach einigen Wochen musste er feststellen, dass sie nicht nur selbstbewusst, sondern auch herrisch war und trennte sich von ihr. Ein paar Tage später stand sie auf seiner Türschwelle und offenbarte ihm, dass sie von ihm schwanger war und sie nun heiraten müssten.

Pflichtbewusst und schwach, wie er damals war, heiratete er sie. Es war keine Heirat aus Liebe, aber er wollte seinem ungeborenen Kind ein stabiles Zuhause geben. Er fühlte sich verpflichtet dazu. Ehen aus der Verpflichtung heraus waren zu der damaligen Zeit nicht unüblich.

Die Ehe verlief dann erwartungsgemäß schwierig. Sie war launisch, eifersüchtig und herrisch. Er machte regelmäßig Überstunden, um dem unglücklichen Zuhause für ein paar Stunden mehr des Tages zu entfliehen. Diese Überstunden nährten natürlich die Eifersucht seiner Frau und damit trieb sie ihn dann eines Tages tatsächlich in die Arme einer anderen Frau. In die Arme seiner Sekretärin. Es war der Klassiker und er war nicht stolz darauf. Aber er verbrachte viele Stunden des Tages mit seiner späteren, zweiten Ehefrau und sie war sehr einfühlsam. Das genaue Gegenteil seiner ersten Frau. Sie spürte, dass er unglücklich war. Es folgten die ersten Gespräche über seine Ehe und dann der erste Kuss. Daraus erwuchs eine Liebe, die bis heute anhielt und zwei Kinder hervorgebracht hatte.

Als Hannelore ihn eines Abends, als er verspätet von der Arbeit nach Hause kam wieder mit Vorwürfen überschüttete, mit eifersüchtigen Attacken bombardierte, da brach die Wahrheit aus ihm heraus. Er gestand ihr die Affäre mit seiner Sekretärin. Im ersten Moment sah sie ihn nur sprachlos an. Zuerst hoffte er, nun würden ihr vielleicht die Augen geöffnet, dass sie etwas an ihrem Verhalten ändern musste, wenn sie ihn nicht endgültig in die Arme seiner Sekretärin treiben wollte. Aber das war ein Irrtum. Mit geballten Fäusten prügelte sie auf ihn ein. Schrie und prügelte ihn buchstäblich aus der Wohnung.

Das war das letzte Mal, dass er die Wohnung betreten hatte.

Er war immer wieder zurückgekehrt vor die verschlossene Tür. Hatte um eine Aussprache gebeten, gebettelt. Aus Rücksicht auf seinen Sohn, der schon genug Streitereien miterleben musste, ging er immer vormittags dorthin. Wenn sein Sohn in der Schule war. Doch sie ließ ihn nie herein. Das einzige was er vorfand, waren seine gepackten Koffer und ein ausgetauschtes Türschloss. Eines Tages gab er es auf. Wollte etwas Zeit verstreichen lassen. Wenn sie sich etwas beruhigt hätte, dann könnten sie vielleicht vernünftig miteinander reden und eine Lösung finden. Doch das sollte nie eintreten. Egal, was er auch versuchte. Sie schrie ihn immer wieder nur durch die verschlossene Tür an, er solle verschwinden. Zuerst verbot sie ihm, seinen Sohn zu sehen und dann sagte sie, sein Sohn wolle ihn nicht mehr sehen. Er würde ihn hassen.

Eines Tages glaubte er ihr und gab auf. Widmete sich voll und ganz seiner liebevollen, neuen Familie und bis auf die schmerzhafte Erinnerung an den Verlust seines Sohnes, verblassten die Erinnerungen an seine frühere Familie mit den Jahren.

Das war 1975, im verflixten siebten Jahr ihrer Ehe. Überraschenderweise folgte nur ein Jahr später die Scheidung. Er hatte mit mehr Widerstand gerechnet. Einen Rosenkrieg erwartet. Es wäre typisch für Hannelore gewesen, ihm auch nach der Trennung die Hölle auf Erden zu bereiten, ihm kein neues Glück zu gönnen. Aber nach dem Trennungsjahr willigte sie in die Scheidung ein.

Anton Krassnitz hat immer wieder Briefe an seinen Sohn geschrieben. Aber da er nie eine Antwort erhielt, vermutete er, seine Exfrau hatte sie abgefangen und seinem Sohn vorenthalten.

Dieser sanfte Mann hatte die Ehehölle überstanden und sein Glück in einer neuen Familie gefunden. Aber dennoch war er ein trauriger Mann. Er hatte die Trennung von seinem geliebten Sohn nie überwunden. Als wäre er gestorben, obwohl er doch am Leben war. Und sein Unvermögen, sich dagegen zu wehren, machte alles nur schlimmer.

Seine neue Frau erzählte Jo, dass Anton ein liebevoller Vater und Ehemann war und es ihr jedes Mal das Herz brach, wenn er in stillen Momenten einfach nur da saß und stumm vor sich hin starrte. Gefangen in den Erinnerungen an seinen Sohn. In dem Schmerz über seinen verlorenen Sohn.

Eine Woche war Krassnitz inzwischen mit seiner Mutter auf Ibiza. Jo hatte schon vor vier Tagen mit seinem Vater gesprochen und konnte, wollte nicht länger warten, Krassnitz davon zu berichten. Dieser Brief, die Wahrheit über seinen Vater würde sein ganzes Leben ins Wanken bringen. Die Lügen seiner Mutter würden sein bisheriges Bild über Frauen erschüttern. Ihm würde bewusst werden, dass all seine grausamen Taten aufgrund von Lügen geschehen waren. Lügen seiner Mutter. Und es würde sie und Krassnitz noch vertrauter miteinander machen. Ihre Mutter war auch eine böse Frau. Jedenfalls glaubte Krassnitz das. Ihre Geschichte, dass ihre Mutter sie verlassen hätte, hatte ihn damals schon erschüttert. Es war für ihn unverständlich, dass eine Mutter ihrem Kind so etwas antun konnte. Und wenn er nun erfuhr, was seine Mutter *ihm* angetan hatte, dann würde ihn das zerstören.

Jo hoffte, dass ihre Enthüllung diesen Effekt bei ihm auslösen würde.

So muss es einfach sein.

Jo hatte ein schlechtes Gewissen, ihre liebevolle Mutter in ein so schlechtes Licht zu rücken. Aber es musst sein. Und ihre Mutter hätte, würde sie noch leben, sicher Verständnis dafür. Es war im Grunde ja auch nicht ihre Mutter, über die sie mit Krassnitz gesprochen hatte. Es war eine fiktive Person, die von ihr erfunden wurde. Eine Geschichte, die in Hamburg zum Leben erweckt wurde. Wie eine Undercover-Agentin hatte Jo einen neuen Lebenslauf bekommen. Ihre Eltern waren nicht bei einem tragischen Autounfall ums Leben gekommen. Ihre Eltern hatten sich getrennt, als Jo zehn Jahre alt war. Ihre Mutter hatte sie verlassen und lebte nun alleine, denn ihre zweite Ehe war auch gescheitert. Ihr Vater war vor fünf Jahren an einem Herzinfarkt gestorben. Sie hatte eine ältere Schwester und arbeitete seit ihrem Studium als freie Journalistin für diverse Magazine. Das war ihre neue Vita. Und das würde Krassnitz erfahren, wenn er im Internet über sie recherchieren würde.

Sie konnten natürlich nicht alles über sie aus dem Internet löschen. Das Internet vergaß nie. Es gab viele Einträge über ihre damalige Tätigkeit als Gerichtsreporterin. Aber das lag ein halbes Jahr zurück. Und wenn das Internet auch nie vergaß, so wurden alte Artikel schnell von neuen verdrängt. Sie konnte nur hoffen, dass er sich nicht für Gerichtsakten, für Serienmörder und deren Geschichten interessierte und so auf sie stieß. Nur mit ihrem Namen in den Suchmaschinen würde er viele Seiten vorblättern müssen um sie zu finden. Viele Seiten, in denen ihr Name schon nicht mehr auftauchte.

Diesen neuen Lebenslauf hatten sie schon damals kreiert, kurz nachdem sie Krassnitz spontan diese Lügengeschichte aufgetischt hatte. Und nun war sie als anderer Mensch auf dem Weg zu ihm.

Ihr gefiel der Gedanke, jemand anderes zu sein. Es beschützte sie. Dadurch hatte sie eine Distanz zu all den schrecklichen Ereignissen der letzten Wochen aufgebaut. Es war nicht mehr Josephine Brandt, die ehemalige Gerichtsreporterin und letzte überlebende ihrer Familie, die gleich einem Monster gegenüber trat. Sie war jetzt Josephine Brandt, die Yellow-Press-Journalistin, die auf dem Weg zu einem Menschen war, der ihr Schicksal, als Kind verlassen worden zu sein, teilte.

28

Die Journalistin hatte sich gemeldet. Morgen würde sie landen und ihm von seinem Vater berichten. Es war schon erstaunlich, wie viel Mühe sie sich gab. Sie hätte damit warten können, bis er zurück in Deutschland war. Aber sie verstand seine Neugier. Sie teilte sein Schicksal.

Sie war die erste Frau neben seiner Mutter, die ihn verstand. Sie waren beide einsam. Verlassen von einem geliebten Menschen. Jo musste noch einsamer sein. Er hatte im Internet ein wenig über sie geforscht und dabei erfahren, dass ihr Vater vor fünf Jahren gestorben war. Ob das den Ausschlag gab, nach ihrer Mutter zu suchen? Um den Verlust des Vaters ein wenig auszugleichen? Wie einsam muss sie sich damals gefühlt haben, um nach der verhassten Mutter zu suchen. Was hätte er getan, wenn seine Mutter gestorben wäre? Hätte er den Mut aufgebracht, nach seinem Vater zu suchen? Wahrscheinlich nicht. Die Angst vor Zurückweisung hätte ihn aufgehalten. Nach einer erneuten Zurückweisung hätte er sich noch verlassener gefühlt. Und woher nahm er jetzt den Mut? War es einfach an der Zeit?

Er war nie mutig. Wenn es darum ging, seine Opfer anzusprechen, dann war er es. Dann hatte er keine Angst. Sie waren es, die Angst vor ihm haben sollten und das beflügelte ihn jedes Mal geradezu. Er war dann ein anderer Mensch. Er schlüpfte dann in die Rolle des selbstbewussten Richter und Henker in einem.

Im alltäglichen Leben fehlte ihm jeglicher Mut. Als Kind im Schwimmbad traute er sich nicht, vom 5-Meter-Brett zu springen. Selbst das Tauchen machte ihm Angst. Die Horrorvorstellung, Wasser im Ohr könnte ihm die Orientierung rauben und er würde nie wieder die rettende Wasseroberfläche erreichen, hielt ihn sogar davon ab, mit seinen Schulkameraden im Wasser zu toben. Sie drückten sich gegenseitig unter Wasser und hatten viel Spaß dabei. Doch er sah immer vom Rand des Beckens zu. Eine Mittelohrentzündung war dann seine Ausrede, die ihn nicht als Feigling da stehen ließ.

Er machte keine Klingelstreiche, er bewarf die Lehrer nicht mit Papierkugeln, er klaute keine Kaugummis, er war ein feiger Außenseiter.

Und nun traute er sich. Ohne darüber nachgedacht zu haben. Das war vermutlich das Geheimnis. Die Offenbarung der Journalistin und ihr Angebot, ihm zu helfen, kamen so plötzlich, wie seine Zustimmung.

Und nun war es soweit. Morgen würde er erfahren, wo sein Vater war. Wie es ihm ergangen war. Er lebte. Bisher war er sich da gar nicht so sicher. Er hatte sich sogar oft vorgestellt, sein Vater sei bei einem Unfall oder durch eine tödliche Krankheit ums Leben gekommen. Das war ein wunderschöner Traum. Es wäre eine Erklärung gewesen, warum sein Vater sich nie wieder bei ihm gemeldet hatte. Manchmal stellte er sich vor, wie sein Vater auf dem Weg zu ihm ums Leben kam. Er war auf dem Weg zu seinem Sohn, um ihn zu sich zu holen und das Schicksal schlug in Form eines anderen Wagens oder eines Herzinfarktes zu und verhinderte ein Wiedersehen. Sein Vater wollte ihn zu sich holen, er liebte ihn, aber es sollte nicht sein.

Die Journalistin hatte gesagt, dass sein Vater sich gefreut hatte, von seinem Sohn zu hören. Mehr wollte sie ihm am Telefon nicht erzählen. Lieber persönlich. Was mochte das bedeuten? Wollte sie ihm eine schlechte Nachricht lieber unter vier Augen überbringen? Hatte sein Vater sich zwar gefreut, aber kein Interesse an weiteren Kontakten? Wie würde er damit umgehen? Er würde gerne mit seiner Mutter darüber reden. Sie nach einem Rat fragen, wie er damit umgehen sollte. Aber er hatte seiner Mutter kein Wort davon erzählt, dass er auf der Suche nach seinem Vater war. Sie würde es nicht verstehen. Sie würde sich sogar verraten fühlen. Nach all den Jahren des Schmerzes fiel er ihr jetzt in den Rücken. Sie war kein guter Ratgeber. Sie war lediglich der einzige Mensch in seiner Nähe. Es wäre das erste Mal, dass er mit ihr über seine Gefühle reden würde. Was sollte das nach so vielen Jahren ohne Gespräche bringen? Sie würde es nicht verstehen. In ihrem Leben gab es keinen Platz für Gefühlsduseleien. Keinen Platz für intensive Gespräche. Das wusste er nur allzu gut.

Er musste bis morgen warten.

29

Sie saßen in einem Café in der Nähe des Flughafens. Er wollte sie unbedingt vom Flughafen abholen. Ein Treffen im Hotel hatte er strikt abgelehnt. Sie sollte sich erstmal nach dem langen Flug erholen. Der Weg zum Hotel war zu weit. Er hatte versucht, ihr einen fürsorglichen Charakter vorzugaukeln, doch sie hatte ihn sofort durchschaut. Er wollte eine Begegnung zwischen ihr und seiner Mutter verhindern. Sie leistete kaum Widerstand. Sie würde ihm diesen Sieg gönnen. So konnten sie auch entspannter alles besprechen. Seine Mutter würde sie später treffen. Ganz zufällig natürlich. Sie war schon sehr gespannt darauf. Wie würde diese Frau reagieren, wenn sie ihren Sohn mit einer anderen Frau sah?

Krassnitz glaubte, sie würde am gleichen Tag wieder abfliegen, doch Jo hatte ein Zimmer im gleichen Hotel für drei Nächte gebucht. Ob sie wirklich so lange dort bleiben würde, hing von ihren Fortschritten ab, die sie dort machen würde. Vielleicht konnte sie morgen schon wieder abreisen. Sie war gespannt, wie sich alles entwickeln würde.

„Herr Krassnitz. Bevor ich Ihnen alles erzähle, möchte ich Ihnen diesen Brief geben. Ihr Vater hatte mich darum gebeten."

Mein geliebter Sohn,
ich kann es kaum glauben, nach so vielen Jahren von Dir zu hören. Es verging kein Tag, an dem ich nicht an Dich gedacht habe. Wie es

Dir geht, was aus Dir geworden ist. Ich hätte Dich gerne auf all Deinen Wegen begleitet. Habe immer wieder versucht, etwas über Dich zu erfahren. Dich zu sehen. Doch Du wolltest mich nicht sehen und das musste ich schweren Herzens akzeptieren.

Jetzt zu erfahren, dass Du eine Reporterin damit beauftragt hast, mich zu finden, macht mich überglücklich.

Ich kann es kaum erwarten, Dich endlich wieder in die Arme zu schließen.

Dein, Dich liebender, Vater.

Jo beobachtete ihn ganz genau, während seine Augen über die Zeilen seines Vaters glitten. Die anfängliche Überraschung in seinem Blick wechselte zuerst in Freude. Der Beginn des Briefes freute ihn. Doch als er in der Mitte angekommen war, legte seine Stirn sich in Falten. Jo vermutete, es war die Mitte. Dort stand, dass er seinen Vater nicht sehen wollte. Das schien nicht zu stimmen. Jo hatte es schon vermutet. Nun hatte sie Gewissheit.

Als Krassnitz den Brief zur Seite legte, blickte er sie verwirrt an. Er konnte das Gelesene nicht ganz begreifen. Das konnte sie deutlich in seinem Gesicht lesen.

Fragend blickte er sie an.

„Das verstehe ich nicht."

„Was verstehen Sie nicht?"

„Warum er lügt."

„Er lügt? Wie kommen Sie darauf."

„Es stimmt nicht, dass ich ihn nicht sehen wollte. Ich habe wochenlang, monatelang auf ihn gewartet. Auf eine Erklärung. Aber er wollte *mich* nicht mehr sehen."

„Ihr Vater hat mir etwas anderes erzählt."

„Was hat er Ihnen erzählt?"

Und so erzählte Jo ihm die ganze Geschichte. Wie sein Vater immer wieder verzweifelt vor der verschlossenen Wohnungstür stand und von Hannelore abgewiesen wurde. Wie sie ihm eines Tages sagte, sein Sohn wolle ihn nicht mehr sehen. Sein Sohn würde ihn hassen. Und wie er es irgendwann glaubte und nicht mehr wieder kam. Sie erzählte ihm auch von den Briefen, die nie beantwortet wurden.

Je mehr und je länger Jo erzählte, desto blasser wurde Krassnitz Gesicht. Jegliche Farbe war aus seinem Körper gewichen. Sie glaubte schon, er würde ihr gleich vom Stuhl fallen. So totenbleich wie er war.

Als Jo ihre Erzählungen beendete, saß er nur stumm da. Unfähig irgendetwas zu sagen. Unfähig, das Gehörte zu verarbeiten.

„Sagen sie doch etwas. Was geht in Ihnen vor?"

„Ich weiß es nicht. Ich bin. Ich weiß es nicht."

„Sie sind verwirrt. Das verstehe ich. Mir ging es damals ähnlich. Kann ich Ihnen irgendwie helfen?"

„Nein. Vielleicht. Ich weiß es nicht."

„Möchten Sie vielleicht erstmal in Ruhe alles überdenken? Möchten Sie alleine sein?"

„Ja. Ich glaube, ja."

„Gut. Dann lasse ich sie jetzt alleine. Sie haben meine Nummer. Wenn Sie reden möchten, dann können Sie mich jederzeit anrufen. Ich fahre jetzt ins Hotel."

„Hotel? Welches Hotel? Wollten Sie nicht heute wieder abreisen?"

„Ursprünglich ja. Aber dann dachte ich, Sie brauchen vielleicht jemanden zum Reden, wenn Sie erstmal alles verdaut haben. Jemanden, der versteht, was Sie gerade durchmachen. Also habe ich ein Zimmer im gleichen Hotel gebucht. Dann haben wir auch keine langen Wege, wenn Sie reden möchten."

Erstaunlich, wie schnell ein Mensch die Gesichtsfarbe wechseln konnte. Nachdem er erfahren hatte, dass sie nicht sofort wieder abreiste. Sie sogar im gleichen Hotel übernachten würde, schoss ihm die Röte ins Gesicht. Die Angst, seine Mutter könnte von ihr erfahren, ließ ihn vor Panik erröten. Sie vermutete noch mehr hinter der Röte. Es war sicherlich auch die Scham seiner Mutter gegenüber. Sollten die zwei sich begegnen, so war er in Erklärungsnot, woher er Jo kannte. Er müsste seiner Mutter beichten, dass er nach seinem Vater gesucht hatte. Das Jo nach seinem Vater gesucht hatte. Sie würde sich hintergangen fühlen. Vielleicht hatte Jo das Glück, dann einen ihrer legendären Wutausbrüche mit zu erleben. Sie freute sich auf diese Aussicht und lächelte Krassnitz zum Abschied zu.

Jo hatte nichts mehr von Krassnitz gehört. Sie hatte gehofft, er würde sich im Laufe des Tages oder Abends bei ihr melden. Wenn er erstmal alles verarbeitet hätte, dann würde er mit ihr reden wollen. Mit wem sollte er sonst reden. Mit seiner Mutter sicher nicht. Jedenfalls hoffte sie das inständig. Sie konnte sich kaum vorstellen, wie so ein Gespräch verlaufen sollte. Sie war sich jedoch sicher, es würde nicht gut ausgehen. Im schlimmsten Fall würden sie abreisen. Und dann wäre ihre eigene Reise vergeblich gewesen. Dann müsste auch sie abreisen und irgendwie in Hamburg den Kontakt zu Krassnitz wieder aufnehmen. Jo war schon versucht, ihn anzurufen und nach seinem Befinden zu fragen. Aber sie ging lieber hinunter zum Frühstücks-Buffet, in der Hoffnung ihm dort zu begegnen. Beiden dort zu begegnen.

Sollte das nicht der Fall sein, konnte sie ihn immer noch anrufen.

Und da waren sie. Sie saßen an einem kleinen Tisch in der hintersten Ecke des Raumes und frühstückten still. Jo belegte einen Teller mit Brötchen und Käse, während sie vorsichtig Krassnitz und seine Mutter im Auge behielt. Sie sah seine Mutter zum ersten Mal. Das war sie also. Neben ihm saß eine kleine, faltige Frau mit spitzen Gesichtszügen. Die Augen waren unter dem Meer von Falten kaum zu erkennen. Ebenso der Mund. Ihr graues Haar war zu einem strengen Knoten gebunden.

Jo hatte ihren Teller gefüllt und ging nun nach einem freien Platz suchend durch den Raum. Als Krassnitz den Blick hob, sah er erschrocken in ihre Richtung. Jo winkte lächelnd und ging geradewegs auf seinen Tisch zu. Nun geschah das, was er vermeiden wollte.

„Guten Morgen Herr Krassnitz. Ich darf mich doch bestimmt zu ihnen setzen."

„Ja, natürlich. Gerne."
Seine Mutter blickte nicht minder erstaunt.
„Frau Krassnitz. Ich bin Josephine Brandt. Ich kenne Ihren Sohn von der Arbeit. Schön, Sie endlich mal kennen zu lernen. Ihr Sohn hat mir so viel Gutes von Ihnen erzählt."
Während Jo sich setzte, hatte sie das Gefühl, sie könnte die Luft hören, die gerade aus seinem zuvor noch angespannten Körper wich.
„Sie arbeiten mit meinem Sohn zusammen? Wie schön, mal eine Kollegin von ihm kennen zu lernen. Mein Sohn hält mich ja aus seinem Arbeitsleben fern."
„Zusammen arbeiten ist zu viel gesagt. Ich bin seit einiger Zeit als Reporterin bei Adver&Tising tätig. Ich schreibe einen Artikel über das Arbeitsklima in diversen Firmen. Ihr Sohn ist dabei für mich besonders interessant. Über ihn wird es ein eigenes Kapitel geben."
„Ein eigenes Kapitel? Warum das denn?"
„Nun, er arbeitet seit 20 Jahren in der gleichen Abteilung. Im Keller. Er hatte nie Ambitionen aufzusteigen. Das finde ich sehr interessant."
Sie beobachtete Krassnitz genau, während sie sprach. War er gerade noch erleichtert, dass sie sich als Kollegin vorgestellt hatte und nicht als Reporterin, die ihm geholfen hatte, seinen Vater zu finden. So stellte sie ihn nur Sekunden später als Versager dar, der nicht in der Lage war eine Karriere zu starten. Sie wusste, sie begab sich auf ein gefährliches Minenfeld. Sie konnte sein Vertrauen verloren haben. Er konnte sich nun auch von ihr verraten fühlen. Nicht nur von seiner Mutter, die ihn jahrelang über seinen Vater belo-

gen hatte. Die ihm die Briefe seines Vaters vorenthalten hatte. Sie riskierte gerade sehr viel. Sie wusste auch nicht, wohin das führen würde. Sie hatte wieder einmal instinktiv gehandelt. Aber bisher hatte ihr Instinkt sie nie im Stich gelassen. Also vertraute sie auch diesmal darauf, richtig gehandelt zu haben.

„Ich weiß nicht, ob ich das gut finde. Ich sage zwar immer wieder zu meinem Sohn, er müsse sich mehr anstrengen. Aus ihm hätte schon viel mehr werden können. Aus irgendeinem Grund will er nicht. Aber muss das gleich die ganze Welt lesen?"

„Wenn ich ehrlich bin, weiß ich noch nicht genau, ob ich dieses Kapitel in die Tat umsetze. Wissen Sie, ich hatte gehofft, ihr Sohn würde mir erklären, warum er keine Karriere möchte. Die Leser wären sehr interessiert an seiner Geschichte. Es würde ihnen vielleicht helfen, Menschen in ihrer Umgebung, die auch keine Karriere machen wollen, zu verstehen. Sie sind nicht die Versager, die man gerne vorschnell in ihnen sieht. Sie haben gute Gründe dafür. Davon bin ich überzeugt. Aber ihr Sohn möchte mich nicht in seine Gründe einweihen. Er sagt lediglich, das sei privat. Er möchte nicht darüber reden. Dabei würde es ihm helfen, verstanden zu werden. Aber so weiß ich nicht, ob ich ihn überhaupt erwähne."

„Mutter, wir müssen jetzt los, wenn wir die Fähre noch erreichen wollen."

Krassnitz wollte offensichtlich raus aus der Schusslinie zwischen den beiden Frauen an seinem Tisch.

„Ja, Du hast Recht mein Sohn. Aber wir werden uns über den Artikel unterhalten müssen. Die Frau Brandt hat Recht. Die Leute würden Dich verstehen. *Ich* würde Dich endlich verstehen."

Somit stand das Mutter-Sohn-Gespann vom Tisch auf um eine Schifffahrt anzutreten.

Als die Mutter außer Hörweite war, ging Jo schnell zu Krassnitz und hielt im am Arm zurück.

„Ich hoffe, Sie sind mir nicht böse. Ich möchte Ihnen gerne später erklären, warum ich Ihrer Mutter von dem Artikel erzählt habe. Bitte geben Sie mir heute Abend die Gelegenheit Ihnen alles zu erklären. Ich bin auf Ihrer Seite."

Nicht überzeugt, aber doch neugierig willigte er einem spätern Treffen ein.

Jo hatte sich vieles überlegt, warum sie Krassnitz vor seiner Mutter bloßgestellt haben könnte und war zu keinem Ergebnis gekommen. Sie konnte sich nicht wieder auf ihren Instinkt verlassen. Eines Tages konnte das schief gehen. Sie brauchte einen Plan. Aber sie hatte keinen.

Wenn sie nur wüsste, was in diesem Mann vorging. Wie er reagieren würde auf ihre Erklärungen. Die eine oder andere. Egal, was sie überlegte, sie hatte nicht die geringste Vorstellung, wie er reagieren würde. Sie wollte ihn nicht als verbündeten verlieren. Sie brauchte seine Freundschaft.

Freundschaft mit einem Serienmörder!

Der Gedanke war so absurd, dass sie laut auflachte. Es war ein verzweifeltes Lachen. Sie begab sich auf ein sehr gefährliches Terrain mit dieser

Freundschaft. Aber sie wusste keine andere Möglichkeit. Nur so konnte sie ihn vielleicht überführen. Vielleicht. Wie stellte sie sich das eigentlich vor? Glaubte sie wirklich, er würde sie so sehr ins Vertrauen ziehen, dass er ihr all die Morde gestehen würde? Den Mord an ihrer Schwester gestehen würde? Das war doch lachhaft. Was war denn, wenn sie auf der falschen Spur war? Wenn er gar nicht der Mörder ihrer Schwester war? Wenn sie hier auf Ibiza wertvolle Zeit vertrödelte? Sie dem falschen Monster hinterher jagte und der Richtige noch in Hamburg war und schon sein nächstes Opfer aussuchte?

Aber was wäre, wenn er der richtige war und sie nicht alles versuchte?

Sie wusste es nicht. Sie wusste im Grunde nichts. Es waren nur schwache Indizien, die sie zu Krassnitz geführt hatten. Aber nun war sie hier und nun würde sie nichts unversucht lassen. Auch wenn es sie das Leben kosten würde. Das Risiko war sie bereit einzugehen. Für ihre Schwester.

Sie wusste sowieso nicht, wie ihr Leben in Zukunft aussehen würde. Sie war ganz alleine auf der Welt. Sie hatte keine Familie mehr. Alles, was ihr im Leben wichtig und lieb war, hatte man ihr genommen. Das Schicksal war gemein zu ihr gewesen. Sie hatte zurzeit keine Zukunft, die sie ans Leben klammern ließ. Nichts Wichtiges gab es mehr.

Bei diesen Gedanken klingelte ihr Handy. Axel rief an. Sie ließ es klingeln. Ihr war gerade nicht nach Reden zumute. Sie wollte jetzt keine Warnungen hören, sie solle auf sich aufpassen.

Ihr war jetzt nicht nach Vorwürfen unter seiner sorgenvollen Stimme.

Dennoch musste sie lächeln. Genau in dem Augenblick, als ihr das Leben so sinnlos vorkam, rief Axel an. Gab er ihr einen neuen Sinn? War er mehr, als nur eine Affäre, die ihr über den schmerzlichen Verlust half? Diese Frage hatte sie sich schon oft gestellt. Und auch hier wusste sie die Antwort nicht. Auch hier würde die Zeit die Antwort bringen. Zeit, die ihr eben noch egal war. Aber sie war nicht egal. Die Zeit, die Zukunft war nicht egal. Sie war neugierig auf die Zeit an Axels Seite und sie hatte seit dem Brief ihres Mentors Dr. Vellmar immer öfter an ihre frühere Arbeit gedacht. Die Begeisterung für ihren alten Beruf war zurückgekehrt. Sie wollte wieder mit Dr. Vellmar in Kontakt treten. Er wollte sie unter seien Fittiche nehmen, wie er es nannte. Und sie wollte das auch. Auch diese Zeit wollte sie haben. Sie wollte noch viel Zeit, noch viel Zukunft haben. Die trüben Gedanken vor wenigen Minuten waren nicht mehr, als nur eine kleine, dunkle Wolke die in der Neugier auf die Zukunft verschwand. Sie würde nicht zulassen, dass die Vergangenheit ihr die Zukunft raubte.

30

Was hatte das zu bedeuten? Waren wirklich alle Frauen böse? Hatte sie ihn genau so hintergangen, wie Frauen das nun mal taten? Er war verwirrt. Warum hatte sie ihn vor seiner Mutter bloßgestellt? Seine Mutter wollte natürlich alles wissen über diese Reporterin und warum er ihr noch nichts davon erzählt hatte. Es war ein ermüdendes Gespräch gewesen, in dessen Verlauf er kurz davor war, seiner Mutter an den Kopf zu werfen, dass sie Schuld war an seiner fehlenden Karriere. Das sie ihn davon abgehalten hatte, seine ganze Kraft in seinen Beruf zu investieren. Das sie ihm jegliche Kraft raubte. Tag für Tag.

Seine Mutter. Auch sie hatte ihn betrogen. Belogen. Sie hatte ihm nicht die Wahrheit erzählt über seinen Vater. Kein Wort darüber, das er wochenlang vor der Tür stand und um eine Klärung gebeten hatte. Darum gebeten hatte, seinen Sohn zu sehen. Kein Wort über die Briefe, die er seinem Sohn geschrieben hatte. Ob es diese Briefe noch gab? Er würde sie gerne lesen.

Sollte er sie danach fragen? Er würde es gerne. Aber auch hier fehlte ihm der Mut. Er wusste ja nicht einmal, ob die Geschichte seines Vaters stimmte. Vielleicht war es gar nicht so, wie sein Vater es der Reporterin erzählt hatte. Er hatte keine Beweise. Und ohne Beweise würde er seiner Mutter nicht in den Rücken fallen. So wie die Reporterin vorhin ihm. Er vertraute seiner Mutter. Er liebte seine Mutter. Sie war das einzig stabile in seinem Leben. Sein ganzer Halt seit Kindesbeinen. Sie hätte ihn auch damals in ein Heim geben können. Überfordert mit der Aufgabe, alleine einen Jungen groß zu ziehen. Immer wieder am Rande der Pleite zu jonglieren, um dieses Kind satt zu bekommen und einzukleiden. Aber das hatte sie nicht getan. Sie hatte es ihm immer wieder vorgeworfen, um ihm auf ihre Weise zu erklären, wie sehr sie ihn liebte und auch brauchte. Sie brauchten sich gegenseitig. Sie vertrauten sich. Warum sollte das jetzt aufhören. Nur weil sein Vater *seine* Geschichte erzählt hatte? Seine Geschichte musste nicht stimmen. Warum sollte seine Mutter ihm das antun?

Also sagte er ihr nichts von dem Gespräch mit der Reporterin. Er behielt es für sich, bis er Beweise hätte. Beweise für die Lügen seines Vaters. Er war sich nicht einmal mehr sicher, ob er seinen Vater überhaupt noch einmal wieder sehen wollte. Warum sollte er einem Lügner die Chance geben, ihn zu verwirren. Ihn mit seinen Lügen seiner Mutter zu entfremden. Er hatte sie beide schon genug verletzt, damit musste Schluss sein.

Er sah stumm auf das weite Meer und fühlte sich genau so hilflos wie damals, als kleiner Junge. Auch wenn er anfangs froh war, als er begriff, dass sein Vater nicht wieder kommen würde. Die Streitigkeiten hatten ein Ende. Das war seine Freude. Schuld an den Streitigkeiten war damals sein Vater. Sein Vater, der regelmäßig Frauenröcken hinterher sah, wie seine Mutter es ihm oft erzählte. Sie gab ihm nicht einmal die Schuld daran. Sie gab den Frauen die Schuld. Den Ludern, die auf der Jagd nach einem Mann, der in der Lage war, ihnen ein gutes Leben zu bieten, nicht davor scheuten, eine Familie zu zerstören.

Männer konnten sich dem oft nicht entziehen. Wenn sie nicht so gläubig und rein erzogen wurden, wie seine Mutter ihn erzog, dann konnten sie sich nicht dagegen wehren. Mit der Zeit aber, war die Enttäuschung, dass ihr Ehemann sich dagegen nicht wehrte, zu groß. Er war ein Ehemann und Familienvater. Er hatte Verpflichtungen, die über der Lust standen. Er hätte stark sein müssen. Für sie und für sein Kind. Aber das war er nicht. Und das warf sie ihm immer wieder vor. Tägliche Streitereien zerstörten den Familienfrieden. Und er war froh, als das vorbei war. Aber mit der Zeit schlich sich die Traurigkeit in seine Gefühlswelt. Er war traurig über den Verlust. Er hatte zu seinem Vater aufgesehen. Sie hatten so viel Freude zusammen. An Schönwettersonntagen auf dem Spielplatz. Wenn sie ein verbotenes Eis oder eine Zuckerwatte aßen. Das waren ihre Geheimnisse, die sie eng miteinander verbanden. Und all das war nichts Wert gewesen. Er hatte den Frauen nicht widerstehen können. Seine Gelüste waren ihm wichtiger, als sein Sohn. Oft hatte er sich leise in den Schlaf geweint, wenn die Verzweiflung zu groß wurde. Und diese Verzweiflung war nun zurückgekehrt. Dieses hilflose Gefühl seiner Kindheit.

Wäre er doch nur in Hamburg. Dort wartete eine Aufgabe auf ihn. Wie gerne würde er jetzt sein neuestes Opfer beschatten. Alles für das Ritual vorbereiten. Danach fühlte er sich stets stark. Mächtig. Nichts konnte ihm etwas anhaben. Er war unbesiegbar. Niemand konnte ihn dann verletzen. Das brauchte er jetzt. Er brauchte jetzt die Stärke seines Rituals. Die Hilflosigkeit würde sofort verschwinden. Aber er war hier gefangen. Auf dieser Sonneninsel, deren Sonne ihn nur blendete und verbrannte. In diesem Traumurlaub, der ein Albtraum war. Er musste hier weg. Am liebsten sofort.

Doch das ging nicht. Er war noch für Tage hier gefangen. Es sei denn, ihm fiel eine Ausrede ein. Vielleicht konnte er eine Krankheit vorgaukeln. Ja, das könnte er. Und dann würde er nach Hause fliegen. Vorzeitig. Seine Mutter würde er hier lassen. Sie sollte den Urlaub weiter genießen. Dann könnte er zuhause auf die Suche nach den angeblichen Briefen gehen. Er würde nichts finden und die Wahrheit würde Wahrheit bleiben.

Und wenn sie die Briefe vernichtet hatte? Dann würde er auch nichts finden und wäre noch ratloser. Aber er musste sie suchen. Wollte er sie finden? Wollte er, dass die Wahrheit eine andere war? Nein, das wollte er nicht. Die Hilflosigkeit seiner Kindheit brachte ihn dazu, seiner Mutter nicht mehr zu vertrauen. Dieses Gefühl brachte ihn völlig durcheinander. Damit musste Schluss sein. Er musste nach Hause. Er brauchte sein Ritual.

Er würde sich heute Abend noch die Erklärung der Reporterin anhören und dann eine Krankheit vortäuschen. Das konnte er schon als Kind sehr gut. Wenn es in der Schule mal wieder unerträglich wurde. Wenn seine Schulkameraden ihm für den nächsten Tag mal wieder etwas angedroht hatten. *„Morgen hast Du Geld für uns dabei."* Oder *„Morgen wirst du tauchen lernen."* Dann entging er diesen Grausamkeiten mit einer angeblichen Krankheit. Für mehrere Tage konnte er seiner Mutter vorspielen, wie krank und fiebrig er doch war. Sie kochte ihm dann Hühnersuppe und manchmal, wenn er sich sehr anstrengte, dann schenkte sie ihm sogar ein neues Malbuch oder ein Comic um seine kranke Seele zu streicheln. Wenn er dann nach ein paar Tagen wieder in die Schule kam, dann hatten seine Kameraden ihre Drohungen vergessen oder sich ein neues Opfer gesucht. So entging er in seiner Kindheit erfolgreich den Qualen seiner Schulzeit. Und genau so würde er jetzt den Qualen seiner Erinnerungen entkommen.

31

Seit zwei Stunden saß Jo wartend im Empfangsbereich des Hotels, als sich ein verschwitzter und geröteter Krassnitz zu ihr setzte.

„Geht es Ihnen nicht gut?"

„Ich fürchte, ich brüte etwas aus. Ich werde wohl morgen abreisen, wenn es nicht besser wird."

„Das tut mir leid. Kann ich irgendwas für Sie tun?"

„Würden Sie mich begleiten?"

„Was ist denn mit Ihrer Mutter?"

„Ich möchte ihr den Urlaub nicht verderben. Aber sie würde mich ohne Begleitung nicht abreisen lassen. Sie würden mir sehr helfen, wenn Sie mich begleiten. Sie sind ja sowieso meinetwegen hier. Sie hätten also keinen Grund mehr, zu bleiben."

Damit hatte sie nicht gerechnet. Er war doch schlauer, als sie dachte. Er täuschte vermutlich diese Krankheit vor oder hatte irgendetwas genommen um krank zu werden, um sie von seiner Mutter fern zu halten. Er opferte seinen Urlaub. Seinen ersten Urlaub, um sie fern zu halten. Hatte sie doch übertrieben, mit ihrem morgendlichen Gespräch?

„Natürlich begleite ich Sie, wenn das Ihr Wunsch ist. Wie Sie sagten, ich bin nur Ihretwegen hier. Können Sie denn ihre Mutter einfach so alleine lassen? Sie sagten, sie sei dement."

„Wie ich schon sagte, es ist eine leichte Form der Demenz. Sie hat keine Erinnerungslücken oder leidet an Orientierungslosigkeit. Sie spricht nur manchmal etwas langsamer, aber sonst ist mit ihr alles in Ordnung."

„Dann begleite ich Sie gerne."

„Danke, das ist sehr nett von Ihnen. Und nun zu Ihrer Erklärung. Warum haben Sie das heute Morgen zu meiner Mutter gesagt?"

„Ich muss mich bei Ihnen entschuldigen. Ich konnte Ihrer Mutter ja nicht sagen, dass ich mit Ihnen zusammen auf der Suche nach Ihrem Vater bin. Also habe ich ihr von meiner Arbeit in Ihrer Firma erzählt. Das schien mir am unverfänglichsten. Und dass ich dann von dem Artikel über Sie erzählt habe, das war gar nicht geplant. Ich bin einfach so interessiert an Ihrer Geschichte, da sind die journalistischen Pferde mit mir durchgegangen. Ich hätte erst gar nicht zu ihrem Tisch gehen dürfen. Aber ich hatte mich so gefreut, Sie zu entdecken, dass ich gar nicht nachgedacht habe. Man findet nicht oft jemanden, der einen versteht. Mit dem man sein Trauma aus der Kindheit teilt. Es tut mir wirklich leid."

Für diese Erklärung hatte sie sich nach langem Überlegen entschieden und nun hoffte sie, er würde ihr glauben.

„Ja, Sie hätten sich fern halten müssen. Ich dachte, mein Geheimnis wäre bei Ihnen sicher."

„Hatte Ihre Mutter viel Fragen? Kann ich bei den Antworten vielleicht helfen?"

„Nein. Sie haben schon genug geholfen."

„Sie sind immer noch böse mit mir."

Sie betet innerlich, er möge ihr verzeihen. Sie brauchte sein Vertrauen. Sie hatte es schon einmal verloren geglaubt und dann hatte es sich gefestigt. Das musste ihr wieder gelingen.

Denk nach!
„Wie kann ich Ihnen beweisen, dass ich auf Ihrer Seite bin. Das Sie mir vertrauen können?"
„Wenn Sie mich morgen begleiten, dann ist das schon mal der erste Schritt."
„Natürlich begleite ich Sie."
In diesem Augenblick kam seine Mutter mit wütendem Gesichtsausdruck und für ihr hohes Alter schnellen Schrittes auf die beiden zu.
„Was machst Du hier? Du bist krank!"
Bei dem Anblick, seiner aufgebrachten Mutter schwitzte Krassnitz noch mehr und Jo ergriff die Möglichkeit, sein Vertrauen zurück zu gewinnen.
„Oh, das ist meine Schuld. Ich habe Ihren Sohn an der Rezeption getroffen, wo er nach einer Apotheke fragte und habe ihn in ein Gespräch verwickelt. Es tut mir leid, wenn ich ihn zu lange aufgehalten habe. Ich wollte mich gerade auf den Weg zu einer Apotheke machen, um das Grippemittel zu besorgen. Ihr Sohn muss in seinem Zustand nicht selber losgehen. Er gehört ins Bett."
„Da haben Sie Recht. Genau da gehört er jetzt hin, damit ich ihn schnell wieder gesund kriege und wir noch ein wenig den Urlaub genießen können."
Sprachlos sah Krassnitz von einer Frau zur anderen. Ihm war die Situation offensichtlich unangenehm und er wusste nicht, wie er damit umgehen sollte. Wie ein kleiner Junge, der seiner Mutter niemals Widerworte gab, beobachtete er schwitzend das Geschehen.

„Ich glaube nicht, dass Ihr Sohn den Urlaub weiter fortsetzen kann. Er gehört nach Hamburg in eine Klinik. Es ist ernster, als Sie glauben."

„Woher wollen Sie das denn wissen?"

„Ich habe vor meiner Arbeit als Journalistin Medizin studiert. Ich bin zugelassene Ärztin."

„Aber Sie sind in dem Beruf nicht mehr tätig. So erfolgreich können Sie ja nicht gewesen sein."

„Da täuschen Sie sich. Das ich den Beruf gewechselt habe, liegt nicht an meiner Qualifikation. Doch das ist jetzt nicht wichtig. Wichtig ist, dass wir Ihren Sohn so schnell wie möglich in ein Krankenhaus bringen. Ich werde morgen mit Ihm diese Insel verlassen. Sie müssen sich keine Sorgen machen und können den Urlaub weiter genießen. Ich kümmere mich um ihn."

Das hatte seine Wirkung nicht verfehlt. Sprachlos stand seine Mutter vor ihnen und sah ihren Sohn an. Doch er sah zu Jo. War da Bewunderung in seinen Augen? Dann wäre sie ihrem Ziel, sein Vertrauen zurück zu gewinnen, wieder näher gekommen. Dann lächelte er sie an und sah fast provozierend zu seiner Mutter.

„Du siehst, die Entscheidung ist gefallen. Du bleibst hier und ich reise morgen mit meiner Ärztin nach Hamburg."

„Nun, wenn das Dein Wunsch ist."

Geschlagen aber immer noch vor Wut kochend drehte Hannelore Krassnitz sich um und verließ das Schauspiel.

Außer Sichtweite geschah etwas, womit Jo niemals gerechnet hätte. Krassnitz lachte lauthals los. Sein Körper schüttelte sich unter seinem Anfall und Jo konnte nicht anders, als mit einzustimmen in das fröhliche Gelächter. Tränen liefen bald beiden über die Wangen in der ausgelassenen Stimmung.

„Das war interessant."

„Ich hoffe, meine Lüge kommt nicht heraus. Ich bin ganz gewiss keine Ärztin."

„Wie sollte das heraus kommen. Meine Mutter geht nicht ins Internet. Sie verteufelt das moderne Leben. Also wird sie es nie erfahren."

„Dann sollten wir jetzt den Flug buchen und die Koffer packen."

32

Er hatte es tatsächlich geschafft. Mit der Hilfe der Reporterin, die eine erstaunlich gute Lügnerin war, hatte er es geschafft, ohne seine Mutter nach Hause zu fliegen. Sie log wirklich sehr gut. Seine Mutter hatte sofort geglaubt, dass sie eine Ärztin war. Wann log sie noch? Konnte er ihr überhaupt vertrauen, wenn sie eine so gute Lügnerin war? Bisher gab es keine Beweise für eine Lüge. Alles was er im Internet über sie gelesen hatte, stimmte mit dem überein, was sie ihm erzählte. Vielleicht sollte er dort tiefer graben? Er hatte sich nur kurz über diese Reporterin informiert, die sein Schicksal teilte. Als er über das Internet genau das erfuhr, was sie ihm erzählt hatte, war er zufrieden gewesen. Er wollte, dass sie genau das war, wofür sie sich ausgab. Aber was sollte sie sonst sein? Wenn er genau darüber nachdachte, dann war es schon ein komischer Zufall, dass sie genau in dem Moment auftauchte, als auch die Polizei in der Firma war. Hatten die sie eventuell geschickt? Hatte sie den Auftrag, als Reporterin tiefer in die Firma einzudringen, als die Polizei es könnte? Und woher das Interesse an ihm? War das auch nur Zufall? Glaubte er an Zufälle? Nein. Er hatte viel zu viel über Kriminalfälle gelesen, um nicht daran zu glauben. Irgendwas stimmte hier nicht. Und das würde er herausfinden. Doch nicht gleich. Jetzt wollte er erstmal die Wohnung in Ruhe durchsuchen. Die Briefe seines Vaters suchen. Vorher könnte er sich sowieso auf nichts anderes konzentrieren. Die Briefe waren wichtiger.

Er suchte bereits seit drei Stunden vergeblich. Es gab keine Briefe. Oder seine Mutter hatte sie vernichtet. Würde er die Wahrheit jemals erfahren? Er musste logisch vorgehen. Seine Blicke kreisten durch das Zimmer seiner Mutter. Gab es hier vielleicht irgendwo ein Geheimversteck? Irgendeine Nische, die er nicht kannte, die nicht zu sehen war? Aber wie sollte er sie finden, wenn sie nicht zu sehen war?

Ihm fiel sein eigener Schreibtisch ein. Er hatte ihn vor ein paar Jahren auf dem Flohmarkt für viel Geld erstanden. Er war sehr teuer, aber der doppelte Boden in der linken Schublade war jeden Cent wert. Hatte seine Mutter auch einen doppelten Boden in dem sie Geheimnisse vor ihm bewahrte?

Mit einem Lineal tauchte er in jede Schublade. Sollte es einen doppelten Boden geben, so musste einer Schublade flacher sein, als die anderen.

Und da war sie. Er hatte eine Schublade gefunden, deren Stauraum flacher war.

Vorsichtig nahm er die Unterwäsche seiner Mutter aus der Schublade. Noch vor wenigen Minuten hätte er sich nicht im Traum vorstellen können, die Unterwäsche seiner Mutter zu berühren. Ihre Unterwäsche war eines der vielen Verbote in dieser Familie. Er durfte sie nicht einmal ansehen, wenn sie an der Leine zum Trocknen hing. Geschweige denn aufhängen oder abnehmen. Das hätte den Gürtel zur Folge gehabt. Sie würde ihn hart bestrafen, wenn sie ihn so sehen könnte. Seine Hände auf ihrer Unterwäsche. Sanft strich er über den seidigen, kalten

Stoff. Wie mochte es sich anfühlen, wenn sie die Wäsche trug? Wenn ihr Körper den Stoff wärmte. Und wie würde es sein, wenn Blut die zarten Farben tränkte und die Wäsche unter seinen Fingern wieder erkaltete?

Erschrocken über diese Gedanken nahm er rasch die Hände von der Wäsche und tastete den Boden der Schublade ab. Als er am hinteren Ende des Bodens den Druck erhöhte, hob sich der Boden vorne an und er konnte ihn heraus nehmen. Der Anblick, der sich ihm bot, verschlug ihm den Atem. Dort lagen unzählige Briefe. Ungeöffnet und an ihn adressiert. Sein Vater hatte die Wahrheit gesagt.

Mit zitternden Händen nahm er die Briefe aus der Schublade. Er ging in sein Zimmer und setzte sich an seinen Schreibtisch. Mit Tränen in den Augen zählte er die Briefe. Es waren dreiunddreißig Briefe. Die ersten waren geöffnet. Sie hatte sie gelesen und dann das Interesse verloren. Warum hatte sie die Briefe aufbewahrt? Sie hätte doch damit rechnen können, dass er es eines Tages herausfand. Oder war sie sich wirklich so sicher, dass er ihre Privatsphäre auf ewig respektieren würde? Sie konnte sich sicher sein. Ohne die Reporterin wäre er nie auf die Idee gekommen, nach diesen Briefen zu suchen. Ohne die Reporterin hätte er nie von deren Existenz erfahren. Und nun begann er an ihr zu zweifeln? Sie war doch die einzige, die ihm geholfen hatte. Ihr verdankte er die Wahrheit. Die Wahrheit über seine Mutter. Die Wahrheit über seinen Vater. Die Wahrheit über sein Leben. Es gab keinen Grund ihr nicht zu vertrauen.

Am liebsten würde er sie anrufen. Er brauchte jemanden, mit dem er reden konnte. Die Gedanken rasten durch seinen Kopf. Was sollte er tun? Wie sollte er damit umgehen, dass seine Mutter ihn sein ganzes Leben lang belogen hatte. Belogen über seinen Vater. Der Hass auf seinen Vater. Der Hass auf schöne Frauen. Das verdankte er seiner Mutter und nun war es nicht wahr? Alles eine Lüge?

Verwirrt ging er in seinem Zimmer auf und ab. Er konnte diese neuen Gefühle nicht deuten. Er kannte Hass, er kannte Wut, er kannte Enttäuschungen, er kannte die Peinlichkeit des Versagens, er kannte den Stolz auf seine Taten, aber das hier kannte er nicht.

Seine Taten. Es wurde langsam dunkel. Er musste raus. Raus auf die Straße. Er musste mit dem Bus fahren und sein neues Opfer aufsuchen. Das würde ihn beruhigen. Die Stille des Beschattens würde ihn ruhiger werden lassen. Seinen Puls wieder normalisieren. Dann könnte er in Ruhe über alles nachdenken. Dann könnte er die Briefe lesen.

Er musste raus.

33

Nachdem Jo und Krassnitz sich am Hamburger Flughafen verabschiedeten, hörte Jo eine verstörende Nachricht auf ihrer Mailbox. Es war eine neue Leiche aufgetaucht. Am Elbstrand. Sie wurde gestern Morgen gefunden. Sie war erst seit zwei Tagen tot. Sie wurde getötet, während Krassnitz auf Ibiza war. Er konnte nicht der Mörder sein. Jo war erschüttert. War alles umsonst gewesen? Hatte sie wertvolle Zeit mit der Jagd nach dem Falschen verschwendet? Wie konnte ihr das passieren?

Sie war zu eng verbunden mit einem der Opfer. Mit ihrer Schwester. Das hatte ihre Objektivität getrübt. Sie war so wild darauf gewesen, endlich Antworten zu finden, das Monster zu fangen, dass sie sich auf den erstbesten, möglichen Täter gestürzt hatte. Sie war jahrelang als Gerichtsreporterin auf der Jagd nach Mördern gewesen. Sie hatte dabei nie den Blick für die mögliche Unschuld des Verdächtigen verloren. Sie war immer neutral mit dem Für und Wider umgegangen. Nie hätte sie damals geglaubt, sie könnte anders damit umgehen. Sie war professionell. Aber damals war sie auch nicht persönlich betroffen. Alles änderte sich, wenn man persönlich betroffen war. Der Abstand zum Geschehen wurde von Tag zu Tag weniger. Bis man einem unschuldigen Mann hinterher jagte, der nicht das Geringste damit zu tun hatte. So landeten unschuldige Menschen im Gefängnis. Und sie hätte Krassnitz gerne ins Gefängnis gesteckt. Um jeden Preis. Vielleicht hätte sie sogar Beweise manipuliert um ans Ziel zu kommen. Um endlich mit dieser grausamen Geschichte abschließen zu können. Um endlich Frieden zu finden. Um endlich wieder zu leben.

Dieses grausame Schicksal wurde ihr jetzt erspart. Wurde ihnen beiden erspart. Krassnitz und ihr.

Aber nun würde alles von vorne beginnen. Sie würde noch mal alle Beweise durchsehen müssen. Die verstörenden Bilder ihrer toten Schwester und all der anderen Frauen. Sie mussten alles neu betrachten. Ohne Krassnitz.

Es gab keine Spuren. Der Mörder hatte nichts hinterlassen, was ihn eines Tages überführen könnte. Wenn sie denn jemals einen Verdächtigen finden würden. Bisher deutete nichts auf einen anderen außer Krassnitz und dieser kam nun nicht mehr infrage. Vielleicht würden sie den Täter nie finden. Vielleicht würde sie nie erfahren, wer ihrer Schwester das angetan hatte und warum.

Daran durfte sie nicht denken. Eines Tages würde er einen Fehler machen. Das machten sie alle. Bis auf ein paar Ausnahmen. Aber diese Ausnahmen waren fast alle aus der Zeit, als die Forensik noch nicht so fortgeschritten war. Heut war es kaum möglich der Justiz zu entkommen.

Wir finden dich!

Jo und Axel standen dicht nebeneinander vor den neuen Tatortfotos. Sie konnte es immer noch nicht glauben. Die Enttäuschung war ihr von den Augen abzulesen.

„Ich bin genau so enttäuscht wie Du. Krassnitz war der perfekte Täter. Aber wir haben uns geirrt."

„Ich weiß, auch wenn es schwer fällt."

„Aber es gibt einen Lichtschein am Horizont. Dieses Mal hat der Täter eine Spur hinterlassen. Ein Haar. Die DNS-Analyse läuft. Wir werden ihn finden."

Neue Hoffnung flammte in Jo auf. Vielleicht waren sie doch auf der richtigen Spur. Der Täter hatte bisher einen klinischen Tatort hinterlassen und plötzlich sollte ein Haar zu ihm führen? Das passte so ganz und gar nicht ins Bild. Das war ein anderer Täter. Jemand, der unter dem Deckmantel des Serienmörders einen Mord beging. Er wäre nicht der erste, der es versuchte. Dann wäre der Weg zu Krassnitz wieder frei. Sie könnte weiter machen. Sie hätte sich nicht geirrt.

„Dann war es vielleicht ein Trittbrettfahrer?"

„Ich weiß, dass Du Dir das wünscht. Aber vielleicht war der Täter auch einfach nur unvorsichtig. Hat einen Fehler gemacht. Irgendwann machen sie alle Fehler."

„Ja, vielleicht."

Jo sah sich die Bilder genauer an. Sie war auf der Suche nach Unterschieden. Es musste Abweichungen geben, die ihre Theorie bestätigten. Das war nicht Krassnitz.

War sie schon wieder zu engstirnig? Verfiel sie jetzt wieder in das alte Muster, sich an Krassnitz festzubeißen? War sie nicht mehr objektiv?

Ich kann mich nicht geirrt haben.

„Wir müssen etwas finden, was nicht in den Medien veröffentlicht wurde und auf diesem Opfer fehlt."

„Und wenn wir das nicht finden? Wenn wir sogar etwas finden, was nicht veröffentlicht wurde und nur der Täter weiß"

„Dann ist Krassnitz nicht der Serienmörder."

Noch bevor diese Worte ihre Wirkung in Jo entfalten konnten, klingelte ihr Handy.

Das Display zeigte ihr, es war Krassnitz der anrief. Sofort klopfte ihr Herz schneller. Wie sollte sie nun auf ihn reagieren? Würde sie weiterhin ihr Interesse an ihm aufrecht halten können, wenn sich herausstellte, dass er nicht der Mörder war, für den sie ihn hielt? Musste sie das überhaupt noch? Sie hatte ihren Job erledigt und eine Zusammenführung zwischen ihm und seinem Vater ermöglicht. Damit konnte sie sich langsam aber sicher von ihm verabschieden. Auch die Recherche in seiner Firma konnte sie einstellen. Der Auftrag war zurückgezogen worden. Das wäre nicht das erste Mal, dass eine Zeitschrift aufgrund mangelnden Interesses oder wichtigerer, aktueller Berichte eine Recherche stoppte. Sie würde sich aus seinem Leben verabschieden. Sobald feststand, dass er unschuldig war, würde sie gehen. Doch bis dahin blieb sie an ihm dran. Es war schließlich noch nicht sicher, dass er unschuldig war.

„Brandt"

„Hallo Frau Brandt. Hier ist Anton Krassnitz. Haben Sie ein paar Minuten für mich?"

„Natürlich. Was kann ich für Sie tun?"

„Ich habe die Briefe gefunden."

„Die Briefe Ihres Vaters?"

„Ja. Ich weiß jetzt nicht, was ich machen soll."

„Haben Sie sie gelesen?"

„Nein, noch nicht."

„Wollen Sie sie lesen?"

„Könnten Sie das für mich tun? Ich weiß, das ist viel verlangt. Ich belästige Sie nun schon genug mit meiner Geschichte."

„Sie belästigen mich nicht. Sie wissen doch, dass ich sie gut verstehen kann. Ich kann auch verstehen, dass die Briefe erstmal ein großer Schock für Sie sind. Ich helfe Ihnen gerne."

„Sie würden die Briefe also für mich lesen?"

„Natürlich. Soll ich sofort zu Ihnen kommen?"

„Ich bin noch unterwegs. Ich musste den Kopf frei kriegen, aber das hat nicht funktioniert. Ich wäre in einer halben Stunde zuhause."

„Gut, dann in einer halben Stunde bei Ihnen."

Jo beendete das Gespräch und starrte auf das dunkler werdende Display ihres Handys.

Er hatte tatsächlich die Briefe seines Vaters gefunden. Das war sicherlich ein Schock für ihn. Seine Mutter hatte ihn sein ganzes Leben lang belogen und der Beweis dafür lag nun in seinen Händen. Wie würde er damit umgehen? Das hing vermutlich daran, was er war. Wenn er der Serienmörder war, den sie immer noch in ihm zu finden hoffte, dann würde das ein erneuter Auslöser für ihn sein. Es würde noch mehr Opfer geben. Selbst wenn er es nicht vorhatte. Wenn er nach der vergangenen Serie aufhören wollte. Nun würde er weiter machen. Eine neue Serie beginnen.

Und wenn er nicht der gesuchte Serienmörder war?

Sie erinnerte sich an die Geräusche im Hintergrund. Sie hatte das typische Pfeifen sich öffnender Bustüren gehört. Er saß im Bus, während sie telefonierten. War er schon auf der Jagd nach seinem nächsten Opfer? Konnte er keine finden und hat deshalb Jo angerufen? Sollte sie sein nächstes Opfer werden?

Axel bestätigte ihre Gedanken.

„Du willst doch jetzt nicht wirklich zu Krassnitz gehen?"

„Glaubst Du, es ist zu gefährlich?"

„Allerdings."

„Obwohl Du ihn nicht mehr für den Täter hältst?"

„Noch können wir das nicht mit Gewissheit ausschließen."

„Und wenn er nicht der Täter ist? Dann kann ich nach diesem letzten Gefallen endlich mit dem Kapitel Krassnitz abschließen und mich auf die weitere Suche konzentrieren. Es wird dann der letzte Gefallen sein, den ich ihm erweise und ab morgen ist das Kapitel dann beendet."

„Ich weiß, ich kann Dich nicht davon abhalten. Also werde ich Dich begleiten. Ich werde vor dem Haus im Auto auf Dich aufpassen, während Du ein Mikro trägst. So kann ich alles mithören und sofort eingreifen, wenn es gefährlich wird."

„Ich wünsche mir fast, dass es gefährlich wird. Dann könnten wir ihn auf frischer Tat ertappen und der Albtraum wäre endlich vorbei."

Der Albtraum war nicht vorbei.

Sie hatte die Briefe gelesen und lange mit Krassnitz geredet. Nichts war passiert. Er hatte nicht versucht, ihr ein mit Chloroform getränktes Tuch auf den Mund zu pressen. Er hatte nicht versucht, sie zu überwältigen. Er kam ihr nicht näher, als die Tischplatte zwischen ihnen es zuließ. Er war harmlos. Verzweifelt und harmlos.

Die Verzweiflung stand ihm den ganzen Abend ins Gesicht geschrieben. Er würde heute Nacht sicherlich auch keinen Schlaf finden.

Sie lag nun schon seit Stunden wach in Axels Armen. Hörte dem Rhythmus seiner Atmung zu und konnte keinen Schlaf finden. Die Gedanken galoppierten wild und unsortiert durch ihren Kopf.

Das Bild ihrer toten Schwester. Die hilflosen Briefe eines liebevollen Vaters. Das morbide Gruppenbild der fünf Frauen. Und immer wieder der verzweifelte Krassnitz.

Wäre er nicht verdächtig, ihre Schwester und all die anderen armen Frauen getötet zu haben, sie hätte Mitleid mit ihm.

Er war eine arme, gequälte Seele. In seinem glücklosen Leben zu einem Serienmörder geworden, brach nun seine ganze Welt zusammen. Alles woran er geglaubt hatte war eine Lüge.

Wenn er denn der Serienmörder war, für den Jo ihn hielt. Sie zweifelte immer noch nicht daran. Trotz der neuen Ereignisse blieb immer noch ein letzter Glaube an seine Schuld zurück. Und so konnte sie kein Mitleid mit ihm empfinden. Das durfte sie nicht. Er hatte es nicht verdient.

34

Er legte den letzten Brief beiseite. Er hatte sie alle gelesen. Liebevolle Briefe seines Vaters. Wie sehr er es bedauerte, nicht mehr an seinem Leben teil zu haben. Wie sehr er ihn vermisste. Wie sehr er ihn liebte. Wie gerne er ihn zu sich holen würde.

Tränen flossen seit Stunden immer wieder über seine Wangen. Tränen der Verzweiflung, weil er um so vieles beraubt war. Tränen der Wut, weil sein ganzes Leben eine Lüge war.

Die Hilflosigkeit seiner Kindheit kehrte zurück. Die Gefühle des hoffnungslosen Wartens. Warten auf seinen Vater der nicht zurückkam. Auf einen Vater, der ihn nicht mit sich nahm. Mit zu seiner neuen Familie. Dort wäre alles anders verlaufen. Er sah die Schönwettersonntage auf dem Spielplatz, Spieleabende, Urlaube in entspannter Atmosphäre. Er sah ein liebevolles Zuhause.

Keine sonntäglichen Bibelstunden. Kein sonntäglicher Gürtel. Keine kalte Liebe, sondern Wärme.

Kein Hass auf schöne Frauen. Keine Sucht nach ihrer Bestrafung.

Nur noch eine Bestrafung ging ihm nicht aus dem Kopf. Sie war neu. Sie war bisher undenkbar gewesen. Doch jetzt, nach all diesen Entdeckungen, war sie das Einzige, was ihn beschäftigte. Die einzig mögliche Gerechtigkeit.

Die Bestrafung seiner Mutter.

Danach würde er Frieden finden. Es würde endlich Ruhe einkehren in sein zerstörtes Leben.

Doch wie sollte er das anstellen? Er hatte bisher keine Spuren hinterlassen und das würde ihm auch bei seiner Mutter gelingen. Die einzige Spur wäre sie. Ihre Verbindung zu ihm, wäre die einzige Gefahr entdeckt zu werden. Wie sollte er das verhindern?

Er wollte ein neues Leben beginnen. Mit seinem Vater und seiner neuen Familie ein neues, zufriedenes Leben beginnen. Dazu musste er unentdeckt bleiben.

Sie musste anders geopfert werden, um ihn zu befreien. An ihr durfte er nicht das Ritual vollführen. Auch wenn er sie gerne leiden lassen würde. Sie genau so quälen wollte, wie sie ihn. Die Qualen, die er jetzt empfand, sollte sie spüren. Doch das durfte er nicht. Es musste kurz und schmerzlos geschehen. Wie ein Unfall.

Dann kam ihm ein neuer Gedanke.

Waren ihre Qualen nicht viel größer, wenn er sie einfach verlassen und ihrem Schicksal überlassen würde. Ihrem, von der Demenz vorprogrammierten Schicksal. Einsam und alleine würde er sie zurück lassen und sich an ihren Qualen weiden. Qualen, die keine Klinge brauchten.

Er lächelte leise vor sich hin, bei der Vorstellung, wie sie einsam zurück blieb.

Heute war es schon zu spät, seinen Vater anzurufen. Aber morgen würde er als erstes den Kontakt zu ihm aufnehmen. Endlich wieder seinem Vater begegnen. Und er würde sich eine eigene Wohnung nehmen. Eine kleine, gemütliche Wohnung.

Er dachte an sein neuestes Opfer. An die Frau, die er vor seinem Urlaub ausgesucht hatte.

Sie verdankte seiner Mutter ihr Leben. Ohne seine Erkenntnis über den Betrug, wären ihre Tage gezählt gewesen. Wenn sie wüsste, wie nah sie dem Tod war. Aber das wusste sie nicht. Sie würde nie erfahren, wie es sich anfühlte, auf einem Tisch angebunden zu sein. Ihm ausgeliefert. Ihm und seiner Klinge. Ihre Panik in den Augen würde er nun nicht mehr erleben.

Das machte ihn traurig. Er bedauerte es, nun nicht mehr als Retter glücklicher Familien auftreten zu können. Er war so perfekt darin. Es erfüllte ihn jedes Mal mit Stolz, wie er die Evas dieser Erde vernichtete ohne auch nur eine Spur zu hinterlassen. Doch das musste aufhören. So schwer es ihm auch fiel. Er würde in Zukunft einen anderen Weg finden müssen, sein Herz mit Stolz zu füllen.

Die Rache musste aus seinem Leben verschwinden. Auch wenn er zu gerne Rache nehmen würde. Rache an seiner Mutter. Rache an all den Frauen, die ihren Kindern das Leben zur Hölle machten. Er könnte so viele Kinder retten. Sie aus ihrem grausamen Alltag befreien. Er hätte sich als Kind so einen Retter gewünscht. Auch wenn es ihm damals nicht bewusst war. Er kannte kein anderes Leben. Er hatte keine Freunde, deren Leben anders verliefen. Die ihm den Spiegel vor Augen hätten halten können. Das Leben bestand aus Regeln. Es gab viele Regeln. Sie waren streng, aber wertvoll. Aus ihm sollte ein ehrbarer, gläubiger Mann werden. Ein Mann der die Werte der Ehe kannte und schätzte. Ein Mann, der zu seiner Familie hielt. Ein Mann der treu und gut war.

Und was war aus ihm geworden?
Eine einsame Seele. Vom Leben betrogen. Ein Mörder.

Ja, er war ein Mörder. Er gestand es sich zum ersten Mal ein. Nicht der Rächer zerstörter Familien. Nicht der Held, der die Welt von den Flittchen befreite. Nein, er war ein Mörder. Und er hatte es genossen. Das Kribbeln, wenn das Leben aus ihnen glitt. Das Gefühl der Macht. Das Gefühl, schlauer zu sein, als die Polizei.

Konnte er wirklich damit aufhören? War er nicht inzwischen süchtig nach diesem Machtgefühl? Würde es ihm wirklich genügen, seine Mutter zu verlassen und zu wissen, sie wäre ganz alleine, wenn ihr Gehirn langsam seinen Dienst versagte?

Nein, das würde ihm nicht genügen. Er musste sich eingestehen, dass er das Machtgefühl brauchte. Er würde nicht aufhören können. Niemals.

Er durfte nicht aufhören. Es war noch viel zu tun. Es gab noch viele Frauen da draußen, die nicht Wert waren auf dieser Erde zu wandeln. Die gestoppt werden mussten. Sie waren viel böser, als er es jemals sein konnte. Sie waren der Schrecken der Menschheit. Sie durften nicht mehr ihre Kinder quälen. Er musste die Kinder beschützen.

35

Während Axel Frank Minster befragte, suchte Jo nach Unterschieden. Sie verglich alles miteinander, in der Hoffnung, eine Spur zu finden, die Krassnitz entlasten würde. Für diesen, aktuellen Mord entlasten würde. Sie konnte nicht anders. Er musste der Serienmörder sein. Es passte einfach alles zu perfekt. Ihr Instinkt schrie sie immer wieder an.

Er ist es!

Rein optisch passte Elvira Schieber ins Muster. Sie war auch eine schöne Frau mit langen, schwarzen Haaren. Dem konnte man aber nicht so viel Bedeutung beimessen. Schön mit langen Haaren war nun wirklich nicht als eindeutiges Schema zu betrachten.

Die Todesursache hingegen war da schon eindeutiger. Auch Elvira wurde mit einem einzelnen Stich ins Herz getötet. In den Medien wurde zwar die Todesursache, das Erstechen, veröffentlicht. Aber niemals das Detail, dass ein einziger Stich ins Herz den Tod brachte. War das Zufall? Irrte sie sich doch? Gab es Zufälle?

Nein. Bei Elvira fehlten die Schnittwunden. Die Teile einer Karte auf ihrem Körper in blutigen Linien. Das war ein unübersehbarer Unterschied. Und das war auch ein Detail, das nie veröffentlicht wurde. Hier war der Mörder in die Falle getappt. In die Falle, nicht alles Wissenswerte aus den Medien zu erfahren. Hier war ein Nachahmungstäter am Werk. So musste es sein.

Und dann war da noch das Haar. Der erste Fehler. Krassnitz hatte diesen Fehler nie begangen. Er hatte keinerlei Spuren auf den Frauen hinterlassen, die eines Tages zu ihm führen konnten. Er war schlau. Und sie musste jetzt beweisen, dass sie schlauer war. Sie musste unbedingt einen Hinweis finden, dass dieser Mord nicht von Krassnitz begangen wurde und er damit weiterhin als Verdächtiger in den Ermittlungen blieb. Sie weiter an ihm dran bleiben konnte, bis er dann doch den ersten Fehler beging.

Und dann würde sie da sein. Sie würde da sein, wenn er verhaftet würde. Sie würde endlich erfahren, warum er ihre Schwester getötet hatte. Was ihn dazu bewog. Sie würde ihn interviewen. Immer wieder, bis er all ihre Fragen beantwortete.

Auch wenn sie die Antwort schon kannte. Er war, wie viele Serienmörder, aus einer lieblosen Kindheit gewachsener Psychopath. Eine dominante, strenge Mutter hatte ihn dazu geformt.

Der Hauch von Mitleid der vergangenen Nacht schlich sich wieder in ihre Gefühle. Doch sie durfte und wollte kein Mitleid empfinden. Es ging hier um den Mörder ihrer Schwester. Hier war eine objektive Betrachtung mit Mitgefühl nicht angebracht. Sie empfand abgrundtiefen Hass. Manchmal ging dieser Hass so tief, dass sie sich die Todesstrafe nach Deutschland zurück sehnte. Sie würde selber den Schalter drücken, der den todbringenden Strom der Gerechtigkeit durch seinen Körper jagen würde.

Doch das war Wunschdenken. Sie konnte in diesem Land nur darauf hoffen, dass er lebenslänglich hinter Gitter kam mit anschließender Sicherungsverwahrung, damit er nie wieder einen einzigen Schritt in die Freiheit gehen konnte. Das durfte nicht geschehen. Er würde nicht aufhören, Frauen zu töten. Psychopathische Serienmörder waren wie Drogensüchtige. Nur war ihre Droge das Leben anderer Menschen. Es ihnen zu nehmen, war ihr Lebenselixier.

Die Tür öffnete sich und Axel betrat den Raum.

„Wie lief die Befragung? Hat er gestanden?"
Bitte sag ja.
„Nein. Kein Geständnis. Er hat sogar ein Alibi."
„Habt ihr das schon überprüft?"
„Ja. Freunde von ihm bestätigen, dass er zur Tatzeit bei ihnen war. Sie haben in der Wohnung eines Zeugen zusammen Fußball gesehen und Bier getrunken."
„Freunde sind nicht gerade verlässliche Zeugen. Es wäre nicht das erste Mal, dass sie aus falscher Gefälligkeit logen."
„Ich weiß, aber bisher steht das Alibi. Wir bleiben natürlich dran, um es eventuell zu entkräften. Aber bisher haben wir nichts in der Hand um eine gerichtliche DNS-Probe zu verlangen. Auch wenn das Haar schon analysiert wurde, können wir es nicht mit Frank Minster vergleichen."
„Also eine Sackgasse. Krassnitz kommt nicht als unser Serienmörder infrage."
Die Hoffnung, die Jo nach den fehlenden Schnitten auf Elvira verspürte, wich schlagartig aus ihrem Körper.

„Ich sehe an Deinem Blick, dass Du auch

nichts gefunden hast, was gegen den Serienmörder spricht?"

„Nein. Außer den fehlenden Schnitten und der einzelnen Stichwunde ins Herz habe ich nichts weiter entdeckt."

„Ich finde das trotzdem wichtig. Es sind zwei Unterschiede, die nicht veröffentlicht wurden. Ich würde Krassnitz noch nicht ausschließen. Er könnte immer noch unser Serienmörder sein und dieses hier die Tat eines Trittbrettfahrers."

„Ich bin auch nicht davon überzeugt, dass wir bisher auf der falschen Spur waren. Aber die Überzeugung alleine wird uns nicht weiter helfen."

„Und deswegen habe ich auch durchgesetzt, dass Krassnitz beschattet wird."

Dankbar lächelte sie ihn an.

Sie glaubte bis eben noch, sie wäre die einzige, die an Krassnitz fest hielt. Aber sie war nicht alleine. Axel glaubte auch daran.

Seit sie Axel besser kannte, sie sich näher gekommen waren, war sie nicht mehr alleine. Er war für sie da. Immer.

Seit Tagen beschatteten Jo und Axel Krassnitz ohne nennenswerte Ergebnisse. Nur seine abendlichen, bis in die Nacht andauernden Busfahrten waren ungewöhnlich. Für Krassnitz jedoch nicht ungewöhnlich. Es bestätigte ihre erste Theorie, der Mörder suchte seine Opfer im öffentlichen Nahverkehr. Seit zwei Abenden hatten sie ihm einen Lockvogel in den Bus gesetzt. Eine junge, attraktive Polizistin in zivil stieg seit zwei Abenden in die Linie 2, die Krassnitz von zuhause weg und wieder zurück brachte. Er stieg immer wieder um, aber diese Linie nutzte er täglich. Doch bisher hatte er nicht angebissen. Sie hatten gehofft, er würde auf die Polizistin aufmerksam und ihr folgen. Aber bisher nahm er keine Notiz von ihr.

Hatte er aufgehört zu jagen? War er fertig mit dem Morden? Das wäre eine Katastrophe, aber nicht undenkbar. Die neuen Ereignisse in seinem Leben könnten ihn gestoppt haben. Ein Auslöser des Friedens. Sein zweiter Auslöser. Der erste war die Demenzerkrankung seiner Mutter. Sie machte ihn zum Mörder. Die neue Erkenntnis, dass seine Mutter ihn sein Leben lang angelogen hatte und er jetzt seinem Vater wieder näher kam, konnte der Auslöser sein, der ihm Frieden brachte und die Lust am Töten nahm. Dann waren diese Fahrten nur noch seine schräge Art einen klaren Kopf zu bekommen. So wie andere spazieren gingen, fuhr er mit dem Bus. So verrückt es klang, es war möglich.

Nur würden sie ihn dann nie zur Rechenschaft ziehen können. Nicht ohne Geständnis. Und diesen Gefallen würde er ihnen nie erweisen. Oder konnte sie ihn dazu bringen? Wenn sie die Freundschaft mit ihm aufrecht hielt und vertiefte? Konnte sie dann sein schlechtes Gewissen wach rütteln? Sie würde es versuchen, wenn nichts anderes ging. Es war ihr zuwider, weitere Zeit mit ihm zu verbringen, aber sie würde es schaffen. Für ihre Schwester.

Sie hoffte inständig, es würde nie nötig sein.

Aus ihrem Versteck heraus sahen sie die Linie 2 kommen. Der Bus hielt und Fahrgäste stiegen aus. Es war mittlerweile halb zwei und Krassnitz war auch dabei. Es war seine gewohnte Zeit für den Heimweg. Doch er ging nicht, wie erwartet in die Richtung seiner Wohnung. Nach ein paar Metern bog er rechts ab, statt weiter geradeaus zu gehen. Vor ihm war eine andere Person dort abgebogen. In der Dunkelheit konnten sie nicht erkennen, ob diese Person weiblich oder männlich war, aber Jo war sich sofort sicher, es war eine Frau.

„Hast Du das gesehen?"

Aufgeregt sah sie zu Axel rüber. Sie mussten Krassnitz folgen.

„Ja, habe ich. Schnell hinterher, bevor wir ihn verlieren."

Sie rannten bis zu der Straße, in die Krassnitz abgebogen war.

„Da ist er, wir haben ihn nicht verloren. Gib mir Deine Hand."

Auch wenn Axel flüsterte, so konnte Jo die Aufregung in seiner Stimme hören.

Hand in Hand schlenderten sie, mit diskretem Abstand zu Krassnitz über den Bürgersteig. Trotz später Stunde begegneten ihnen viele Fußgänger, so dass sie nicht weiter auffielen.

Schritt für Schritt verfolgten sie Krassnitz. Und sie konnten erkennen, dass die Person, die von ihm verfolgt wurde, nicht alleine war. Es waren zwei Personen. Ein Erwachsener und ein Kind. So viel konnten sie erkennen und Jo konnte es nicht fassen.

„Wer ist denn um diese Zeit mit einem Kind unterwegs?"

„Das ist eine gute Frage. Die Antwort werden

wir wohl erst morgen bekommen."

Die Aufregung und Anspannung war so groß, Jo glaubte, man könnte ihr Herz auf der anderen Straßenseite klopfen hören.

Sie hatte Recht behalten und das würden sie jetzt beweisen. Krassnitz war auf der Jagd nach seinem nächsten Opfer. Krassnitz war der Täter. Der Mörder ihrer Schwester.

Die zwei Personen verschwanden in einem Wohnhaus. Krassnitz blieb stehen und blickte nach oben.

„Schnell, auf die andere Straßenseite."

Wieder nur ein Flüstern, dann zog Axel Jo auf die andere Straßenseite. Sie mussten die Bürgersteige wechseln, um nicht von Krassnitz entdeckt zu werden, während sie ihren Weg weiter gingen.

Langsam schlenderten sie im Schutz der Dunkelheit an dem wartenden Krassnitz vorbei. Er beobachtete das Haus so lange, bis ein Licht im oberen Stockwerk anging. Dort musste sie wohnen. Es musste eine Sie sein und Krassnitz wollte wissen, wo sie wohnte.

Kaum war das Licht angegangen, drehte er sich um und ging die Straße zurück. Vermutlich nach Hause. Doch sie folgten ihm weiter, um sicher zu gehen.

Auch sie wussten nun, wo sein vermutliches Opfer wohnte. Auch sie hatten beobachtet, wie im dritten Stock auf der rechten Seit die Lichter angingen und Vorhänge zugezogen wurden.

„Gleich morgen werden wir herausfinden, wer dort wohnt und sie ebenfalls beschatten."

„Ich kann es kaum glauben, Axel. Endlich

werden wir ihn erwischen."

„Ich hatte auch schon nicht mehr daran geglaubt. Ich hatte befürchtet, er hätte aufgehört."

„Ja, das hatte ich auch. Werdet ihr die Frau über die Gefahr informieren?"

„Ich fürchte, das werden wir müssen. Auch wenn wir Gefahr laufen, sie verlässt nie wieder das Haus."

„Ich könnte es ihr nicht verdenken."

36

Nach nur zwei Stunden Schlaf saßen Jo und Axel wieder in seinem Büro vor der Information, wer in dem Haus wohnte.

Es handelte sich um Heidelinde Kneist. Sie war 42 Jahre alt und allein erziehende Mutter des dreizehnjährigen Johannes.

Sie war nie verheiratet und es war auch kein Vater in der Geburtsurkunde des Jungen angegeben. Sie arbeitet in der Kneipe zum Goldenen Anker. Offiziell als Bedienung, aber die Kneipe war bekannt für mehr Service, als nur Getränke. Es hatte in der Vergangenheit dort mehrere Razzien wegen Prostitution gegeben und Heidelinde Kneist war in dem Rahmen auch schon öfter verhaftet worden. Sie wurde aus Mangel an Beweisen immer wieder auf freien Fuß gesetzt, aber es war offensichtlich, welchem Gewerbe sie nachging.

Es gab auch diverse Anzeigen der Nachbarn, die es nicht mit ansehen konnten, dass sie ihren Sohn nachts alleine ließ um arbeiten zu gehen. Damals hatte das Jugendamt ein Auge auf Heidelinde Kneist und stattete ihr regelmäßig Besuche ab. Sie konnte inzwischen glaubhaft nachweisen, dass es eine abendliche Betreuung ihrer Schwester gab, wenn sie nicht im Haus war. Somit waren die Besuche des Jugendamtes eingestellt worden.

„Das war wohl etwas voreilig."

Jo wusste, dass sie dann Gefahr liefen, Krassnitz würde von seinem neuen Opfer ablassen, wenn sie jetzt eingriffen, aber sie musste Axel fragen.

„Können wir etwas dagegen tun? Wir müssen das arme Kind beschützen."

„Das könnte zwar fatale Folgen haben und uns wieder zurück werfen, aber der Schutz des Kindes geht vor. Ich werde Frau Kneist nachher einen Besuch abstatten."

„Was will Krassnitz von dieser Frau? Sie passt überhaupt nicht in das bisherige Opferprofil."

Kaum hatte sie die Frage ausgesprochen, da wusste sie die Antwort selber.

Er hatte sein Beuteschema geändert. Aus offensichtlichen Gründen war er nun nicht mehr hinter jungen, schönen Frauen her, sondern allein erziehenden Müttern. Allein erziehende Mütter, die keine guten Mütter waren. So wie seine Mutter. Sie hatte ihn sein Leben lang gequält und belogen.

Heidelinde Kneist war das Paradebeispiel seines neuen Opfertyps. Eine Prostituierte, die ihr Kind nachts mit ins Milieu nahm.

„Du musst nicht antworten, ich kann es mir denken. Seine Wut gegen seine Mutter hat ihn dazu gebracht."

„So sehe ich das auch."

Sie klingelten bereits das dritte Mal. Es war halb elf und Heidelinde Kneist schlief offensichtlich noch.

Jo war dankbar, dass Axel sie bei dieser Befragung dabei haben wollte. Er hoffte auf ihre weibliche Intuition und ihren Instinkt für Ungereimtheiten. Sie sollte sogar das Reden übernehmen, wenn er als Mann bei einer Frau nicht weiter kam. So der Plan. Doch die Tür blieb verschlossen. Axel verlor die Geduld und klopfte laut an die Tür, während er weiter klingelte.

Dann endlich hörten sie schlurfende Schritte von der anderen Seite der Tür und ein dumpfes „ich komme ja schon. Immer mit der Ruhe!"

Nachdem diverse Riegel gelöst wurden, öffnete sich die Tür einen Spalt und eine zerzauste, verschlafene Frau sah sie fragend an.

„Was ist denn so wichtig, dass Sie eine ehrbare Frau aus dem Schlaf reißen müssen?"

„Frau Kneist, ich bin Kommissar Heffner, das ist Frau Brandt, dürfen wir bitte reinkommen?"

„Worum geht`s denn?"

„Das besprechen wir lieber drinnen, oder wollen Sie, dass Ihre Nachbarn mithören?"

„Nein, natürlich nicht. Kommen Sie rein."

Frau Kneist gab den Weg frei in die Wohnung und sie folgten ihren schlürfenden Schritten. Jo musste lächeln, als sie den Grund dieses Geräusches sah. Es waren ausgelatschte Hausschlappen aus rosa Kunstfell mit einem Strassstein in der Mitte. Dieses Klischee war sehr amüsant und passte zu dem rosa Frotteemantel, der lose um ihre füllige Hüfte verschlossen war.

„Wir gehen in die Küche, ich brauche erstmal einen Kaffee."

Jo und Axel setzten sich auf die gebrechlich wirkenden Stühle und beobachteten Frau Kneist beim Kaffee kochen.

„Sie haben einen Sohn?"

Unterbrach Axel die schweigende Beobachtung.

„Ja, er ist mein ganzer Stolz. Aus ihm wird mal ein Anwalt oder Arzt."

„Wo ist er denn jetzt?"

„Natürlich in der Schule! Was denken Sie denn?"

„Natürlich. Entschuldigen Sie."

Während der Kaffee blubbernd durch die Maschine lief, setzte Frau Kneist sich zu ihnen.

„Hat das Jugendamt Sie geschickt? Hier ist alles in Ordnung wie Sie sehen können. Mein Kind ist in der Schule, der Kühlschrank ist gefüllt und die Wohnung ist sauber."

„Nein, wir kommen nicht vom Jugendamt. Ich fürchte, es ist etwas ernster."

„Oh mein Gott! Ist etwas passiert? Geht es meinem Jungen gut?"

„Keine Sorge, ihrem Sohn geht es gut. Es geht um letzte Nacht."

„Was ist mit der letzten Nacht? Ich habe nichts Verbotenes gemacht."

„Ich fürchte doch. Sie wurden gesehen, wie sie um halb zwei mit ihrem Kind unterwegs waren."

„Das ist eine Lüge! Wer will mich gesehen haben?"

„Das war ich. Abstreiten ist also zwecklos. Aber darum geht es nur in zweiter Linie. Wichtiger ist, dass Sie verfolgt wurden."

„Was? Verfolgt? Von wem?"

Es war ein schwieriges Gespräch. Frau Kneist wurde fast hysterisch, als sie erfuhr, in welcher Gefahr sie sich befand. Natürlich hatten sie ihr keine Einzelheiten erzählt. Das sie in der letzten Nacht einem vermutlichen Serienmörder gefolgt waren und dieser sie nun ins Visier genommen hatte. Sie waren zufällig durch diese Straße gegangen und hatten einen Mann beobachtet, der ihr gefolgt und vor ihrem Haus stehen geblieben war. Frau Kneist gegenüber vermuteten sie einen verliebten Freier, der ihr gefolgt sein musste. Und als sie vehement abstritt eine Prostituierte zu sein, einigten sie sich darauf, dass es sich um einen verliebten Gast des Goldenen Ankers handeln könnte, der sie verfolgte. Sie beteuerte außerdem, dass es sich um eine Ausnahme handelte, dass sie ihren Sohn dabei hatte. Ihre Schwester sei kurzfristig erkrankt und sie konnte die Schicht nicht absagen. Es tat ihr leid und es würde sich nicht wiederholen. Es war eine bühnenreife Vorstellung die sie gab. Wie sie weinend auf dem Küchenstuhl zusammen sank und ehrliche Reue vorspielte. Wäre das ganze nicht so ernst, Jo hätte laut losgelacht. Aber sie legte stattdessen ihre Hand auf die zitternde Schulter dieser Frau und tröstete sie. Gaukelte ihr Verständnis vor. Axel hingegen gab ihr zu verstehen, dass sie in Zukunft keine Ausnahmen mehr machen dürfte. Sie würden sie jetzt beschatten um für ihre Sicherheit zu sorgen und sollte sie noch einmal ihr Kind vom Schlafen abhalten, würden sie sie verhaften.

Diese Frau tat ihr fast leid. In jungen Jahren war sich sicher eine attraktive Frau. Das konnte man unter dem verbrauchten Gesicht noch erkennen. Inzwischen war sie vom nächtlichen Lebenswandel gezeichnet. Das Gesicht war faltig und aufgequollen und die Figur, sicher einst schlank, war mitgewachsen. Als junge Frau hatte sie bestimmt andere Pläne für ihr Leben gehabt.

Hatte von einer Familie geträumt. Von Sicherheit und Liebe. Einem Mann, der für sie sorgen würde. Doch das Leben hatte einen anderen Plan.

Jo versuchte ein wenig Schlaf zu finden, während sie über das Gespräch mit Frau Kneist nachdachte. Es wartete eine erneute Nachtschicht auf sie und Axel. Frau Kneist konnte es sich nicht leisten, nicht zur Arbeit zu gehen und das war ihr Glück. So konnten sie ihr folgen und somit auch Krassnitz. So konnten sie ihn vielleicht auf frischer Tat erwischen. Nur ein paar Stunden Schlaf und die aufregende Jagd konnte weiter gehen.

37

Wach und lächelnd lag er in seinem Bett. Seine Wangen schmerzten schon von der ungewohnten Mimik. Aber das war ihm egal. Es war ein zu schönes Gefühl. War das Glück? War er glücklich? Ja, das musste es sein. Er war glücklich.

Der Tag war auch zu wunderbar gewesen, um nicht glücklich zu sein. Er hatte sich endlich getraut, seinen Vater anzurufen und war prompt eingeladen worden.

Stundenlang hatten sie geredet und geweint. Sein Vater bedauerte die Trennung so sehr, dass er heute noch darunter litt und nun überglücklich war, seinen Sohn zu sehen. Mit ihm zu reden. Ihn in den Arm nehmen zu dürfen.

Ja, sie hatten sich umarmt. Kaum wurde die Tür geöffnet, nahm sein Vater ihn in die Arme. Zuerst stand er nur stocksteif da, konnte auf diese innige Berührung nicht reagieren. Doch sein Vater ließ nicht von ihm ab, bis auch er die Arme hob und um ihn schlang. Es war ein ungewohntes, neues Gefühl. Ein Gefühl von Zuhause. Liebe. Geborgenheit. Er wollte nicht los lassen. Das sollte nicht aufhören. Aber dann löste sein Vater sich sanft aus der Umarmung, mit Tränen in den Augen.

Sein Vater hatte ihn all die Jahre vermisst, hatte nie aufgehört ihn zu lieben. Und er bereute zutiefst so schwach gewesen zu sein. Zu schwach um sich gegen seine Mutter zu behaupten. Seinen Sohn einfach zu sich zu nehmen und ihm ein liebevolles Zuhause zu geben. Er hasste sich dafür.

Da wurde ihm bewusst, dass all der Hass, den er für seinen Vater empfunden hatte, den er für seine neue Frau und seine neue Familie empfunden hatte nichts war, im Vergleich zu dem Hass, den sein Vater selber empfand. Er hätte seine Mutter hassen sollen. Sie war es, die sie entzweit hatte. Sie war Schuld. Sie würde büßen. Für alles, was sie ihm angetan hatte.

Die Erinnerungen kamen zurück. Er sah sich als kleinen Jungen, der alles versuchte um seine Mutter zum Lächeln zu bringen, nachdem sein Vater sie verlassen hatte. Nachdem sein Vater rausgeworfen worden war, wie er jetzt wusste. Wochenlang war er alleine für alles verantwortlich gewesen. Er stand alleine auf um zur Schule zu gehen. Nach der Schule kochte er das Essen und kümmerte sich um den Haushalt.

Und dann war sie eines Tages wieder da. Wie aus heiterem Himmel stand sie eines Morgens in seinem Zimmer und war wieder seine Mutter, die sich um alles kümmerte. Aber sie hatte sich verändert. Sie war vorher schon streng und hatte ihre Launen, aber von da an konnte er ihr kaum noch etwas Recht machen. Was er auch anstellte, sie fand immer einen Grund ihn zu bestrafen.

Und dann blitzten die Bilder seiner gepeinigten Kindheit vor seinem geistigen Auge auf.

Rollte ihm eine Erbse von der Gabel auf den Tisch, nahm sie seinen Teller und stellte ihn auf den Boden. Er musste dann auf dem Küchenboden wie ein Tier ohne Messer und Gabel und ohne Hände essen. Schmatzte er dabei, dann stand sein Teller zur nächsten Mahlzeit wieder auf dem Fußboden.

Er konnte auch nicht seine Ritterburg aufbauen, um ein paar Tage mit ihr zu spielen, denn er musste nach dem Spielen sofort alles wieder aufräumen. Nichts durfte in seinem Zimmer unordentlich oder durcheinander sein. Selbst wenn er nur kurz zum Essen das Zimmer verlassen wollte, musste er erst aufräumen. So hatte er beim Spielen immer die Uhrzeit im Blick um genügend Zeit zum Aufräumen zu haben, bevor es um punkt sechs Uhr das Abendessen gab. Denn eine Verspätung hätte zur Folge gehabt, dass sie seinen Teller weg räumte und er nichts zu Essen bekam.

Kam er zu spät aus der Schule, gab es kein Essen für ihn. Und er kam oft zu spät. Seine Träumereien hielten ihn regelmäßig auf. Er konnte es nicht abstellen, so sehr er sich auch bemühte. Aber er war ein Träumer. Ein Träumer, der nichts zu essen bekam.

Hatte er das Waschbecken nicht richtig sauber hinterlassen, musste er sich danach auf dem Balkon mit einem Eimer eiskaltem Wasser waschen.

Schlief er sonntags zu lange, nahm sie ihm Kissen und Bettdecke für die nächste Nacht weg.

Er musste seine verschwitzten Sportsachen für die Schule selber mit der Hand waschen, weil sie sich davor ekelte. Auch wenn sie gar nicht verschwitzt waren.

Seine Hausaufgaben musste er immer wieder neu machen, weil seine Schrift nicht schön genug war.

All das geschah wortlos. Sie schrie ihn nicht an, sie erklärte es ihm nicht, sie schlug ihn nicht.

Bis der Sonntag kam. Dann musste er all diese Sünden, die er begangen hatte beichten. Es waren nur kleine Fehler eines Kindes, aber für seine Mutter waren es Sünden. Er öffnete damit einem sündigen Leben das Tor. Er sollte ein guter Mann werden, der rein und gläubig war. Nur deshalb war sie so streng. Sie quälte sich selber mit ihren Bestrafungen, aber sie musste dieses Opfer bringen um ihn auf den rechten Weg zu bringen. Und er hatte ihr alles geglaubt. Er wusste es nicht besser und war in ihrer Realität gefangen.

Es gab so viele Ungerechtigkeiten, die ihm damals gar nicht bewusst waren. Bis vor kurzem nicht bewusst waren.

Heute wusste er es besser. Und er hasste sie dafür.

Das Lächeln war aus seinem Gesicht verschwunden. Die Wunden seiner Kindheit hatten es vertrieben. Das durfte nicht mehr geschehen. Diese Macht durfte sie nicht mehr über ihn haben. Nie wieder.

Er dachte an den Nachmittag, den Abend mit seinem Vater zurück. Er war zum Essen geblieben. Die neue Frau seines Vaters hatte sein Lieblingsessen aus seiner Kindheit gekocht. Es gab falschen Hasen. Sein Vater konnte sich noch daran erinnern, wie gerne er das als Kind gegessen hatte. Die neue Frau seines Vaters, Sonja, war eine sehr herzliche, liebevolle Frau. Sie gab ihm von Anfang an das Gefühl, zur Familie zu gehören. Es gab keine anfängliche Distanz zwischen ihnen. Kein Beschnuppern. Sie war aufrichtig froh, endlich den verlorenen Sohn in der Familie begrüßen zu können. Er war natürlich anfangs zurückhaltend und schüchtern, aber mit jeder Minute fühlte er sich wohler in ihrer Gegenwart. Das hätte er vor ein paar Tagen für unmöglich gehalten. Er hatte sie so oft gequält und getötet in seiner Fantasie, bis er es an anderen Frauen in die Tat umsetzte. An unschuldigen Frauen. Frauen, die nicht den geliebten Mann und Vater einer Familie entrissen um sie aus purem Egoismus zu zerstören. Nein, Frauen, die den Mut besaßen, unglückliche Männer aus einer Ehehölle zu befreien und vielleicht auch die unglücklichen Kinder zu retten. Er hatte mit ihrem Tod vielleicht anderen Kindern eine Möglichkeit auf ein glückliches Leben verwehrt. Wie konnte er nur? Auch wenn es für ihn kein Happy end mit einer neuen Familie gab, so hätte es doch für andere Familien sein können. Für andere Kinder. Und er hatte das alles zerstört. Er war ein schlechter Mensch. Er war böse.

Nein! Das war er nicht! Seine Mutter war böse. Er war nur das Produkt ihrer lieblosen und brutalen Erziehung. Sie hatte ihn mit ihren Lügen und ihrem Hass verdorben.

Dann traf ihn eine Erkenntnis wie ein Schlag! Er war ein klassischer, psychopathischer Serienmörder. Er hatte zu viel darüber gelesen, sie zu lange studiert, um das nicht zu erkennen. Er war nicht besser, als all diese armen, gequälten Seelen, die er vor kurzem noch belachte. Er hatte sich immer als etwas Besseres gefühlt. Schlauer. Mit einem wichtigem Auftrag unterwegs.

Das durfte nicht sein!

Nein, er irrte sich. Er war nur mit dem falschen Auftrag unterwegs gewesen. Jetzt sah er deutlich, dass er die Rettung der Kinder falsch angegangen war. Er hatte den armen Frauen, die schön waren und Männer ihren Familien entrissen die Schuld gegeben. Dabei waren es die Mütter. Mütter wie seine, die vor lauter Lieblosigkeit und Egoismus die Familie zerstörten und damit ihre Kinder. *Sie* mussten vernichtet werden. Jetzt war er auf dem richtigen Weg. Sein Werk war noch nicht vollbracht. Es tat ihm Leid um die armen, unschuldigen Frauen, die er fälschlicherweise geopfert hatte. Aber er konnte es jetzt auch nicht mehr rückgängig machen. Er betrachtete es als Fingerübungen. Mit ihnen hatte er seine Taten perfektioniert. Es war ihm gelungen, keine Spuren zu hinterlassen. Die Polizei hatte keine Ahnung, was für ein Genie in ihm steckte. Er war schlauer, als all die dummen Serienmörder, die Fehler begingen. Spuren hinterließen und geschnappt wurden. Er war besser. Und er war auf einer wichtigen Mission, die noch lange nicht vorbei war.

38

Die erste Nacht verlief ereignislos. Kein Krassnitz ließ sich blicken. Übermüdet saßen Jo und Axel in seinem Büro. Beide hatten am Tag zuvor keinen Schlaf gefunden und beide spürten nun in jeder Faser, wie ihr Körper danach schrie. Doch die Nachricht, das Alibi von Frank Minster war zusammen gebrochen, hatte sie ins Präsidium gelockt.

Die Polizei hatte den Druck auf den Zeugen, in dessen Wohnung sie angeblich zusammen Fußball geguckt hatten, erfolgreich erhöht. Es handelte sich dabei um den vorbestraften Thomas Schacht. Nachdem er 2001 seine erste Vorstrafe wegen Körperverletzung abgegolten hatte, beging er wenige Monate später einen dilletantischen Betrugsversuch an einem Autohändler. Die Tatsache, dass der Autohändler selber keine Anzeige verfolgte und es sich um ein anderes Delikt handelte, brachte ihm eine erneute Vorstrafe auf Bewährung eines milden Richters ein, statt einer Haftstrafe. Er bewegte sich jedoch immer noch in kriminellen Kreisen und die Gefahr, seine Bewährung könnte aufgehoben werden, war das perfekte Druckmittel, ihn zum Reden zu bringen.

Minster war zwar an dem Abend bei ihm gewesen, aber erst viel später, als vorher behauptet. Er kam erst gegen Mitternacht zu ihm in die Wohnung und war auch sehr aufgewühlt.

So hatte Minster kein Alibi mehr für die Todeszeit seiner Exfreundin Elvira Schieber und der Richter hatte endlich einem Gerichtsbeschluss für eine DNS-Probe zugestimmt. Und nun warteten Jo und Axel auf das Ergebnis.

Sie wussten, es könnte Stunden dauern, bis das Ergebnis vorlag, aber sie wussten auch, sie könnten jetzt vor Aufregung keinen Schlaf finden, egal wie übermüdet sie waren. Also tranken sie Kaffee und versuchten alles noch mal durchzugehen, was in den letzten Tagen geschehen war.

Vor Allem stellten sie sich die Frage, warum Krassnitz vergangene Nacht nicht aufgetaucht war.

Sie hatten versucht, eventuelle Verbindungen zwischen Krassnitz und Kneist zu finden, die eine logische Erklärung für seine nächtliche Verfolgung geben konnte. Aber es gab keine Verbindung. Krassnitz und Kneist waren weder verwandt, noch sonst wie miteinander verbunden.

Also konnte Krassnitz nur aus einem Grund Hannelore Kneist und ihrem Sohn gefolgt sein. Sie war sein nächstes Opfer. Aber er war nicht aufgetaucht. Und das warum machte ihnen zu schaffen. Hatte er womöglich doch aufgegeben?

Daran wollte und durfte sie nicht denken. Er musste weiter machen, damit sie ihn überführen konnten.

„Ich werde mich nachher bei Krassnitz melden. Ihn fragen, wie es ihm geht. Vielleicht erfahre ich dann, was er gestern Nacht gemacht hat. Außerdem kommt seine Mutter heute aus dem Urlaub zurück. Vielleicht braucht er dafür den Beistand einer Freundin."

Wie aufs Stichwort klingelte ihr Handy.

„Hallo Herr Krassnitz."

„Hallo Frau Brandt. Es ist mir zwar unangenehm, Sie schon wieder zu belästigen, aber meine Mutter kommt heute in Hamburg an. Würden Sie mich zum Flughafen begleiten?"

„Sie belästigen mich nicht. Ich begleite Sie gerne. Wann landet Ihre Mutter?"

„Um halb fünf am Terminal zwei."

„Ich bin da."

„Danke."

Jo beendete das Gespräch und lächelte Axel an.

„Das läuft doch wie geschmiert. Jetzt muss die DNS-Analyse nur noch Minster überführen."

„Ich bin fast sicher, dass es das wird. Trotzdem. Ich wiederhole mich zwar, aber sei vorsichtig."

„Ich versuche es."

Von weitem konnte Jo den suchenden Krassnitz sehen. Nervös sah er sich um, auf der Suche nach Jo, nach einem bekannten Gesicht. Als er sie entdeckte, winkte er lächelnd in ihre Richtung. Sie winkte zurück und ging lächelnd auf ihn zu.

„Hallo Herr Krassnitz. Wie geht es Ihnen? Haben Sie schon Kontakt zu Ihrem Vater aufgenommen?"

„Ja, gestern. Und Sie hatten Recht. Meine Mutter hatte alles getan, damit mein Vater mich nie mehr wieder sehen kann. Sie hat ihn belogen und sie hat mich belogen."

„Wie werden Sie nun damit umgehen? Werden Sie ihre Mutter damit konfrontieren?"

„Ich weiß es nicht. Ich weiß nicht einmal, warum ich jetzt hier bin. Am liebsten würde ich sie nie wieder sehen."

„Doch Sie haben noch Fragen an Ihre Mutter."

„Ja, das habe ich. Auch wenn ich nicht glaube, dass sie plötzlich die Wahrheit sagen wird."

„Ich kann Ihre Wut verstehen. Aber Sie sollten ihr nicht die ganze Schuld geben. Ihr Vater hätte mehr tun können. Er hätte zum Beispiel vor der Schule auf Sie warten können, um Sie zu sehen. Doch das hat er nicht getan. Er hat sich von Ihrer Mutter einschüchtern lassen. Er hat nicht den nötigen Mut aufgebracht sich ihr in den Weg zu stellen um seinen Sohn zu sehen."

„Darüber habe ich noch gar nicht nachgedacht."

Krassnitz Nervosität schwand ein wenig. Jo bereute ihre Worte. Wenn er sich beruhigte, Verständnis für seine Mutter aufbrachte, dann hatte sie seinen erneuten Auslöser vielleicht gestoppt. Sie war gerade dabei, alles zu ruinieren. Sie musste dafür sorgen, dass er weiterhin seiner neuen Beute nachjagte. Sie musste ihn irgendwie wieder gegen seine Mutter aufbringen. Nur so würde er sein neues Ziel weiter verfolgen und sie hatten die Möglichkeit ihn zu schnappen. Wenn er denn der Richtige war. Sie zweifelte immer noch nicht daran. Die DNS-Analyse würde ihr Sicherheit geben. Wenn endlich heraus kam, dass Minster für den letzten Mord verantwortlich war.

Ganz nebenbei schaute sie auf ihr Handy. Sie hatte eine Nachricht in Abwesenheit.

Minster ist überführt. Die DNS-Analyse hat es bewiesen. Er wird gerade verhaftet.

Sie hatte es immer gewusst. Jo konnte ihre Freude nicht verbergen.

„Gute Nachrichten?"

„Allerdings. Ich habe eine wichtige Information für meinen neuen Auftrag bekommen."

„Dann werden Sie bald fortgehen?"

„Nein. Die Recherche dafür ist hier in Hamburg. Ich bleibe noch ein wenig."

„Das freut mich."

Die Fluggäste aus Ibiza strömten in die Gepäckabfertigung. Hannelore Krassnitz war eine der ersten, die zum Gepäckband gingen. Noch war eine Glasscheibe zwischen ihnen, aber Jo konnte deutlich spüren, wie Krassnitz unruhig wurde.

„Sie haben alles Recht wütend auf Ihre Mutter zu sein. Aber reißen Sie ihr nicht gleich den Kopf ab. Suchen Sie erstmal das Gespräch. In Ruhe. Zuhause."

Ich muss aufhören, ihn zu beruhigen!

39

Am Flughafen konnte er, dank der Anwesenheit der Reporterin, ruhig bleiben. Auch im Bus nach Hause gelang ihm das noch. Das Geplapper seiner Mutter half ihm, mit dem Gespräch zu warten.

Sie war ungewöhnlich gesprächig im Bus. War sie sonst sehr einsilbig, außer in ihren Predigten, erzählte sie munter drauf los, was sie alles im Urlaub erlebt hatte. Welche Sehenswürdigkeiten sie besichtigt hatte und welche Bekanntschaften sie gemacht hatte. Sie hatte einen netten, älteren Herrn kennen gelernt und wie der Zufall es wollte, kam auch er aus Hamburg. Sie würden sich wieder sehen.

Ihre Augen glänzten ungewöhnlich, während sie von dem Mann erzählte, mit dem sie die letzten drei Tage ihres Urlaubs verbracht hatte. So hatte er seine Mutter noch nie gesehen. So hatte er sie noch nie reden hören. So leicht, ausgelassen fast.

Hatte sie bei seinem Vater damals auch so gestrahlt? Hatte sie seinen Vater jemals geliebt? Sie würde ihm auch darauf antworten müssen. Er würde keine Ausreden gelten lassen.

Wut stieg wieder in ihm auf. Er konnte sich im Bus kaum beherrschen, nicht gleich mit den Fragen, die seit Tagen bleischwer auf seiner Brust lagen, rauszuplatzen.

Dann waren sie endlich in der Wohnung angekommen.

„Setz Dich, wir müssen reden."

Erstaunt blickte seine Mutter ihn an.

„Nicht in dem Ton, mein Junge."

„Ich sagte setz Dich!"

Sichtlich verunsichert über das selbstbewusste Auftreten ihres Sohnes, sank sie in ihren Sessel.

„Ich habe meinen Vater getroffen und Du bist mir ein paar Antworten schuldig. Warum hast Du mich belogen? Warum hast Du meinen Vater belogen? Er wollte mich sehen."

„Du wirst doch nicht etwa den Lügen Deines Vaters glauben."

„Er lügt nicht. Ich habe die Briefe gefunden, die er mir über Jahre geschrieben hat."

„Du warst in meinem Zimmer?"

„Ja, ich war in Deinem Zimmer und habe das Geheimfach unter Deiner Unterwäsche gefunden. Stell Dir vor, ich habe Deine Unterwäsche angefasst. Was willst Du nun tun? Willst Du sie verbrennen? Willst Du mich mit dem Gürtel bestrafen?"

Kerzengerade stand er vor ihr. Die Brust vor Stolz nach vorne gereckt. Er fühlte sich gut, als er sich zum ersten Mal gegen seine Mutter behauptete. Nicht sofort klein beigab und sich in sein Schneckenhaus verkroch.

„Ich sollte Dir wirklich Deine Frechheiten austreiben. Schäm Dich, so mit Deiner Mutter zu reden. Ich habe Dir mein ganzes Leben geopfert. Weil Dein Vater Dich nicht wollte. Ist das jetzt der Dank dafür?"

Sie hatte sich geopfert? Er war derjenige, der sein bisheriges Leben seiner Mutter geopfert hatte, weil sie Angst hatte verlassen zu werden. Er machte einen letzten Versuch, sie endlich zum Reden zu bringen.

„Ich will doch nur die Wahrheit wissen. Warum hast Du das getan? Hast Du meinen Vater so sehr gehasst, dass es Dir egal war, wie sehr ich darunter leide?"

Bei den nächsten Worten stand sie von ihrem Sessel auf und ging langsam auf ihn zu.

„Wenn hier jemand gelitten hat, dann war ich das. *Ich* habe schließlich alleine für ein Kind sorgen müssen. Und das war bestimmt nicht leicht. Du warst nie ein einfaches Kind. Ständig hast du rebelliert. Mich provoziert."

Was sagte sie da? Er hatte nie rebelliert. Nie provoziert. Er hatte immer alles versucht, es ihr recht zu machen. Jetzt wurde ihm klar, sie würde ihm nie die Wahrheit sagen. Sie war zu verlogen.

„Hör auf! Hör auf zu lügen! Sag mir endlich die Wahrheit oder ich gehe und Du siehst mich nie wieder!"

Von immer weiter wachsender Wut getrieben, ging er im Zimmer auf und ab.

„Willst Du mir drohen? *Mir?* Ich hätte alles dafür gegeben, nie mit Dir gestraft worden zu sein. Du hast mein ganzes Leben ruiniert."

Er konnte nicht fassen, wie böse sie war. Zum ersten Mal erkannte er ihr wahres Ich. Boshaft! Niederträchtig! Ekelhaft!

„Hör auf! Sei still!"

„Ich bin nicht still! Ich habe gerade erst angefangen. Ich hätte Dich weg geben sollen, als Du das erste Mal ins Bett gemacht hast. Du Bettnässer!"

Er konnte nicht glauben, was er da hörte. Er hatte ein einziges Mal ins Bett gemacht. Er war damals fünf Jahre alt und lag mit hohem Fieber krank im Bett. Sie hatte es ihm jahrelang vorgehalten und jetzt wieder. Sie war eine Hexe und er hasste sie für jedes Wort, dass sie ihm entgegenschleuderte. Er konnte sie nicht mehr ertragen.

„Dein Vater hätte Dich an die Wand spritzen sollen!"

Sein Puls raste vor Wut. Sein Atem ging immer schneller. Er fühlte seinen Körper nicht mehr. Konnte keinen klaren Gedanken fassen. Nur den, dass er sie stoppen musste. Ihre Bosheit stoppen musste.

„Ich hätte Dich abgetrieben, wenn das damals möglich gewesen wäre!"

Er öffnete die Kommode, in dem das Jagdmesser lag.

„Stattdessen musste ich Deinen Vater den Versager heiraten und mir von Dir Bettnässer mein Leben versauen lassen! Alles wäre besser gewesen als..."

Weiter kam sie nicht.

Es gab ein dumpfes, knackendes Geräusch. Er hatte das Messer bis zum Schaft in ihren Schädel gerammt.

Er sah sie an. Ihr linkes Auge unter der Klinge rollte nach oben. Blut lief in dünnem Strahl aus ihrer Nase. Ihr Körper zuckte unkontrolliert im Todeskampf. Ihre Beine gaben nach. Er hielt sie mit seinem linken Arm aufrecht, während seine rechte Hand immer noch das Messer in ihrem Kopf hielt. Er wollte keinen Moment des

Sterbens seiner Mutter verpassen. Es bis zuletzt in sich aufnehmen.

Aus der Wunde an der Schläfe quoll weniger Blut, als er erwartet hätte. Ein röchelndes Geräusch drang aus ihrem halb geöffneten Mund, dem ein paar Blutspritzer folgten. Ihr linker Arm zuckte nach oben, als wollte sie ihm zum Abschied winken. Als ihr bewusste wurde, sie würde jetzt sterben, weiteten ihre Augen sich ein letztes Mal angstvoll. Dann war es vorbei. Sie sank mit ihrem ganzen Körpergewicht in seinen Arm.

Vorsichtig setzte er seine tote Mutter in ihren Sessel und sah auf sie hinab.

„Jetzt musst Du keine Angst mehr haben Mutter."

Er genoss die Stille. Den Frieden, der nun eingekehrt war. Es war so schnell gegangen. Ein Stich hatte genügt. Es war ganz leicht. Der gehärtete Stahl des Jagdmessers und seine rasende Wut hatten es möglich gemacht, sie mit einem einzigen Stich zum Schweigen zu bringen.

Er lächelte still vor sich hin und sah, wie das Blut aus der Schläfe über ihre Wange lief und den weißen Kragen ihres Kleides tiefrot färbte. Das Messer steckte noch in ihr. Die Angst steckte noch in ihr. Ihre Augen waren im Augenblick des Todes erstarrt und blickten leblos ins Nichts.

Dann wurde ihm bewusst, was er getan hatte. Er hatte seine Mutter getötet. Was sollte er jetzt tun? Wie würde er damit davon kommen? Gar nicht! Sie würden ihn schnappen. Wenn die Leiche seiner Mutter gefunden würde, wäre er der erste Verdächtige. Sie würden ihn einsperren. Er musste ins Gefängnis.

Doch das wollte er nicht.

Er lief auf und ab und versuchte seine Gedanken zu sortieren. Er musste nachdenken. Eine Lösung finden. Er wollte nicht ins Gefängnis.

Nicht jetzt, nachdem er endlich seinen Vater wieder gefunden hatte. Sein Leben sollte endlich schön werden.

Er musste die Polizei ablenken. Sie beschäftigen. Er hätte ein paar Tage Zeit, bis jemand seine Mutter vermissen würde. Sie ging nie viel aus, hatte keine Freunde, es würde Tage dauern, vielleicht sogar Wochen, bis jemand sie vermissen würde. Das musste er ausnutzen. Die Zeit musste er sinnvoll füllen.

Er blickte auf die Uhr. Es war Mitternacht. Er würde sich jetzt auf den Weg zu ihr machen. Er brauchte sie nicht weiter zu beschatten. Er wusste, dass sie eine ebenso grausame und verlogene Mutter, wie seine war. Er wusste, sie musste gestoppt werden. Jetzt. Heute Nacht. Er brauchte keine weitere Vorbereitung. Er war Profi genug, keine Beweise zu hinterlassen. Dazu war er zu schlau. Er konnte nicht länger warten. Er musste Rache nehmen. Jetzt!

Er musste das Auto holen.

40

Der Duft von kaltem Rauch und schalem Bier schlug ihm ins Gesicht, als er die Tür zum Goldenen Anker öffnete.

Hier hatte er das Luder vor zwei Tagen raus laufen sehen, als der Bus an der Haltestelle fünfzig Meter vor dem Goldenen Anker anhielt. Ihr Kind hinter sich her zerrend rannte sie winkend auf den Bus zu. Hier war sie her gekommen, hier suchte er sie jetzt. Er konnte sie nirgends entdecken und wollte schon enttäuscht umkehren, da öffnete sich eine Tür neben dem Tresen und sie erschien in Begleitung eines Mannes. Der Mann strahlte und er erkannte sofort den Grund. Er hatte es oft genug bei sich selber im Spiegel gesehen, nachdem er mit der Schlange getanzt hatte.

War sie doch keine Bedienung? Ihre aufreizende Kleidung bestätigte seine Vermutung. Ihr voller Busen quoll obszön aus ihrem Dekollete und der Rock war so kurz, dass jede Delle ihrer Cellulite deutlich zu sehen war. Ihr Anblick ekelte ihn an. Sie war eine widerliche Nutte. Gleichzeitig war er erfreut sich nicht geirrt zu haben. Sie war die Richtige.

Er setzte sich auf einen der freien Barhocker und sie kam zu ihm.

„Na Süßer, was darfs denn sein?"

„Ein Bier."

„Kommt sofort."

Sie war also nicht nur eine Prostituierte, sie bediente auch die Gäste. So konnte sie im Trockenen und Warmen die Männer auf sich aufmerksam machen und sie zum Sex animieren.

Er bekam sein Bier und beobachtete das Treiben in der verrauchten Kneipe, die sich immer mehr lichtete. Ein Gast nach dem anderen verabschiedete sich. Er musste die Chance nutzen, mit ihr ins Gespräch zu kommen. Sein Aussehen würde ihm dabei nicht im Weg stehen. Wenn er sich umsah, dann war kein gut aussehender Mann im Raum. Auch der Kerl, der eben noch ihren Körper missbrauchen konnte und nun genüsslich ein Bier trank, war fett und schmierig.

Er kam sich richtig attraktiv und gepflegt vor unter all diesem männlichen Abschaum der Gesellschaft. Einige von ihnen sahen so aus, als würden sie auf der Straße schlafen. Penner in dreckigen Klamotten, mit schmierigen Haaren nahmen ihre Taschen und Rucksäcke und verschwanden.

Es war ihr wohl auch aufgefallen, dass hier ein sauberer Mann am Tresen saß, denn sie kam zu ihm und fing das Gespräch an.

„Dich hab ich hier noch nie gesehen. Was treibt Dich hierher?"

„Das habe ich mich auch gerade gefragt. Aber mehr noch habe ich mich gefragt, was so eine schöne Frau hier her treibt."

„Das Leben Süßer, das Leben."

Sie sprach undeutlich. Eine Säuferin war sie also auch noch. Er konnte es kaum noch erwarten, seinen Hass an ihr auszuleben.

„Willst Du noch was trinken? Wir machen gleich dicht.", lallte sie ihm entgegen.

„Ich nehme ein Bier. Und was möchtest Du?"

„Für einen schnellen Piccolo hab ich noch Zeit."

„Das ist aber schade. Ich dachte, wir hätten noch ein wenig mehr Zeit miteinander."
„Ich muss den letzten Bus erwischen."
„Und wenn ich Dich nach Hause fahre?"
„Ich kenne Dich doch gar nicht."
Er musste sie überzeugen, zu ihm ins Auto zu steigen.
„Wir können unterwegs ja noch irgendwo einkehren, um uns besser kennen zu lernen. Ich lade Dich ein."
Ihr fratzenhaftes Lächeln zeigte ihm, er hatte sie überzeugt. Sie zwinkerte sie ihm zu. Glaubte ihn benutzen zu können. Sie war so dumm, wie sie aussah. Was für ein ekeliges Weib. Nur sein Plan, sein Ziel, ließ ihn sitzen bleiben. Am liebsten hätte er vor ihr ausgespuckt und die Kneipe verlassen. Aber das reichte ihm nicht. Sie hatte viel mehr, als nur ausspucken verdient. Sie würde bald spüren, *was* sie verdiente.

Endlich im Auto, auf dem Weg zu seinem Schrebergarten, hörte sie nicht auf zu reden. Sie lallte ohne Unterbrechung. Wollte ihn wohl bei Laune halten. Aber er hatte auf Durchzug geschaltet. Ihre besoffene Stimme widerte ihn so sehr an, er hätte sie sonst auf der Stelle, gleich hier im Auto umgebracht.

Dann sagte sie etwas, das ihn aufhorchen ließ.
„Bin ich froh, dass Du mich nach Hause fährst. Ich habe nämlich einen Stalker, der mich seit kurzem verfolgt. Die Polizei war schon bei mir."
„Die Polizei?"

Die Information machte alles zunichte. Die Polizei war bei ihr. Wurde sie vielleicht beschattet? Hatten sie ihn entdeckt? War er unvorsichtig?

„Ja, aber die können ja nichts machen. Ich muss wohl selber auf mich aufpassen."

Die Polizei kümmerte sich nicht um sie. Warum sollte sie auch. Eine Nutte, die verfolgt wurde. Das war sicher nichts Neues oder Besonderes. Er würde natürlich trotzdem den Rückspiegel im Auge behalten. Falls ihnen ein Auto folgen sollte, würde er es bemerken. Er war zu schlau, um in irgendeine Falle der Polizei zu tappen. Sie konnte ihn schließlich angelogen haben, dass die Polizei nichts machen konnte. Sie war sicher genau so verlogen, wie die Frau, die ihn zur Welt gebracht hatte. Hannelore. Mutter konnte er nicht mehr sagen. Sogar in seinen Gedanken war sie nur noch Hannelore. Eine Mutter war sie für ihn nicht mehr. Eine Mutter hätte ihm das nie angetan. Ihn von seinem Vater getrennt und dafür gesorgt, dass sie sich nie wieder sahen. Eine Mutter hätte spätestens jetzt die Wahrheit gesagt. Aber dazu war sie nicht fähig. Weil sie nicht fähig war, eine Mutter zu sein. So wie diese Nutte neben ihm, die bald spüren würde, was es bedeutete, keine Mutter zu sein.

Er hatte sich wieder im Griff. Die Aufregung der letzten Stunden hatte sich gelegt. Der Schock war der Vorfreude auf seine neueste Opferung gewichen. Er war wieder ganz ruhig und würde umsichtig die nächsten Schritte gehen. Er würde auf der Hut sein. Sollte ihnen ein Auto folgen, dann müsste er sie direkt nach Hause fahren. Er müsste seine Bestrafung verschieben. Das wäre schade. Er konnte es kaum noch erwarten, endlich mit seiner neuen Mission zu beginne. Sie war die perfekte Wahl. Diese besoffene Nutte. Aber er durfte kein Risiko eingehen. Er hatte noch viel zu tun.

41

Jo und Axel saßen im Auto, die Haltestelle im Blick, aus der Heidelinde Kneist aussteigen würde.

Minster war verhaftet worden und geständig. Er wollte den Beamten ein Märchen von einem Unfall auftischen. Doch die ließen sich nicht beirren. Ein einzelner Stich ins Herz war kein Ausrutscher. So etwas Präzises geschah nicht aus versehen. Dann gestand er, sie im Schlaf erstochen zu haben. Sie wollte ihn verlassen. War es leid, ihn durchzufüttern, weil er immer nur Gelegenheitsarbeiten übernahm. Keine dauerhafte Stellung annahm. Sie hatte auch genug von seinen Freunden, die regelmäßig ihr Wohnzimmer besetzten und auf ihre Kosten feierten. An dem Abend hatte sie ihm gesagt, er solle seine Sachen packen und am nächsten Tag verschwinden. Das sollte die letzte Nacht sein, die er in ihrer Wohnung, auf dem Sofa, verbringen durfte. Er konnte es nicht ertragen, von ihr so gedemütigt worden zu sein und wollte es ihr heimzahlen. Als sie eingeschlafen war, nahm er ein Messer aus der Küche und stach auf sie ein. Er war erstaunt, wie einfach es war. Nachdem die Panik, erwischt zu werden, verschwand, kam ihm die Idee es so aussehen zu lassen, als wäre es der Hamburger Serienmörder. Er las alles was er finden konnte im Internet und glaubte, den perfekten Mord begangen zu haben. Er wusste nicht, dass es Informationen gab, die nicht in der Presse standen. Und obwohl er Elvira vor der Fahrt zum Elbstrand badete, um keine Spuren zu hinterlassen, war ein

Haar auf ihren toten Körper gefunden worden. Ein Haar, das ihn überführte.

Auch Jo hatte einen erfolgreichen Tag. Im Nachhinein war das Verständnis, dass sie Krassnitz für seine Mutter einzureden versuchte, genau das Richtige gewesen. So hatte sie ihre Vertrautheit miteinander gestärkt. Das würde ihr helfen, den Kontakt mit ihm aufrecht zu erhalten und vielleicht eines Tages so viel Vertrauen aufzubauen, dass er ihr seine Taten gestand. Ein Wunschdenken, das sie nicht abstellen konnte. Sie würde jeden Weg gehen, ihn zu überführen.

Hannelore Krassnitz war erstaunlich gut gelaunt aus dem Urlaub zurückgekehrt. Nichts erinnerte an die mürrische Frau, der sie auf Ibiza begegnet war. Sie wirkte mit ihrem braungebrannten Teint und den offenen Haaren sogar um Jahre jünger. Sie schien den Resturlaub ohne Sohn genossen zu haben. Und das irritierte Krassnitz. Das war nicht zu übersehen. Seine vorher noch kaum zu beherrschende Wut auf seine Mutter wurde von verwirrter Unsicherheit verdrängt. Ein braver Junge, der nicht wusste, wie er sich verhalten sollte, ging mit dem Koffer neben seiner Mutter her und wagte kaum, etwas zu sagen. Er kam ja auch kaum zu Wort. Sie hatte viel zu erzählen. Er ertrank verwirrt unter ihrem Wortschwall.

Sie hoffte nur, dass diese Verwirrung nicht das Gespräch verhinderte, auf das er seit Tagen hoffte. Er musste sich endlich behaupten. Er musste seine Wut weiter nähren. Nur so würde er weiter machen. Nur so konnten sie ihn erwischen. Denn ihr Traum von einem Geständnis war nichts weiter, als ein Traum. Das wusste sie.

Ein Funkspruch unterbrach ihre Gedanken.

„Die Kneist ist mit einem Mann in ein Auto gestiegen. Wir bleiben dran."

Fragend sah sie Axel an.

„Was macht sie da? Begibt sie sich absichtlich in Gefahr?"

„Vielleicht ist es ja ein Stammkunde, den sie kennt und der sie sicher nach Hause bringt."

„Aber sie soll doch mit dem Bus fahren. Das war so abgesprochen. Sie macht alles kaputt!"

„Beruhige Dich. Sie wird bestimmt nicht jeden Tag nach Hause gefahren. Wir bekommen unsere Chance noch. Nur heute nicht."

Der braune Ford Granada, in dem die Kneist sitzt, kommt gleich bei Euch vorbei. Wir überlassen ihn Euch.

„Okay, wir übernehmen."

Und dann fuhr auch schon ein brauner Ford an ihnen vorbei. Hinter der Bushaltestelle blinkte er rechts. Axel scherte langsam aus ihrer Parklücke und fuhr in angemessenem Abstand hinter dem Ford her. Von weitem konnten sie sehen, dass der Ford dort anhielt, wo Heidelinde Kneist wohnte. Während sie langsam an ihnen vorbei fuhren, konnten sie sehen, wie jemand auf der Beifahrerseite ausstieg und ins Haus ging. Im Auto konnten sie niemanden erkennen. Die Fahrzeugbeleuchtung ging nicht an. Trotz geöffneter Tür. Entweder war sie kaputt oder der Fahrer war vorsichtig. Wenn es Krassnitz war, dann war die Beleuchtung nicht kaputt. Dann war er vorsichtig, damit niemand ihn erkennen konnte.

Die Haustür öffnete sich und das Flurlicht ging an. Die Person drehte sich noch einmal in der Tür um und winkte dem Fahrer zu und es war deutlich zu erkennen, dass es sich um Heidelinde Kneist handelte.

Aber wer war der Fahrer? Jo hatte während sie langsam an dem Fahrzeug vorbei fuhren, das Nummernschild notiert und Axel gab es bereits per Funk weiter, während er rechts in eine freie Parklücke setzte.

Er muss es einfach sein!

Der Ford war nicht zu Krassnitz nach Hause gefahren. Sie hatten ihn noch eine Weile verfolgt, bis er in eine Tiefgarage bog. Dort verlor sich dann die Spur. Sie kamen zu spät zu dem parkenden Ford. Der Fahrer war schon verschwunden. Ihr Sicherheitsabstand hatte eine weitere Verfolgung vereitelt. Jo war enttäuscht und wütend zugleich. Sie war aus dem Auto gesprungen und durch die Parkebene gelaufen, in der Hoffnung, Krassnitz irgendwo zu entdecken. Aber die Person war spurlos verschwunden. Sie waren dann wieder zur Bushaltestelle und zu Krassnitz Haus zurück gefahren, aber er war nirgends zu sehen.

Die Halterfeststellung hatte auch nicht das gewünschte Ergebnis gebracht. Der Halter war Erwin Nietz, 78 Jahre alt und noch nie in Erscheinung getreten. Ein unbescholtener Rentner.

Die Tagschicht würde ihm morgen einen Besuch abstatten.

Jo hoffte, dass es eine Verbindung zwischen ihm und Krassnitz gab. Irgendwann mussten sie doch einen Beweis für seine Schuld finden. Sie begingen alle irgendwann einen Fehler. Niemand konnte alles einkalkulieren.

42

Erwin Nietz war ein alter Schulfreund von Hannelore Krassnitz. Sie waren sich vor Monaten zufällig wieder begegnet und seitdem half Ernst Krassnitz ihm bei den Einkäufen. Dafür benutzte Krassnitz sein Auto, von dem er sich aus sentimentalen Gründen nicht trennen konnte. Krassnitz besaß einen Schlüssel für das Auto, damit er jederzeit darüber verfügen konnte.

Es war also tatsächlich Krassnitz, der Heidelinde Kneist am Vorabend nach Hause gefahren hatte. Er war vom Bus aufs Auto umgestiegen. Er benutzte den Bus für die Auswahl seiner Opfer und verschleppte sie dann in dem Auto. Warum hatte er dann gestern Heidelinde Kneist nicht verschleppt? Warum hatte er sie nach Hause gefahren? Hatte die Kneist geplaudert? Eine Frau wie sie fühlte sich bestimmt zu geschmeichelt, dass ein verliebter Stammgast sie verfolgte, als das sie die Gefahr erkannte. Es konnte also sein, dass sie ihnen alles verdorben hatte. Oder waren ihm die Wagen aufgefallen, die ihn verfolgten? Das war sehr unwahrscheinlich. Die Beamten waren zu sehr Profi, um aufzufallen. Heidelinde Kneist musste sie verraten haben. Sie würden sie nachher befragen.

So toll dieser Durchbruch auch war, es erlaubte ihnen nicht, den Wagen gründlich unter die Lupe zu nehmen. Erwin Nietz hatte sich geweigert, ihnen seinen Wagen zu überlassen. Fluchend hatte er die Polizisten hinausgeworfen. Sie sollten sich um die wahren Verbrecher kümmern und nicht einen unbescholtenen, hilfsbereiten Jungen jagen.

Es hätte sie vielleicht ans Ziel gebracht. Haare der Opfer im Kofferraum oder andere beweiskräftige Spuren könnten ihn endlich überführen. So mussten sie noch warten. Aber Jo war trotzdem froh über diesen Durchbruch. Er bestätigte ihre Vermutung. Sie lag von Anfang an richtig.

Und vielleicht war das nicht der einzige Fehler, den Krassnitz begangen hatte. Es gab vielleicht noch andere Verbindungen, Spuren, die ihn endlich als Mörder ihrer Schwester entlarvten.

Trotz ihrer Freude über diese neue Spur, war ihnen klar, dass Krassnitz jetzt sicherlich gewarnt würde. Erwin Nietz hatte vermutlich schon längst zum Telefon gegriffen und bei Krassnitz angerufen, um ihn zu informieren, dass die Polizei bei ihm war und fragen über das Auto gestellt hatte.

Das musste sie verhindern. Sie musste Krassnitz von Zuhause fern halten.

Ohne lange nachzudenken, wählte Jo die Durchwahl zu Krassnitz Arbeitsstelle. Heute war sein erster Arbeitstag nach dem Urlaub. Wenn Erwin Nietz diese Durchwahl nicht hatte, dann hatte sie eine Chance, ihm diese Information vorzuenthalten. Sie musste Krassnitz nur von Zuhause fern halten.

„Krassnitz."

„Hallo Herr Krassnitz. Josephine Brandt hier. Ich wollte hören, wie es Ihnen geht. Sie haben doch gestern mit Ihrer Mutter gesprochen?"

„Ja, das habe ich. Es war kein schönes Gespräch. Sie weigert sich, mir die Wahrheit zu sagen. Am Ende ist es so eskaliert, dass ich sie verlassen habe."

„Das tut mir leid. Wenn Sie jemanden zum Reden brauchen, ich bin für Sie da. Ich kann sofort vorbei kommen."

„Ich habe gleich Mittagspause. Wollen wir uns im Café gegenüber von Adver&Tising treffen?"

„Ich mache mich gleich auf den Weg."

Jo setzte sich sofort in den Bus, der sie zu Krassnitz brachte. Natürlich hatte sie vorher wieder eine eindringliche Warnung von Axel bekommen. Sie solle vorsichtig sein. Wenn Krassnitz der Mörder war, wie es inzwischen immer wahrscheinlicher war, dann begab sie sich auf ein gefährliches Minenfeld. Axel sorgte sich um sie. Es war fast rührend, wie besorgt er war. Aber Jo wollte davon nichts hören. Sie versicherte ihm zwar, zum wiederholten Male, sie würde vorsichtig sein und kein Risiko eingehen. Aber in Wahrheit war sie bereit, jedes Risiko einzugehen, wenn es Krassnitz überführen würde. Je mehr Indizien sie gegen Krassnitz sammelten, desto ungeduldiger wurde Jo, endlich die Bestie zu stoppen. Um jeden Preis zu stoppen.

Sie konnte auch nicht die Chance verstreichen lassen, ihm die wichtige Information, dass sie die Verbindung zu Erwin Nietz festgestellt hatten, vorzuenthalten. Er war gestern Abend zuhause ausgezogen. Hatte nach dem Gespräch mit seiner Mutter die Koffer gepackt. Hatte er die Koffer gepackt? Normalerweise verlässt man nach einem Streit fluchtartig die Wohnung. Ohne gepackte Koffer. Das würde er dann noch nachholen müssen. Dann müsste er noch mal in die Wohnung. Er würde seine Mutter dort antreffen und sie hätte die Möglichkeit, ihm von Erwin Nietz zu erzählen. Das musste sie verhindern. Sie würde ihm anbieten, für ihn die Koffer zu packen. Sie würde ihn zumindest begleiten. Als seelische Stütze.

Es war schon erstaunlich, wie sich langsam alles zusammen fügte. Sie hatten Krassnitz beobachtet, wie er Heidelinde Kneist verfolgte. Sie hatten sein Fahrzeug ausfindig gemacht. Er fuhr ein Auto, das nicht auf ihn angemeldet war. Er war gut im verschleiern von Spuren, aber sie waren besser. Sie hatten die erste, wichtige Spur gefunden. Das Auto. Und eines Tages würde dieses Auto seine Schuld beweisen.

Wenn sie nur wüssten, wohin er seine Opfer verschleppt. Es musste einen Ort geben, an dem er ungestört mit ihnen machen konnte, was später auf den Frauen zu finden war. Er nahm sich Zeit, sie zu entstellen. Es musste ein ruhiger, abgeschiedener Ort sein. Sie hatten ihn nur noch nicht gefunden. Es war nichts auf Ernst Krassnitz registriert. Er hatte keinen Schrebergarten, er hatte keine Lagerhalle, keine Wohnung, nichts. Aber er musste Zugang zu einem abgelegnen Raum geben.

Hatte er auch hier eine Möglichkeit gefunden, einen Raum zu nutzen, der einen anderen Besitzer hatte. So wie das Auto? Irgendjemand besaß eine Wohnung oder ein Haus, um das Krassnitz sich kümmerte. Irgendwo konnte er ein und aus gehen, ohne das man ihn damit in Verbindung brachte.

Eine Wohnung war zu riskant. Nachbarn hätten etwas bemerkt. Auch wenn in Großstädten viel Anonymität herrschte, so gab es immer wenigstens einen neugierigen Nachbarn. Und die Gefahr, dass die Frauen laut schrien und gehört würden, war dort zu groß.

Also ein Haus? Das kam schon eher infrage. War aber auch gefährlich. Auch dort gab es Nachbarn. Auch dort konnte man ihn beobachten. Es musste etwas sein, wo er nachts ungestört und ungesehen ein- und ausgehen konnte.

Ein Schrebergarten. Das musste es sein. Dort war nachts niemand. Keinem würde es auffallen, wenn er dort seinem bestialischen Treiben nachging. Die erste Überprüfung aller Schrebergärten hatte keine Ergebnisse gebracht. Offiziell besaß Krassnitz keinen Schrebergarten, aber er besaß auch kein Auto und hatte trotzdem eins.

Vielleicht konnte sie ihm heute die Verbindung entlocken.

Wo hast Du die Nacht verbracht?

Jo stieg aus dem Bus und ging auf das Café zu. Fast beschwingt, waren ihre Schritte. Sie Sonne schien herrlich warm und die Aussicht auf das Gespräch mit Krassnitz, weckten vergessene Lebensgeister in ihr.

Noch vor ein paar Tagen stand sie am Fenster ihres Hotelzimmers, beobachtete das fröhliche Treiben der Menschen auf den Straßen, und hatte sich gefragt, wann sie wohl wieder so beschwingt durch die Straßen gehen könnte. Sie hatte damals daran gezweifelt, es jemals wieder zu können. Und nun lief sie beschwingt und frohgelaunt über die Straße. Sie blieb kurz stehen. Nur einen Moment noch dieses Gefühl auskosten. Nur einen Augenblick das Lächeln und die Sonne genießen. Gleich musste sie die Maske des Mitgefühls aufsetzen.

Mit aufgesetzter Mine betrat Jo das Café.

„Hallo Frau Brandt. Danke, dass Sie Zeit für mich haben."

„Wollen wir uns nicht duzen? Wir sind doch inzwischen Freunde geworden. Da finde ich das Sie zu förmlich."

Es war ihr zuwider, ihn als Freund zu bezeichnen. Und alleine der Gedanke daran, ließ ihr Minenspiel ganz automatisch besorgt erscheinen.

Krassnitz reichte ihr dankend die Hand.

Wenn Du wüsstest!

„Jetzt erzähl mal. Wie ist das Gespräch mit Deiner Mutter verlaufen? Was hat sie gesagt? Oder besser, *nicht* gesagt."

„Sie hat meinen Vater als Lügner bezeichnet, bis ich sie mit den Briefen konfrontiert habe. Dann hat sie nichts mehr gesagt. Keine Wahrheit und keine Lüge. Nichts."

„Und dann hast Du die Wohnung verlassen?"

„Ja, ich bin einfach raus gerannt und habe ihr gesagt, sie wird mich nie wieder sehen."

„Wo bist Du dann hin? Hast Du in einem Hotel übernachtet?"

Jo konnte die Anspannung kaum ertragen. Jetzt würde er sich vielleicht verraten. Ihr verraten, wo er seine Untaten unter dem Mantel der Anonymität vollbrachte.

„Ja, ich bin in ein Hotel gegangen. Aber auf Dauer ist das zu teuer. Ich brauche eine Wohnung."

Nein!

Beinahe hätte sie das laut raus geschrien. So groß war der Schock über die Antwort. Er war in einem Hotel. Kein geheimer Schrebergarten offenbarte sich ihr.

Sie machte noch einen Versuch.

„Natürlich geht das nicht auf Dauer. Hast Du niemanden, bei dem Du wohnen könntest? Einen Freund oder einen Verwandten?"

„Nein, leider nicht."

Tränen der Verzweiflung bahnten sich den Weg in die Freiheit.

„Du musst nicht weinen. Ich komme schon klar. Vielleicht habe ich doch jemanden, bei dem ich wohnen kann."

Ja!

Zum ersten Mal waren ihre Tränen eine erfolgreiche Waffe. Sie war früher nie in der Lage, diese Waffe einzusetzen. Ihr Stolz hatte das immer verhindert. Doch heute, ganz ohne es gewollt zu haben, heute hatte es ihr geholfen.

Jetzt war sie ganz nah am Ziel.

„Ist Dir noch was eingefallen?"

„Ich kann dort nicht für immer bleiben, das ist nicht erlaubt. Aber bis ich eine eigene Wohnung gefunden habe, kann ich dort eine Weile unterkommen."

„Nicht erlaubt?"

„Nein, es ist nicht erlaubt, dauerhaft in einem Schrebergarten zu wohnen. Das verbietet die Satzung."

Nach dem Gespräch hatte Jo sofort Axel angerufen und ihm von der wichtigen Information erzählt. Die Polizei musste die Schrebergärten noch Mal aufsuchen und tiefer graben.

Krassnitz hatte ihr Angebot, seine Sachen aus der Wohnung seiner Mutter zu holen abgelehnt. Aber das hatte sie nicht anders erwartet. Er hatte immer noch zu viel Angst vor seiner Mutter. Wollte sie nicht weiter gegen sich aufbringen. Hatte vermutlich immer noch die Hoffnung, es würde irgendwann ein klärendes Gespräch zwischen ihnen geben. Vielleicht träumte er sogar davon, eines Tages friedlich mit beiden Elternteilen leben zu können. Aber diesen Traum hatte er mit dem ersten Mord selber zunichte gemacht. Sein zukünftiges Leben würde in einer Gefängniszelle stattfinden. Da war Jo sich immer sicherer.

43

Er saß im Dunkeln. Er konnte den Anblick seiner toten Mutter nicht mehr ertragen. Es weckte zu sehr die Lust auf das Quälen der Frauen. Er musste jetzt vorsichtig sein. Gestern war er schon nah an der Entdeckung gewesen. Hätte das Luder ihm nicht von der Polizei erzählt, dann wäre er ihnen ins offene Messer gelaufen. Er hatte zwar keine Verfolger beobachtet, es waren immer verschiedene Autos hinter ihm, aber er wusste aus vielen Filmen, dass die Polizei genau so beschattete. Sie wechselten sich ab mit der Verfolgung. Er konnte es nicht genau sagen, ob er beobachtet wurde. Aber er konnte die Gefahr förmlich riechen.

Also hatte er das Weib lieber nach Hause gefahren.

Er durfte kein Risiko eingehen.

Vielleicht musste er aufhören damit.

Die Gefahr war zu groß geworden.

Wie waren sie ihm nur auf die Spur gekommen? Hatte er sie unterschätzt? War seine Notiz auf dem Reiseprospekt zu gewagt gewesen? Haben sie ihn darüber entdeckt?

Aber wann? Sie waren nur einmal in der Firma. Vor Wochen, nachdem sie den Prospekt entdeckt hatten. Danach waren sie nie wieder in der Firma.

Dadurch hatte er sich sicher gefühlt. Zu sicher.

Er fühlte sich so sicher, dass er seiner Freundin von dieser Gartenlaube erzählt hatte. Seine neue Freundin. Seine einzige Freundin. Seit sie in sein Leben getreten war, hatte sich vieles verändert. Sie hatte sein ganzes Leben auf den Kopf gestellt. Durch sie wusste er nun, dass sein ganzes Leben eine einzige Lüge war. Das war sehr schmerzhaft. Aber durch sie wusste er auch, dass sein Vater ihn immer geliebt und vermisst hatte. Das war ein schönes Gefühl. Er hatte endlich Frieden mit seinem Vater geschlossen. Der Preis dafür war der Tod seiner Mutter.

Seine Augen gewöhnten sich langsam an das Dunkel und er konnte die Silhouette ihres Körpers immer deutlicher erkennen. So oft hatte sie ihn aus diesem Sessel beschimpft. Viele Monate hatte sie lethargisch in diesem Sessel vor sich hin gestarrt, nachdem sein Vater gegangen war. Aus der Wohnung geworfen worden war. Und nun hatte sie in diesem, ihrem Lieblingssessel den Tod gefunden. Er hatte sie erlöst von ihren Qualen. Ihr ganzes Leben war eine Qual. *Sein* ganzes Leben war eine Qual. Sie hatte den Tod verdient. Von all seinen Opfern hatte sie es am Meisten verdient. Gleichzeitig quälte es ihn, sie so frühzeitig erlöst zu haben. Ihre Krankheit schritt nur langsam voran, aber früher oder später wäre ihr bewusst geworden, dass sie die Kontrolle verlieren würde. Sie hätte den Gedanken daran gehasst. Es hätte sie wahnsinnig gemacht. Und sein Plan, sie damit alleine zu lassen, ist mit einem einzigen Messerstich vernichtet worden.

Ein einziges Mal hatte er die Kontrolle verloren. Das durfte ihm nicht wieder passieren. Er musste vielleicht sogar seinen neuen Plan aufgeben. Seine neue Mission. Das Morden. Es war zu gefährlich geworden.

Das *Warum* ging ihm dabei nicht aus dem Kopf. Wie haben sie ihn gefunden?

Sie hat ihn gefunden!

Das war so offensichtlich, dass er es beinahe übersehen hätte.

Sie war nur wenige Stunden nach der Polizei aufgetaucht. Eine Journalistin, die einen Bericht über Firmenpolitik schrieb. Eine ehrgeizige Journalistin, die sich sofort an ihm festgebissen hatte.

Wenn er genau darüber nachdachte, dann war sie von Anfang an auf ihn fixiert. Sie hatte ihn mehrfach provoziert, mit ihren bohrenden Fragen nach seinem mangelnden Ehrgeiz.

Und er fühlte sich so sicher, so schlau, dass er ihr vertraute. Er gab ihr sogar die Erlaubnis, nach seinem Vater zu suchen. Er weihte sie in seine geheimsten Wünsche und Sehnsüchte ein und sie war in Wirklichkeit eine verdeckte Informantin der Polizei.

Jetzt wusste er auch, warum die Firma sich anders entschieden hatte für seine Ehrung. Es war eine Lüge. Sie hatte ihm die Versetzung in eine andere Abteilung vorgelogen um ihn zu provozieren. Um seine Reaktion zu testen. Und er war in seiner falschen Sicherheit darauf reingefallen. Er hatte ihr gegenüber den Schock dieser Information nicht verbergen können. Er hatte sich verraten, weil er sich sicher glaubte und somit die Kontrolle über sich vernachlässigte.

Ihre Reise nach Ibiza, weil sie sein Schicksal teilte. Alles Lüge! Der Versprecher am Frühstückstisch mit seiner Mutter. Provokation um seine Reaktion zu beobachten.

Und nun wusste sie, dass er Zugang zu einer Laube hatte. Sich in einem Schrebergarten verkroch, bis er eine Wohnung gefunden hätte. Durch ihre falschen Tränen getäuscht, hatte er sich zu dieser Information hinreißen lassen.

Dieses Biest! Sie war die Schlimmste von Allen. Sie hatte ihn hintergangen. Brutal getäuscht. Er hatte nie Freunde, schon gar keine Freundin. All die Menschen, die er bisher gehasst hatte, weil sie nichts mit ihm zu tun haben wollten, waren wenigstens ehrlich. Sie gaben ihm ohne Täuschung zu verstehen, dass sie ihn nicht in ihrem Leben wollten. Aber sie! Sie hatte ihn getäuscht. Ihm Verständnis und Freundschaft vorgegaukelt. Sie war verlogen. Sie war ein Monster, das vernichtet werden musste.

Und wenn es das Letzte war, was er tat. Und wenn er dadurch seine Tarnung aufdeckte. Sie musste vernichtet werden.

Seine Tarnung war doch längst aufgeflogen. Was also hatte er zu verlieren?

44

Seit Stunden lag Jo wach. Der Tag war zu aufregend gewesen. Jeden Moment konnte das Telefon klingeln, weil sie endlich den Schrebergarten gefunden hatten, den Krassnitz unbemerkt nutzen konnte. Alle Ermittler hatten sich nach ihrer Information sofort auf den Weg gemacht, um sämtliche Gärten erneut aufzusuchen. Sie würden die Vorsitzenden und die Pächter befragen, ob es einen Garten gab, dessen Besitzer sich nicht mehr selber kümmerte.

Es war bereits weit nach Mitternacht, aber Jo hoffte trotzdem auf das Klingeln ihres Handys.

Und dann klingelte es.

Erstaunt sah sie auf das Display.

„Hallo Ernst."

„Hallo Jo. Es ist mir wirklich unangenehm, Dich immer zu belästigen, aber ich brauche Deine Hilfe."

„Was ist passiert?"

„Ich bin noch mal nach Hause gefahren, um mir Sachen zu holen und meine Mutter will plötzlich mit mir reden. Ich bin noch in meinem Zimmer, weil ich das alleine nicht schaffe. Würdest Du zu mir kommen, um mich dabei zu unterstützen?"

„Natürlich, ich rufe mir sofort ein Taxi."

Was hatte das zu bedeuten? Warum war er so spät bei seiner Mutter? War das eine Falle? Hatte er herausgefunden wer sie war? Oder sah sie Gespenster? Er war vermutlich so spät in der Wohnung, um seine Sachen zu packen, während die Mutter schlief. Nun war sie aufgewacht und woll-

te mit ihrem Sohn reden. Dann brauchte er wirklich nur ihre Unterstützung.
Sie würde es nur herausfinden, wenn sie zu ihm ging.

Vor ein paar Tagen war sie schon einmal in diesem Wohnblock. Wenn auch nicht vor dieser Tür, vor der sie jetzt stand. Damals hatte sie die Nachbarn befragt. Auf der Suche nach Auffälligkeiten von Krassnitz. Jetzt stand sie vor seiner Wohnungstür. Den Finger auf der Klingel zögerte sie.
Sie hatte niemanden darüber informiert, dass sie zu so später Stunde zu Krassnitz fuhr. Warum auch? Welche Gefahr konnte schon hinter dieser Tür lauern? Die einzige Gefahr war seine Mutter und ihre Wutausbrüche.
Sie drückte den Klingelknopf und hörte sofort das Rascheln der Sicherheitskette, die beiseite geschoben wurde. Sie wurde also erwartet.
Die Tür öffnete sich und ein erleichterter Krassnitz stand vor ihr.
„Danke, dass Du so spät Zeit für mich hast."
„Ich konnte sowieso nicht schlafen."
Jo folgte ihm durch einen schwach beleuchteten Flur. Der nächste Raum war nicht viel heller. Es waren überall Kerzen aufgestellt. Duftkerzen, wie Jo bemerkte. Es hätte romantisch wirken können, wenn es nicht so fehl am Platze gewesen wäre. Jo befürchtete, er könnte romantische Gefühle für sie hegen. Das wäre kein Wunder, so wie ihre Freundschaft sich entwickelt hatte. Sie war vermutlich die einzige Frau, die ihn nicht abwies. Sie lächelte über ihre verrückten Gedan-

ken. Er würde ihr jetzt keinen Liebesantrag machen können, seine Mutter war doch auch irgendwo. Und sie würde keine Rivalin dulden. Und dann sah Jo seine Mutter.

Nur schwach konnte sie die Frau in dem dämmrigen Licht erkennen, aber das Messer, das aus ihrer Schläfe heraus ragte, war unverkennbar. Seine Mutter war tot!

Erschrocken drehte sie sich zu Krassnitz um, der plötzlich hinter ihr war.

„Ernst! Deine Mutter!"

Jetzt wurde ihr bewusst, dass sie die Sicherungskette gehört hatte. Sie war zurück geschoben worden. Ein alltägliches Geräusch, dem sie eben noch keine Bedeutung geschenkt hatte. Doch jetzt wusste sie, er hatte die Tür wieder fest verschlossen. Ihr jeden Fluchtweg abgeschnitten. Sie war gefangen.

„Ja, meine Mutter. Es geht ihr nicht gut. Aber setz Dich doch."

Wie automatisch setzte Jo sich auf den Stuhl am Esstisch, neben dem sie eben noch stand.

Sie konnte den Blick nicht abwenden von der toten Frau vor ihr. Die linke Gesichtshälfte, in der das Messer steckte, war dunkel gefärbt vom getrockneten Blut. Gespenstisch leuchtete darunter ihr geöffnetes Auge. Ihre weit aufgerissenen, toten Augen starrten ins Leere. Und doch konnte Jo die Angst in ihren Augen sehen. Die Angst vor ihrem Sohn, der plötzlich mit dem Messer vor ihr stand.

„Was ist geschehen?"

„Das unvermeidliche. Zu früh, aber es war nicht zu vermeiden. Aber das weißt Du ja."

„Was soll ich wissen?"

„Hör auf mir mit zu spielen, das hast Du lange genug getan. Damit ist jetzt Schluss!"

Den letzten Satz hatte er fast hinaus geschrien. Er war wütend. Das war gefährlich. Jo musste nachdenken, aber dazu hatte sie keine Zeit. Sie musste schnell handeln. Ihn schnell beruhigen. Ihn davon überzeugen, dass sie seine Freundin war. Sie musste erstmal Zeit schinden um nachzudenken.

„Wie kommt das Messer in den Kopf Deiner Mutter? Wurdet ihr überfallen?"

„Du musst mir nichts mehr vormachen. Das ich da nicht früher drauf gekommen bin. Josephine Brandt und Alisa Brandt. Ich hätte die Verbindung gleich sehen müssen. Auch wenn der Name Brandt so gewöhnlich ist. Ihr seid verwandt. Ist sie Deine Schwester?"

Jo gab auf.

„Ja, sie ist meine Schwester."

Mehr konnte sie nicht sagen. Sie konnte auch keinen Versuch machen, ihn von irgendetwas zu überzeugen, was nicht da war. Sie hatte verloren. Sie war aufgeflogen.

Jetzt sprach er wieder ganz ruhig.

„Du weißt, wer ich bin?"

„Ja."

„Du weißt, wozu ich imstande bin?"

„Ja."

„Hast Du Angst?"

„Nein."

Und das stimmte sogar. Sie hatte keine Angst. Sie war schockiert. Schockiert vom Anblick seiner toten Mutter. Von dem Messer, das aus ihrer

Schläfe ragte. Das getrocknete Blut, das ihr Gesicht und ihr Kleid dunkel gefärbt hatte. Aber sie hatte keine Angst.

„Du solltest aber Angst haben."

Und dann kam die überlebenswichtige Wut zurück.

„Wovor sollte ich Angst haben? Du hast mir das Letzte genommen, was mir geblieben war. Ich habe nichts mehr zu verlieren. Was auch immer Du tun willst. Es ist mir egal."

Sein eben noch ruhiger, selbstbewusster Ausdruck veränderte sich. Er fiel zurück in sein unsicheres Ich.

„Du lügst! Du *musst* Angst haben! Dein Leben ist in Gefahr!"

„Nein. Mein Leben ist nicht in Gefahr. Ich habe Kommissar Heffner eine Nachricht hinterlassen, wohin ich gehe. Wenn ich nicht lebend zurückkehre, dann wird er wissen, *wer* mir mein Leben genommen hat. Damit ist *Dein* Leben in Gefahr."

Es war nur ein Flüstern, was sie hörte.

„Sieh nach vorne. Sie Dir meine Mutter an. Was habe *ich* noch zu verlieren? Warum sollte ich Dich nicht mitnehmen, in meinen Untergang?"

„Weil Du so nicht bist. Ich habe Dich kennen gelernt. Und in einem anderen Leben wären wir vermutlich wirklich Freunde geworden. Ich weiß, ich habe Dich getäuscht. Aber was hättest Du gemacht? Wenn Dir jemand Deine Mutter genommen hätte, hättest Du dann nicht das Gleiche gemacht, wie ich? Alles daran gesetzt, den Mörder zu finden?"

„Hätte mir jemand meine Mutter genommen, dann wäre mein Leben anders verlaufen. Ich hätte glücklich werden können."

„Du meinst, Du wärst kein Serienmörder geworden? Du machst Dir was vor. Du hattest die Wahl. Jeder hat die Wahl, was er aus seinem Leben macht. Gib nicht Deiner Mutter die Schuld."

„Sie ist Schuld!"

Außer sich vor Zorn stürzte er auf seine Mutter zu und riss ihr das Messer aus dem Kopf. Ein leises, schmatzendes Geräusch war zu hören und durch den Ruck der Bewegung fiel sie vorne über. Jo sprang vom Stuhl auf und rannte in den Flur. Sie wusste, was er mit dem Messer vorhatte. Er würde sie damit töten. Sie musste vorher fliehen. Mit zitternden Händen schob sie die Sicherheitskette beiseite. Dann drückte sie die Klinke und zerrte an der Tür. Sie war verschlossen. Kein Schlüssel im Schloss.

Nein! Nein! Nein!

Dann hörte sie auch schon Krassnitz, wie er in den Flur gerannt kam. Mit wutverzerrtem Blick rannte er auf sie zu, das Messer zum Hieb in die Höhe gestreckt.

Sie konnte gerade noch zur Seite springen und er stach auf die Tür ein. Das Messer steckte fest. Wild schreiend zog er am Messer. Jo rannte zurück ins Wohnzimmer. Sie drehte sich panisch um die eigene Achse. Sie suchte den Raum ab, nach etwas, das sich als Waffe eignen würde. Dann sah sie durch die nächste geöffnete Tür die Küche und rannte hinein. Sie schloss die Tür, aber sie konnte sie nicht verschließen. Auch hier war kein Schlüssel. Sie sah sich um. Sie musste die Tür irgendwie versperren. Sie zog mit aller Kraft an dem Kühlschrank neben der Tür. Er war groß und er war schwer. Jo brachte alle Kraft auf und schaffte es, den Kühlschrank umzuwerfen. Laut krachend landete er vor der Küchentür. Das würde ihn nur kurz aufhalten. Wenn sie es schaffte, den Kühlschrank zu bewegen, dann würde Krassnitz es auch schaffen. Sie drehte sich um und öffnete alle Schubladen. Sie suchte eine Waffe. Ein Messer. Krassnitz war an der Tür und versuchte sie zu öffnen. Jo hörte schleifende Geräusche vom Kühlschrank, der langsam über den Boden geschoben wurde. Gleich hatte er es geschafft. Sie musste sich beeilen. Sie riss in ihrer Panik alle Schubladen aus den Schränken und dann fand sie die richtige Waffe. Es war ein asiatisches Hackmesser. Sie nahm es fest in die Hand und drehte sich zur Tür zurück. Krassnitz drückte gegen die Tür, die bereits einen Spalt geöffnet war. Sie konnte Krassnitz Schulter durch den Spalt sehen. Ohne nachzudenken, nur von ihrem Überlebenstrieb gesteuert, hob sie das Beil und schlug damit auf seine Schulter. Er schrie auf und ließ von der Tür ab.

Jo drückte die Tür wieder zu und versuchte, den Kühlschrank wieder dagegen zu schieben. Doch Krassnitz war schneller. Er öffnete die Tür erneut und sie sah, wie sein Arm durch den Türspalt passte und er mit dem Messer wild ins Leere stach. Er wollte sie abwehren, während er weiter gegen die Tür drückte. Jo sprang auf den Kühlschrank und warf sich mit aller Kraft gegen die Tür. Sie schaffte es, seinen Arm einzuklemmen und schlug sofort mit dem Beil auf sein

Handgelenk. Eine klaffende Wunde ließ ihn aufschreien und das Messer fiel scheppernd zu Boden. Doch Jo war vor Panik außer Kontrolle. Sie schlug und schlug immer wieder auf sein Handgelenk ein. Die Wunde wurde immer tiefer. Blut spritzte. Krassnitz wimmerte nur noch und rutschte langsam immer weiter nach unten. Seine Beine gaben unter dem Schmerz nach, aber das registrierte sie gar nicht. Sie dachte nicht mehr logisch. Sie trieb das Beil immer weiter in sein Gelenk, bis die Hand nur noch an einem Hautfetzen an seinem Arm hing.

Schwer atmend stand sie vor der Tür und sah auf die blutende Hand. Sah das Blut am Türrahmen und auf dem Boden. Hinter der Tür hörte sie das leise Wimmern der Bestie und lautes Klopfen.

Was ist das?

Dann krachte es laut und jemand stürmte brüllend in die Wohnung. Es war die Polizei. Die Rettung.

Sie brauchte keine Rettung mehr. Sie war stark genug gewesen, sich gegen diese Bestie zu wehren. Sie zitterte vom Adrenalinschub der durch ihren Körper gejagt war. Aber sie fühlte sich gut. Sie hatte es geschafft, den Mörder ihrer Schwester zu finden und zu stoppen. Sie hatte dafür ihr Leben riskiert und den Kampf gewonnen.

45

Es war vorbei.

Kurz bevor Jo den Kampf gegen Krassnitz führen musste, hatte die Polizei den Schrebergarten gefunden, in dem Krassnitz die Frauen gequält und getötet hatte. Der Garten gehörte einem Ingenieur, der beruflich für zwei Jahre nach Amerika gegangen war und per Annonce jemanden gesucht hatte, der sich in seiner Abwesenheit um den Garten kümmern würde. Krassnitz hatte so einen Ort gefunden, mit dem man ihn nicht in Verbindung bringen konnte, weil er vertraglich auf jemand anderen angemeldet war. Das war die Anonymität, die er brauchte um ungestört foltern und töten zu können.

Axel und seine Kollegen hatten sich die Laube angesehen und sofort erkannt, dass es sich um den Tatort handelte. In der Mitte des Raumes stand ein großer Tisch auf dem eine Folie ausgelegt war. Auch der ganze Fußboden war mit Folie ausgelegt. Die Staffelei, mit der Straßenkarte, die er auf die Frauen übertragen hatte, gab dann den letzten Anstoß Krassnitz zu verhaften. Sie fuhren zu seiner Wohnung und brachen sie schließlich auf, als nicht geöffnet wurde.

Dort fanden sie dann einen schwer verletzten Krassnitz und eine erschöpfte Jo.

Sie würde Axels Blick nie vergessen. Sprachlos stand er vor ihr, als er begriff, was sie gerade durchlebt hatte.

Nach einer entsprechenden Standpauke, wie unüberlegt sie sich in Gefahr gebracht hatte, konnte sie den Stolz in seinen Augen sehen.

Auch sie war stolz. Und das zu Recht.

Der Albtraum war nun vorbei und Jo saß im Zug nach Frankfurt. Sie hatte Dr. Vellmar angerufen. Sie würde sein Angebot annehmen, unter seiner Führung eine renommierte Tatortermittlerin zu werden. Zuerst sollte sie sich bei ihm ein paar Tage erholen, wenn das möglich war. Sie würde noch oft nach Hamburg reisen müssen. Als Zeugin in der Gerichtsverhandlung. Sie wollte auch mit Dr. Vellmars Hilfe Krassnitz befragen. Sein Profil vervollständigen. Bis alle Fragen beantwortet wären. Es würde also noch lange dauern, bis Jo zur Ruhe kam.

Und dann war da noch Axel. Der Abschied von ihm fiel ihr schwer. Sie vermisste ihn, kaum das sie in den Zug gestiegen war. Sie würde abwarten müssen, wie lange dieses Vermissen anhielt. Ob die Gefühle doch nur aus der Notlage heraus gewachsen waren. Die Zeit würde es zeigen. Die Zukunft würde es zeigen. Eine Zukunft, die wieder hoffen ließ.

Danksagung

Mein einziger Dank gilt Ralf Hartung, dem Mann an meiner Seite, der mich stets mit seiner Geduld und seiner Ermunterung unterstützt hat. Er war auch derjenige, der als Leser der ersten Stunde mit guten Ideen die Geschichte aufgewertet und logische Fehler ausgeräumt hat.
Es war nicht immer einfach, aber es war immer richtig.
Ihm habe ich auch mit *Artificial Light & Magic* das wunderbare Cover zu verdanken.
Danke Ralf.